TASCABILI BOMPIANI

722

I LIBRI DI
ALBERTO MORAVIA

Opere di Moravia

L'IMBROGLIO
LA MASCHERATA
I SOGNI DEL PIGRO
L'AMANTE INFELICE
AGOSTINO
LA ROMANA
LA DISUBBIDIENZA
GLI INDIFFERENTI
L'AMORE CONIUGALE
IL CONFORMISTA
I RACCONTI 1927-1951
ROMANZI BREVI
RACCONTI ROMANI
IL DISPREZZO
RACCONTI SURREALISTICI E SATIRICI
LA CIOCIARA
NUOVI RACCONTI ROMANI
LA NOIA
L'AUTOMA
LE AMBIZIONI SBAGLIATE
L'UOMO COME FINE
L'ATTENZIONE
IO E LUI
A QUALE TRIBÙ APPARTIENI?
BOH
LA BELLA VITA
LA VITA INTERIORE
1934
L'INVERNO NUCLEARE
L'UOMO CHE GUARDA
LA COSA
VIAGGIO A ROMA
LA VILLA DEL VENERDÌ
PASSEGGIATE AFRICANE
LA DONNA LEOPARDO
UN'IDEA DELL'INDIA
DIARIO EUROPEO
LA COSA E ALTRI RACCONTI
IMPEGNO CONTROVOGLIA
LETTERE DAL SAHARA
TEATRO

Alberto Moravia
L'uomo come fine

Realizzazione editoriale: ART Servizi Editoriali s.r.l.- Bologna

ISBN 88-452-4581-0

© 1963/2000 RCS Libri S.p.A
Via Mecenate 91 - Milano

III edizione Tascabili Bompiani novembre 2000

PREFAZIONE

I saggi riuniti in questo volume sono tutti saggi letterari. Questa affermazione sorprenderà perché il saggio che dà il titolo al libro non è un saggio letterario. Ma a parte il fatto che io sono un uomo di lettere e che qualsiasi cosa io scriva non può non riguardare la letteratura, penso che L'uomo come fine *riguardi la letteratura direttamente e immediatamente.* L'uomo come fine *è infatti una difesa dell'umanesimo in un momento in cui l'antiumanesimo è in voga. Ora la letteratura è per sua natura umanistica. Ogni difesa dell'umanesimo è dunque una difesa della letteratura.*

Le ragioni per cui il mondo moderno è antiumanistico non sono misteriose. Ci sono certamente all'origine dell'antiumanesimo del mondo moderno un desiderio o meglio, una nostalgia di morte, di distruzione, di dissolvimento che potrebbero essere l'ultimo rigurgito della grande orgia suicida delle due guerre mondiali; ma c'è anche la ragione più normale, più solita propria di certe disaffezioni: il logorio, la stanchezza, lo scadimento dell'umanesimo tradizionale; la sua immobilità, il suo conservatorismo; la sua ipocrisia di fronte agli eventi tragici della prima metà del secolo.

Per tutti questi motivi, vorrei sottolineare che L'uomo come fine *non vuole affatto essere una difesa di questo umanesimo tradizionale ormai defunto; bensì un attacco all'antiumanesimo che oggi va sotto il nome di neocapitalismo; e un cauto approccio all'ipotesi di un nuovo umanesimo.*

Ora sarebbe interessante vedere perché, con apparente

contraddizione, l'antiumanesimo oggi coincida con le vittorie del neocapitalismo. Cioè con il prevalere di una concezione della vita apparentemente legata a valori umanistici.

Si potrebbe infatti pensare che questa concezione della vita la quale nel giro di un ventennio ha cambiato la faccia a buona parte del mondo e in particolare ha mandato ad effetto l'operazione umanistica di permettere a masse sempre piú numerose di godere di quello che un tempo era privilegio di pochi, mettendo a disposizione di queste masse una sterminata quantità di beni di consumo fabbricati in serie; si potrebbe pensare, dico, che una simile concezione della vita che ha reso piú prosperi e dunque piú liberi gli uomini dovrebbe essere chiamata umanistica.

E invece non è cosí. Sarebbe difficile trovare nel mondo moderno la robusta fiducia, la sanguigna pienezza, il ricco temperamento che furono propri all'umanesimo ai suoi albori. L'uomo del neocapitalismo con tutti i suoi frigoriferi, i suoi supermarket, le sue automobili utilitarie, i suoi missili e i suoi set televisivi è tanto esangue, sfiduciato, devitalizzato e nevrotico da giustificare coloro che vorrebbero accettarne lo scadimento quasi fosse un fatto positivo e ridurlo a oggetto tra gli oggetti. Purtroppo però l'uomo del neocapitalismo non riesce a dimenticare la propria natura dopo tutto umana. Il suo antiumanesimo per questo non riesce ad essere positivo. Sotto apparenze scintillanti e astratte, si celano, a ben guardare, la noia, il disgusto, l'impotenza e l'irrealtà.

Naturalmente la spia a questo particolare carattere del mondo moderno lo fanno, al solito, le arti. Esse rispecchiano, in forma esasperata, i caratteri negativi dell'antiumanesimo neocapitalista. E quali sono questi caratteri? Direi che si possono riassumere in una sola parola: il nulla. Si osserva infatti, nelle arti, soprattutto la scoperta, la rappresentazione, l'espressione, la descrizione e l'ossessione del nulla. Questo nulla non ha niente a che fare con il vecchio nihilismo anarchico il quale, in realtà, era soprattutto negazione e rivolta.

Questo nulla è un nulla autonomo e fine a se stesso che non nega niente e non si rivolta contro niente. Il nulla al quale allude Hemingway nella nota novella: "A clean, well-lighted place": "Nostro niente che sei nel niente, niente sia il tuo nome e il tuo regno, niente la tua volontà in niente come in niente... e cosí sia."

Probabilmente all'origine del, diciamo cosí, nullismo delle arti sta la loro trasformazione in beni di consumo. S'intendeva in passato che le arti fossero umanistiche in quanto erano l'espressione piú alta, insieme completa e durevole, dell'uomo. Ma nelle arti moderne si esprime soprattutto l'alienazione dell'uomo ossia qualche cosa che è il contrario della completezza e della durata. Sembrerà strano che un'arte che ha nel cuore il nulla ossia l'alienazione, sia al tempo stesso un bene di consumo ossia un prodotto per le masse; ma la contraddizione è soltanto apparente. L'arte moderna, infatti, è un surrogato, cioè qualche cosa di non autentico, di contraffatto e di meccanico. Essa è tale perché si vuole mettere a disposizione delle masse ciò che un tempo era soltanto di pochi, senza però realmente portare le masse al livello di quei pochi anzi lasciandole nella loro alienata inferiorità. Cosí l'arte come prodotto di consumo rispecchia una società divisa in classi, nella quale soltanto in apparenza tutto è a disposizione di tutti. In realtà ciò che è vera cultura resta il privilegio di pochi; per le masse ci sono i surrogati dell'industria culturale.

Da tutto questo, sia detto di passaggio, scaturisce l'utilità delle avanguardie artistiche nel mondo moderno. Esse hanno una funzione precisa nell'industria culturale in quanto sono esse che fabbricano i prototipi a partire dai quali si può poi passare alla produzione in serie.

Ma perché questo? È proprio vero che le masse debbano per forza essere abbandonate all'antiumanesimo? Io dico di no. Vi potrebbero essere senz'altro domani delle arti umanistiche per delle masse umanistiche. Le masse antiumanistiche nel mondo moderno sono soltanto le masse del neocapitalismo. E questo perché il neocapitalismo è feti-

cistico; e ogni feticismo non può non essere antiumanistico.

In che cosa consiste il feticismo del neocapitalismo? Il neocapitalismo, nella sua riscossa contro il comunismo, ha fatto un poco la stessa operazione che a suo tempo fece la Controriforma nella sua riscossa contro la Riforma: coll'estendere la rivoluzione industriale e allargare i consumi a collettività sempre maggiori, ha preso a prestito dall'avversario i mezzi; ma ha mantenuto, e come avrebbe potuto fare diversamente?, intatto il fine che era ed è tuttora il profitto, ossia un feticcio.

Cosí non dobbiamo illuderci. Avremo un sempre maggiore numero di prodotti di consumo ben fatti e a buon mercato, la nostra vita diventerà sempre piú comoda, le nostre arti saranno sempre piú accessibili alla massa, anche le piú esigenti e difficili, anzi soprattutto queste; ma saremo sempre piú disperati. E sentiremo sempre di piú che nel cuore della prosperità c'è il nulla, ossia il feticismo il quale come tutti i feticismi è fine a se stesso e non può mettersi al servizio dell'uomo.

Tutto questo lo dico per spiegare non soltanto il titolo del libro ma anche la sua composizione apparentemente non omogenea. Come ho detto all'inizio di queste note introduttive, data l'idea che mi faccio della letteratura è abbastanza naturale che accanto ad un saggio morale come L'uomo come fine, si trovino dei saggi su Boccaccio, su Machiavelli, su Manzoni e sull'arte del romanzo.

Insomma mi è sembrato di ravvisare nei saggi qui riuniti una certa unità di ispirazione, tanto piú notevole in quanto ottenuta involontariamente con un lavoro che si è svolto nell'arco di una ventina di anni.

Quest'unità mi pare che possa almeno garantire che durante questi vent'anni mi sono espresso con sincerità e disinteresse, senza badare alle mode. Dopo tutto un libro non è un libro bensí un uomo che parla attraverso un libro. Spero che il discorso di questo libro non sembri al lettore incoerente e inutile.

ALBERTO MORAVIA

Ottobre 1963

RICORDO DE *GLI INDIFFERENTI*

"La Nuova Europa" mi chiede di raccontare in che modo scrissi il mio romanzo *Gli Indifferenti*. Non mi sembra facile soddisfare una tale richiesta, soprattutto perché le ragioni di un libro sono affidate al libro stesso, nella sua stesura definitiva. Ossia un libro si spiega e si giustifica da sé come ogni organismo vivente, come un fiore o un animale. Cercare il perché e il come di un libro può essere interessante, soprattutto se fatto da un critico e non dall'autore, ma alla fine è un'indagine che riguarda il libro soltanto in minima parte. Il fallimento di tanta critica psicanalitica, moralistica, sociale, etc. etc., dimostra, se non altro, che ridurre il fatto artistico ad una mera questione di contenuto è cosí poco probante come ridurlo ad una mera faccenda di forma. In realtà la creazione artistica comporta da parte dell'artista uno sforzo estremo e senza residui in cui viene impegnata la totalità dei suoi interessi e dei suoi mezzi. Per questo l'indagine su un libro ove oltrepassi i limiti del libro stesso, conduce necessariamente a frugare nella vita e nel carattere dello scrittore; cosí che in pratica parlare della propria opera sarebbe come confessarsi. Ma non sono favorevole alle confessioni, e un artista non può confessarsi che sulla pagina. Con la quale proposizione si torna al punto di partenza ossia che le ragioni di un libro sono affidate al libro stesso.

Tuttavia si può parlare dei propri libri; anzi gli autori, a dire il vero, lo fanno spesso e lo fanno molto volentieri.

Questo non è il mio caso: parlare dei miei libri mi annoia; soprattutto de *Gli Indifferenti* per il quale, a forza di vederlo citato insieme con il mio nome, ho concepito una specie di antipatia. Comunque cercherò di discorrerne con semplicità, come discorrerei di qualsiasi mia esperienza con qualcuno che me ne chiedesse un esatto ragguaglio.

Ho cominciato a scrivere *Gli Indifferenti* nell'ottobre del 1925 e l'ho finito nel marzo del 1928. Prima de *Gli Indifferenti* avevo scritto parecchio ma senza aver mai la certezza di incontrare me stesso sotto la penna. Avevo scritto molte poesie, novelle e persino un paio di romanzi. Si trattava nella grande maggioranza di imitazioni da questo o quest'altro autore di cui via via mi infatuavo. Con *Gli Indifferenti*, per la prima volta in vita mia, mi parve di mettere i piedi sopra un terreno solido. Dalla buona volontà sentii ad un tratto che passavo alla spontaneità. Auguro a tutti coloro che hanno l'ambizione di scrivere di avvertire una volta nella vita questo passaggio cosí importante. È il passaggio dalla letteratura, disperante mestiere, all'espressione letteraria come mezzo di conoscenza. Non dico che questo passaggio comporti necessariamente la creazione di opere di poesia. Ma almeno si esce dal limbo della volontà vuota e delle parole senz'animo.

Cominciai *Gli Indifferenti* senza alcun piano preciso né sul significato e i fini dell'opera che intendevo scrivere, né sulla trama, né sui personaggi, né sull'ambiente. Cominciai e poi proseguii perché per la prima volta presi gusto a scrivere. Fin'allora non avevo che faticato. Mi parve ad un tratto di trovare il bandolo di una grossa matassa, tirai e quasi con stupore vidi che la matassa si svolgeva. In altre parole, all'inizio del lavoro, fui spinto a continuare non da una volontà pratica, bensí da un senso di ritmo che per la prima volta si inseriva nelle parole e ne regolava la disposizione. Del resto scrivevo pochissimo ogni giorno e talvolta mi bastava di fissare un particolare, una frase.

Ero partito senza idee contenutistiche ma non senza alcuni schemi letterari. Durante molti anni avevo letto moltissimi romanzi e opere teatrali. Mi ero convinto che l'apice dell'arte fosse la tragedia. D'altra parte mi sentivo piú attirato dalla composizione romanzesca che da quella teatrale. Cosí mi ero messo in mente di scrivere un romanzo che avesse al tempo stesso le qualità di un'opera narrativa e quelle di un dramma. Un romanzo con pochi personaggi, con pochissimi luoghi, con un'azione svolta in poco tempo. Un romanzo in cui non ci fossero che il dialogo e gli sfondi e nel quale tutti i commenti, le analisi e gli interventi dell'autore fossero accuratamente aboliti in una perfetta oggettività.

A dire il vero la mia preferenza per la tragedia non era il frutto di una riflessione fredda e critica, bensí quello di un'inclinazione sentimentale molto profonda. Oggi mi riesce difficile rievocare il mio stato d'animo d'allora. Basti dire che io, prima ancora di scriverne, desideravo vivere la tragedia. Tutto ciò che era delitto, contrasto sanguinoso e insanabile, passione spinta al grado estremo, violenza, mi attraeva infinitamente. Ciò che si chiama vita normale non mi piaceva, mi annoiava e mi pareva privo di sapore. Con ogni probabilità in quel tempo scrivere per me fu un surrogato delle esperienze che non avevo fatto e non riuscivo a fare.

D'altra parte mi ero convinto che non mettesse conto di scrivere se lo scrittore non rivaleggiava col Creatore nell'invenzione di personaggi indipendenti, dotati di vita autonoma; l'idea che l'arte potesse essere altra cosa che creazione di personaggi non mi sfiorava neppure la mente. Fin da principio mi trovai perciò di fronte a molteplici durissime difficoltà dovute quasi tutte a queste mie convinzioni dalle quali non volevo scostarmi per nessuna ragione.

Io avevo indubbiamente molte cose da dire. Ma non volevo assolutamente dir nulla fuori dei canali obbligati dei personaggi. Ora il guaio si era che non avevo che scarsissima conoscenza degli uomini; e ancor meno delle esperienze umane.

Soprattutto la maggiore difficoltà la incontravo nello stabilire dei rapporti tra me e i miei personaggi. Sentivo che mi sarebbe stato relativamente facile fare dei personaggi semplici portavoci dei miei sentimenti e delle mie idee; ma non era questo il fine che mi proponevo. A questa volontà di marcare la distanza tra me e i miei personaggi si deve certamente quel molto o poco di moralismo e di mancanza di libertà poetica che i critici hanno notato nel libro. Io non ero mai abbastanza sicuro di aver caratterizzato e resi ben distinti i personaggi. Anche molto del verismo del libro viene da questa insicurezza e non da una mia inclinazione al verismo. In realtà io sono lo scrittore meno verista che si possa immaginare. Ancora adesso mi riesce molto difficile di piegare la mia attenzione ad una rappresentazione veristica della realtà.

La particolare struttura de *Gli Indifferenti* però non fu voluta né prestabilita. Io avevo pensato che il romanzo dovesse svolgersi in due giorni lontani l'uno dall'altro, come in due atti drammatici. Mi accorsi però scrivendo che non c'era alcun motivo di diluire la vicenda in un lungo periodo di tempo. Naturalmente e quasi mio malgrado saldai il primo giorno al secondo. Ciò contribuí ancor di piú a dare al romanzo quella fisionomia teatrale che era una delle mie ambizioni originarie.

Ristretta la vicenda a due giorni, venne come conseguenza che dovevo descrivere oltre allo svolgimento delle passioni dei miei personaggi anche tutto ciò che facevano all'infuori di queste passioni. Ne seguirono tutte quelle descrizioni di pranzi, di cene e di scene di genere che riempiono il romanzo. Cosí senza volerlo né propormelo come fine, diedi una pittura completa e veritiera della vita quotidiana di una famiglia borghese romana di quegli anni. Hanno detto che questa pittura è acre e crudele. In realtà essa rispecchia molto fedelmente quel sentimento di noia e di insofferenza che, come ho accennato piú sopra, destava allora nel mio animo la vita normale.

Mi sarebbe pressoché impossibile dire nei particolari come giunsi all'idea dell'indifferenza, chiave del libro. Grossolanamente posso dir questo: mi ero proposto, come ho spiegato, di scrivere una tragedia in forma di romanzo; ma scrivendo, mi accorsi che i motivi tradizionali della tragedia e insomma di ogni fatto veramente tragico mi sfuggivano proprio nel momento in cui cercavo di formularli. In altre parole dato l'ambiente e i personaggi, la tragedia non era possibile; e se avessi cambiato ambienti e personaggi, avrei voltato le spalle alla realtà e fatto opera di artificio. Mi si chiariva insomma l'impossibilità della tragedia in un mondo nel quale i valori non materiali parevano non aver diritto di esistenza e la coscienza morale si era incallita fin al punto in cui gli uomini, muovendosi per solo appetito, tendono sempre piú a rassomigliare ad automi. Cosí la tragedia mi si spostava dai dati esteriori (seduzione di una figlia ad opera dell'amante della madre) a quelli interiori di Michele, personaggio impotente e rivoltato che partecipa dell'insensibilità generale ma conserva abbastanza consapevolezza per soffrire di questa partecipazione. Tutto questo oggi può sembrare semplice, ingenuo e perfino grossolano, ma allora era tutt'altro che chiaro e quei pochi motivi che sono poi emersi si presentavano indissolubilmente confusi con moltissimi altri che via via ho lasciato cadere. Comunque non si trattava mai di idee bensí di sentimenti piú o meno ben riordinati e illuminati dalla ragione.

Se poi si volesse andare piú nel profondo, posso dire che ciò che presiedette soprattutto alla composizione de *Gli Indifferenti* fu uno stato d'animo tutto particolare, dovuto alle mie esperienze di quegli anni e degli anni antecedenti. Senza entrare in merito a quelle esperienze, dirò che tale stato d'animo aveva un forte carattere romantico e pur essendo il risultato di fatti extra artistici era al tempo stesso perfettamente intonato a tutta la letteratura decadente e realistica dell'ultimo quarto di secolo. Insomma, per un lungo periodo, ogni diaframma critico tra la letteratura e la vita per me non esistette. Può darsi che ancora oggi non esista.

A questo punto qualcuno vorrà sapere perché non parlo degli intenti sociali e larvatamente politici di critica antiborghese che molti attribuiscono al romanzo. Rispondo che non ne parlo perché non c'erano. Se per critica antiborghese si intende un chiaro concetto classista, niente era piú lontano dal mio animo in quel tempo. Essendo nato e facendo parte di una società borghese ed essendo allora borghese io stesso (almeno per quanto riguardava il modo di vivere) *Gli Indifferenti* furono tutt'al piú un mezzo per rendermi consapevole di questa mia condizione. D'altra parte se avessi avuto quel chiaro concetto classista che ho detto non avrei scritto *Gli Indifferenti*. Non mi pare possibile scrivere un romanzo contro qualche cosa. L'arte è interiorità non esteriorità. Ho scritto *Gli Indifferenti* perché stavo *dentro* la borghesia e non *fuori*. Se ne fossi stato fuori, come alcuni sembrano pensare attribuendomi intenti di critica sociale, avrei scritto un altro libro dal di dentro di quella qualsiasi altra società o classe a cui avessi appartenuto. Che poi *Gli Indifferenti* sia risultato un libro antiborghese questa è tutta un'altra faccenda. La colpa o il merito è soprattutto della borghesia, specie quella italiana in cui ben poco o nulla è suscettibile di ispirare non dico ammirazione ma neppure la piú lontana simpatia.

Tutto questo è tanto vero che soltanto molto tempo dopo aver pubblicato *Gli Indifferenti* mi accorsi della reale portata del libro e cominciai a sentire ripugnanza per il modo di vivere borghese nel suo complesso. Debbo avvertire però che questo modo di vivere mi apparve sempre piú come un fatto morale piuttosto che materiale. L'agiatezza è preferibile sempre alla povertà e conosco molti fieri antiborghesi che risolte le angustie materiali in cui si dibattono non saprebbero piú esserlo con sufficiente sincerità e profondità di motivi. Essi sono antiborghesi perché sono poveri, allo stesso modo che molti borghesi sono antiproletari perché sono ricchi. Tali determinazioni, a mio parere, se sono utilissime per la lotta politica, tolgono tuttavia qualsiasi interesse a questi atteggiamenti. In questo senso penso che si potrà essere validamente antiborghesi soltanto sopra un piano piú vasto che annulli ogni distinzione sociale e miri a costruire un mondo fatto per tutti gli uomini.

Tornando a *Gli Indifferenti* fu notato che la punteggiatura del libro lascia molto a desiderare. Ciò dipende dal fatto che mentre lo scrivevo non usavo alcuna punteggiatura, limitandomi a separare l'un periodo dall'altro con una lineetta o uno spazio bianco. E questo perché sebbene scrivessi in prosa, ogni frase mi veniva fuori con la proprietà ritmica e solitaria di un verso. Poi, a composizione finita, distribuii un po' a caso la punteggiatura. Ma in molti luoghi il periodo era cosí fatto che nessuna punteggiatura ragionevole mi fu possibile. Ora mi accorgo troppo tardi che forse non avrei dovuto mettere alcuna punteggiatura e presentare il libro cosí come mi era venuto fatto di scriverlo.

(1945)

MONALDO LEOPARDI

All'inizio della sua autobiografia Monaldo Leopardi cerca di darci un ritratto di se medesimo. Il ritratto è istruttivo in quanto dipinge con un compiacimento non privo di ingenuità proprio quei tratti di carattere che in futuro gli verranno rimproverati dal figlio e da molti biografi di questi. "Tanto con i miei fratelli" dice Monaldo "quanto con altri molti fanciulli... io prendevo il tono della superiorità e tutti mi facevano largo. Talvolta si redimevano chiamandomi soverchiatore... Forse quel mio soprastare dipendeva dall'età, da qualche poco d'ingegno e dalle circostanze domestiche; perché venendo riconosciuto padrone di sufficiente patrimonio, la famiglia non mi scontentava ed avevo mezzi per grandeggiare fra i bambocci compagni miei."

Complesso, dunque, di superiorità, come si direbbe oggi, dovuto ad una duplice presunzione fondata sull'intelligenza e sulla condizione sociale. Monaldo subito dopo ribadisce: "Il fatto sta che la natura o l'abitudine a sovrastare mi è sempre rimasta e mi adatto malissimo anzi non mi adatto in modo veruno alle seconde parti. Voglio piegarmi, voglio essere docile, rimettermi a tacere; ma in sostanza tutto quello che non è fatto a modo mio mi è sempre sembrato malfatto. Non vorrei adularmi, e non ho interesse alcuno per farlo; ma, in verità mi pare che il desiderio di vedere seguita la mia opinione non sia tutto orgoglio, bensì amore del giusto e del vero. Ho cercato sempre con buona fede quelli che vedessero meglio di me e ho trovato persone sagge, persone dotte, persone sperimentate; ma di ingegni quadri da tutte le parti e liberi da qualunque scabrosità ne ho trovati pochissimi e, ordinariamente in qualche punto la mia ragione, o forse il mio amor proprio mi hanno detto: Tu pensi e vedi meglio di quelli." La citazione è lunga ma ne valeva la pena. Abbiamo detto che il ritratto non è privo di ingenuità. Infatti Monaldo non sembra rendersi conto che tutti, anche i piú inetti e sprovvisti, anzi soprattutto questi, hanno nel loro intimo una voce che gli sussurra: "Tu pensi e vedi meglio di quelli"; e che la forza dell'animo consiste proprio nel mettere a tacere quella vocetta indiscreta.

Vediamo ora su che cosa si appoggiava questa presunzione di superiorità.

L'educazione di Monaldo fu quale si impartiva allora ai figli di famiglie nobili in tutt'Italia. Come usava, essa fu affidata ad un gesuita; e costui fu Don Giuseppe Torres, messicano, nativo di Vera Cruz. Di questo suo precettore Monaldo ci lascia un ricordo oltremodo affettuoso; e non dubitiamo che fosse un uomo eccellente. Inoltre quella sua origine centro-americana lo circonda di un alone pittoresco. Comunque, si deve a lui certamente, come del resto riconosce Monaldo, quella particolare educazione religiosa che doveva fare del pupillo un cosí bollente difensore dell'assolutismo papale e monarchico. Religione a parte, l'educazione di Monaldo fu in tutto simile a quella di tanti altri celebri e men celebri personaggi settecenteschi: bizzarro miscuglio di retorica, di grammatica, di lettere latine, di scienza spicciola e di aneddotica. Si aggiunga però che il Torres, come ci informa Monaldo, era un pedante bell'e buono, senza ombra di fantasia né di estro e che, come americano, non conosceva "né il gusto né lo stile né tutte le frasi e parole della lingua italiana". Insomma Monaldo, come sembra di capire, arrivò all'età di diciott'anni piuttosto incolto; o meglio non piú colto di tanti altri ragazzi della sua condizione.

Dopo aver spezzato una lancia in favore della lingua latina che "se non per altro, dovrebbe venire apprezzata sommamente, coltivata diligentemente perché è la lingua della Chiesa Cattolica"; dopo averci fornito un lungo ma insipido ragguaglio sul suo primo amore per una nobile ragazza di Pesaro (anche lui, come Giacomo), Monaldo dà al capitolo XVII il seguente titolo: "Alla gioventú non si neghi qualche denaro". Affermazione per lo meno singolare in bocca di chi rifiutò per molto tempo al figlio quel poco denaro indispensabile che questi insistentemente chiedeva. Accadde, a Monaldo a diciott'anni quello che poi, in forma peggiore, doveva succedere a Giacomo; la famiglia lo lasciava "libero di soddisfare qualsiasi capriccio" ma teneva stretti i cordoni della borsa e non voleva saperne di dargli in mano i denari. Pagare i conti sí, ma denari in tasca niente. Privazione tanto piú noiosa in quanto Monaldo era, come egli stesso si descrive "generoso per natura forse un po' troppo" e amante delle "società numerose e brillanti". Monaldo si lagna che il tutore al quale si rivolgeva per far fronte alle spese di società gli mandasse soltanto "uno scudo e molti avvertimenti di spenderlo con giudizio"; e soggiunge: "Mi trovai dunque frequentemente in situazioni angustiosissime, e mi veniva aiutando con piccole bugie e raggiri, di aver smarrito la borsa, di dovere cambiare una cedola e di altre bagattelle che forse tutti intendevano e che anche adesso mi richiamano al volto i rossori. Fortunatamente non caddi in bassezze e bricconate e sostenni la riputazione di galantuomo; ma i padri e quelli che dirigono la gioventú le diano denaro se non possono tenerla lontana dalle occasioni urgenti di spenderlo".

Come si vede il motivo dominante di questi ricordi di Monaldo è quello stesso di tante lettere di Giacomo; angustia, avarizia dei parenti, impossibilità di vivere senza mezzi adeguati. Con questa differenza però, che Giacomo chiedeva denari per uscire da Recanati e continuare in luoghi e condizioni piú amene i suoi soliti studi; invece Monaldo li esigeva per far bella figura in società. Dalle stesse sue parole risulta che Monaldo a diciott'anni doveva essere proprio uno di quei cavalierotti settecenteschi che talvolta, tra le arguzie veneziane del Goldoni, fanno capolino con certe loro frasi cerimoniose in idioma toscano. Il marchese Lelio o il conte Ottavio. E non si può fare a meno di pensare a qualche eroe della vanità e dell'impegno mondano del genere di quelli de *Le smanie della villeggiatura* allorché Monaldo prende a descrivere la gran vita che menava lo zio, marchese Mosca, a Pesaro; gran vita che lo colpí talmente da dargli subito il desiderio vivissimo di imitarlo e di emularlo. "Numero grande di cavalli, di carrozze e di servitú; appartamenti splendidi, ricevimenti e trattenimenti continui, villa nobilissima e villeggiature numerose; e tono e tratto da signor grande." Il giovane Monaldo gioí di quelle villeggiature e di quei trattenimenti e giurò in cuor suo che, appena avesse avuto l'età maggiore e il conseguente controllo del patrimonio familiare, non sarebbe stato da meno. Il che, come egli confessa, se proprio non lo dissestò del tutto, come avvenne al prodigo marchese Mosca, lo ridusse con "le gambe peste talmente" che ne risentí "il dolore e la debolezza per tutta la vita". Aggiungiamo che questo dolore e questa debolezza, prodotti di leggerezza e di mondana infatuazione, furono soprattutto risentiti dai figli di Monaldo. Dove si comincia a scoprire che cosa c'era stato all'origine lontana del moralismo del padre di Giacomo.

Come tutti i moralisti sinceri Monaldo riconosceva e condannava le proprie debolezze; ma le riconobbe e condannò assai tardi e soltanto quando questo riconoscimento e questa condanna non potevano avere altra efficacia che verbale. O meglio l'ebbero ma a tutto danno dei figli; che si videro precluse quelle distrazioni e quelle amenità senza le quali, come ebbe a dire Giacomo, la vita non è piú altro che "nera orrenda barbara malinconia". Monaldo confessa che dissipando a quel modo il patrimonio avito preparò "a sé medesimo ed ai figli propri un avvenire infausto"; noi pensiamo che questo avvenire sarebbe stato molto raddolcito se Monaldo avesse dimostrato ai figli quella stessa indulgenza che a suo tempo aveva avuto per se stesso; giacché la severità a posteriori esercitata a parole contro se stesso e nei fatti contro gli altri, troppo rassomiglia ad una specie di ipocrisia ritardata e retroattiva.

Comunque, tornato dai fasti mondani dello zio Mosca, Monaldo anelava con ansietà al momento in cui avesse potuto disporre liberamente di sé e delle sue sostanze. E qui si è tentati di ripetere il parallelo con Giacomo che alla stessa età ma con meriti e consapevolezza tanto superiori anelava piú modestamente ad uscire da Recanati e a vivere per conto suo e non l'ottenne. Monaldo ci lascia intravedere per uno spiraglio le angustie tra ridicole e penose in cui si dibatteva prima di mettere le mani sul patrimonio familiare: furtarelli allo zio tutore con l'idea di riprendere il suo, prestiti richiesti ai domestici, venti scudi alla cameriera Tommasa Caporalini che "l'amava pazzamente", quaranta scudi a Luigi Tiberi il piú vecchio dei servitori. Sono confessioni che in certo senso fanno onore a Monaldo; ma al tempo stesso gettano una luce viva sulle grettezze e vanità della sua giovinezza. Di nuovo si pensa invincibilmente al Goldoni e ai suoi cavalieri che si indebitano con tutti, persino con i servitori, pur di far bella figura in società.

"Deve rispettarsi la volontà dei defunti" afferma Monaldo al principio di un capitolo dove descrive il procedimento con il quale si infranse appunto la volontà paterna secondo cui Monaldo non avrebbe potuto entrare in possesso delle sue sostanze prima dei ventiquattr'anni. Al solito Monaldo fa dei suoi trascorsi e delle conseguenze molto gravi che ne risultarono una legge da incidersi in tavole di bronzo e da fare rispettare da coloro che verranno dopo di lui, ossia i figli. Dopo alcune considerazioni sul carattere sacro e inviolabile dei testamenti, eccolo infatti esclamare: "Figli miei, che leggerete forse queste memorie, rispettate la volontà dei vostri maggiori. Rispettatela perché l'età li ha resi piú saggi di voi; perché la natura dava loro il diritto di consigliarvi; perché la giustizia e la equità gli accordava il potere di disporre delle cose loro e perché le disposizioni di essi non poterono avere altro scopo che il bene vostro."

Belle parole, di certo, ma che dobbiamo pensarne? Che sono uno degli aspetti meno simpatici della particolare e assai curiosa ipocrisia di Monaldo.

Il Papa concesse il rescritto che derogava alla volontà paterna; e una volta in possesso del suo patrimonio, Monaldo fece quanto aveva veduto fare allo zio Mosca e a tutte le famiglie nobili che aveva frequentate. O meglio continuò a fare quanto sinora avevano fatto i suoi zii i quali "stimavano che qualunque diminuzione nel lusso e nel tono domestico fosse un disdoro". Conservò, dunque "un treno luminoso"; diede anche lui "villeggiature splendide e trattenimenti continui"; insomma si avviò decisamente per quella strada che doveva condurre lui e la famiglia alle ben note strettezze. E a questo punto osserviamo che questa prodigalità e socievolezza del giovane Monaldo benché rovinose, non mancano di una loro settecentesca amabilità. Ciò che invece riesce meno amabile è la trasformazione del goldoniano contino nel reazionario scrittore dei *Dialoghetti*, nel severo padre di Giacomo, nell'insopportabile moralista degli anni maturi. In fatto di moralisti ci piacciono coloro che lo sono sempre stati; e non chi, come Monaldo, lo era diventato per tardivo pentimento o per insufficienza di temperamento o per ambedue i motivi. Avremmo davvero preferito uno di quei vecchi *ancien régime*, cinici, sdentati, volteriani, indulgenti verso la gioventú, lodatori degli sfavillanti tempi passati, che si affacciano in piú di un romanzo e di un libro di memorie di quell'inizio di secolo.

Monaldo, che sente spesso il bisogno di fare il punto sopra se stesso, traccia un nuovo abbozzo di autoritratto. Dopo averci informato che era "sano senza essere robusto, né alto né basso, non bello, ma senza alcuna bruttezza notevole, in somma... un uomo come gli altri" enumera le qualità seguenti: "princípi di religione e di onore... modi nobili e generosi... un cuore ottimo e grande come una piazza... docilità alle forze della ragione... impegno di operare ragionevolmente". A queste qualità Monaldo contrappone un solo difetto: "orgoglio smisurato che le troppe lodi datemi nell'adolescenza avevano fomentato". Ora quelle qualità, posto che esistessero, erano piú che bilanciate da un tale difetto; tanto piú che quest'orgoglio, come ci informa Monaldo, si compiaceva "nel vanto di quella mansuetudine, di quella calma, di quella longanimità che in questo caso non sono piú virtú ma satelliti dell'ambizione". Che è quanto dire proprio quella "fermezza straordinaria del carattere, coperta da costantissima dissimulazione e apparenza di cedere" che accoratamente gli rimproverava Giacomo. Orgoglio, insomma, mascherato dalla virtú contraria, di specie piuttosto gesuitica, per niente luciferino. Noi aggiungiamo che con tutta la sua generosità e prodigalità, Monaldo non aveva quella generosità dell'intelligenza che è indispensabile per comprendere gli uomini. E poi e poi... non pretendiamo di conoscere Monaldo e quel poco che ci dice lascerebbe supporre anche altre cose. Non per nulla egli stesso dichiara che "il cuore dell'uomo è un abisso ed anche lo sguardo proprio è di rado puro abbastanza per penetrare nel fondo di quella oscurità".

Monaldo riprendendo a narrare la sua vita, ci dà conto del suo primo fallito matrimonio. Questa storia è divertente e siccome conferma punto per punto il carattere di Monaldo quale l'abbiamo sin qui delineato, val la pena di essere riportata per esteso. Cominciò dunque un "sensalaccio forestiero" a metter la pulce nell'orecchio di Monaldo proponendogli di sposare una damina bolognese, di famiglia illustre e con dote cospicua. Poi, dopo il sensale, venne il signor Camillo Vizzani, mercante di Bologna a dar forma piú concreta alla proposta. Si trattava della marchesa Diana figlia del marchese Camillo Zambeccari e della principessa Laura Lambertini. In breve le conversazioni furono avviate e un amico della famiglia Leopardi, il conte Luigi Gatti, si incaricò di fare da paraninfo. Monaldo racconta non senza arguzia che, partito insieme con il Gatti alla volta di Bologna per incontrarsi con la fidanzata ancora sconosciuta, il compagno non cessò di insinuargli che "i matrimoni debbono farsi con la testa e non già con il capriccio e col cuore; che una buona moglie è un tesoro e altre simili cose". Par di vederli, il contino dubbioso e il grave uomo di esperienza, sottile ragionatore, mentre la carrozza rotola verso Bologna. Giunti a Bologna si stabilí che la dote dovesse essere di ventimila scudi e che alla terza o quarta mattina dopo l'arrivo di Monaldo, con cerimoniale tutto goldoniano, il giovane sarebbe andato a prendere la cioccolata in casa Lambertini e lí, finalmente, avrebbe incontrato la sposa "in tutta formalità". A dire il vero, Monaldo avrebbe voluto vedere la sposa prima di accettare tutte le condizioni del matrimonio; ma i parenti non vollero saperne. E il Gatti, dopo altre prediche, lo informò che, una volta in presenza della sposa, se questa non gli spiaceva, doveva cavare di tasca il fazzoletto; lui poi avrebbe pensato al resto. Lasciamo parlare Monaldo: "Il cuore mi batteva e la mano stava sul fazzoletto per cavarlo senza ritardo. Ecco la sposa. Un inchino, due parole, un'occhiata, il fazzoletto è fuori. Gatti dice alla giovane qualcosa all'orecchio e poi tutti: — Viva gli sposi, bravo il conte Gatti, quanto siete di spirito, quanto sapete far bene — e il matrimonio rimase concluso cosí."

Purtroppo la sera stessa dopo quella incauta bevuta di cioccolata, Monaldo si accorse di aver fatto una corbelleria. È difficile comprendere dalle parole di Monaldo come fosse la marchesa Diana Zambeccari. Monaldo afferma che era senza difetti ma che aveva qualche anno piú di lui e che la sua calma non combinava con la propria vivacità. Noi siamo disposti a pensare che fosse una di quelle donne che ancor oggi si chiamano "calie": ossia donne non proprio ripugnanti ma fastidiose e meschine. Comunque Monaldo cadde nella piú "tetra malinconia e quasi nella disperazione"; e dopo due giorni, tra "il pianto e la convulsione" confidò al Gatti il suo proposito di mandare a monte il matrimonio. Ma il Gatti lo fece ricredere con altre prediche sul disdoro e la gravità di una simile azione. E Monaldo, almeno per il momento, si rassegnò al destino.

Si rassegnò tanto piú facilmente in quanto, con caratteristico desiderio di stordirsi e di dimenticare la sciocchezza commessa, si diede subito corpo e anima ai preparativi per le nozze. Si ritrovano qui gli elementi della goldoniana *La casa nuova*: il matrimonio sfarzoso, il giovane che si mangia il proprio patrimonio per metter su casa. "Datomi dunque" dice Monaldo "a preparare quanto occorreva per le nozze, empii la casa di artieri, comprai cavalli, fabbricai da fondo la scuderia e la rimessa, demolendo le antiche, e feci altre spese non eccessive e quali piú quali meno utili, ma tutte pazze perché fatte a forza di debito, laddove in debito si devono comprare solamente il pane e il mantello."

Vari avvenimenti vennero intanto a intromettersi in questi preparativi e segnatamente l'invasione francese del 1796 e il viaggio a Roma del fratello Vito che ardeva di portarsi volontario nella lotta contro l'invasore. Monaldo ci dice che "ogni galantuomo approvava quanto si faceva contro i francesi" e che risolvette non soltanto di accompagnare il fratello nel suo viaggio ma anche di offrire trecento scudi all'anno durante la guerra e di equipaggiare a sue spese il fratello e un altro volontario in un corpo di cavalleria. Monaldo chiama questa sua partecipazione alla guerra antifrancese "ragazzata"; e infatti fu una ragazzata giacché non servì ad altro che a fargli spendere un migliaio di scudi. Per il resto, vogliamo dire il lato militare dell'impresa, egli stesso ci fa sapere che i "preparativi bellicosi facevano pietà" e che Roma "era piena di sbarbatelli coperti d'oro e di piume che si pavoneggiavano nelle strade". Quindi, dopo aver biasimato certo Mantichetti "il quale commise il fallo di non fuggire con gli altri e morí in battaglia", qualche pagina piú in là ci racconta come, dopo aver fatto tanto per armare il fratello, poi si adoperasse per disarmarlo. "Considerai che le cose dello Stato erano perdute e il sacrificio di un povero ragazzo non le avrebbe salvate; riflettei che la religione e l'onore non imponevano il morire senza profitto e risolvei che mio fratello non partirebbe. Egli ne restò desolato e voleva marciare a tutti i patti; ma dové cedere al volere degli altri. Montato in carrozza andai di volo a incontrare il cav. Borgia e lo incontrai alla testa del suo squadrone nel piano di San Leopardo." Il cav. Borgia, dal nome rinascimentale e dall'animo servizievole, non si fece troppo pregare: il fratello di Monaldo gli desse in dono due cavalli da tiro e sarebbe stato libero. Monaldo soggiunge che il fratello "ne restò afflitto, sdegnato, mortificato e quasi denigrato nell'onore e andò a nascondere nelle soffitte tutti gli ornamenti e distintivi militari dei quali ormai si riputava indegno." "Astrattamente diceva bene" commenta a questo punto Monaldo "ma in quello stato concreto di cose disperatissime, io gli salvai la vita e egli non mancò a verun dovere e chi non manca al dovere non manca all'onore." Riflessioni veramente un po' pulcinellesche che abbiamo voluto riferire in esteso perché esse danno un colore singolare al reazionarismo di Monaldo e in generale al reazionarismo nostrano di allora e di sempre. In una situazione molto simile bisogna infatti ricordare la resistenza eroica anche se retriva incontrata dai francesi in Spagna e in Russia. Non senza compiacimento Monaldo conclude: "nella confusione orribile del giorno seguente taluno domandò i due cavalli promessi da me, ma la situazione della casa mia lontana dalla strada di passo e la fretta che tutti ebbero di fuggire non permisero troppe ricerche e i cavalli furono risparmiati per sempre."

Ma l'invasione napoleonica se non permise al reazionarismo incipiente di Monaldo di manifestarsi altrimenti che con un'abbondante spesa di scudi, servì però a mandare a monte il temuto matrimonio. Il marchese Zambeccari forse aveva sperato che Monaldo fosse piú ricco di quanto in realtà non era; forse, come suppone Monaldo, si era pentito, sebbene fosse lui stesso assai denaroso, di avergli promesso una "dote eccedente li scudi dodicimila solita a darsi dalla famiglia sua"; fatto sta che lo informò che a causa dell'invasione francese si trovava senza denaro e non poteva pagare, come era stato convenuto, la seconda metà della dote. A Monaldo questa improvvisa avarizia del futuro suocero parve addirittura un regalo della Provvidenza. E commenta: "L'avvenire che vedevo minaccioso e tetro mi comparve splendido e seducente e l'idea di sentirmi sciolto e di potere disporre di me liberamente s'ingigantí e diventò signora dell'animo mio." Noi per conto nostro non possiamo non ammirare le vie veramente provvidenziali per cui il matrimonio fu evitato; quel matrimonio che se fosse avvenuto ci avrebbe certamente regalato "dodici e piú figli tra morti e vivi" ma non quell'unico insostituibile Giacomo.

La maniera con la quale Monaldo si disfece del suo impegno è assai caratteristica e serve a lumeggiare molto bene quel lato dissimulato e non troppo coraggioso del padre di Giacomo che abbiamo già avuto modo di notare. Monaldo, in breve, ricorse alle lettere anonime. Se aggiungiamo che queste lettere anonime furono vergate in uno stile oltremodo ragionevole e urbano, avremo di nuovo un tratto comico da intrigo goldoniano. Comicità di cui Monaldo non sembra accorgersi e che gli dà automaticamente un carattere legnoso e teofrastiano da personaggio teatrale.

Monaldo ci ha conservato una di queste lettere. Eccola: "Conoscendo i sentimenti piú intimi del conte Leopardi, tradirei lui, voi e la vostra figlia se lasciassi di palesarveli. Egli trova la sua sposa degnissima di rispetto e di stima, e vorrebbe essere appassionato per lei; ma il cuore non conosce legge. Ogni suo sforzo per dominarlo è riuscito inutile e pare che questo matrimonio non sia scritto in cielo. Leopardi sposerà la figlia vostra e la tratterà bene come si conviene ad un cristiano e ad un uomo d'onore, siatene certo. Se per altro la vostra figlia non troverà quell'affetto che merita e può bramare e se questi giovani saranno infelici per tutta la vita, voi lo avrete voluto trascurando questo avvertimento."

Ci piacerebbe assai sapere quel che pensasse il marchese Zambeccari ricevendo questa lettera. Purtroppo Monaldo non è in grado di informarcene. Sappiamo soltanto che il marchese fece orecchio da mercante a questa e ad una seconda missiva dello stesso tenore. Allora, e qui la comicità raggiunge il suo massimo effetto e il personaggio di Monaldo si fa perfetto, lo sposo recalcitrante ne scrive una terza, sempre senza firmarla, ma tracciando di suo pugno l'indirizzo sulla busta e contrassegnandola con il suo sigillo. Come dire: chi vuol capire, capisca. Questa volta il marchese capisce e manda a Monaldo certo Giovanni Landi, mercante di Bologna. È un peccato non poter trascrivere il dialogo tra Monaldo e il mercante incaricato dal marchese di chiarire l'imbroglio. È un peccato, diciamo, perché Monaldo, forse inconsapevolmente avvertendo il carattere comico di tutta la faccenda, ce l'ha riportato integralmente in forma teatrale, proprio come un dialogo da commedia. In breve Monaldo, dopo qualche tortuosità, dichiara: "piuttosto che effettuare queste nozze, vorrei farmi frate certosino o trappense" e il mercante pienamente convinto della realtà dei primi sospetti torna a riferire al marchese. Di lí a pochi giorni il matrimonio fu rotto. Monaldo nota a questo punto che la rottura del matrimonio dissestò definitivamente il patrimonio già intaccato. Infatti tutte le spese delle nozze, spese che Monaldo aveva fatto contando sulla dote, ricaddero sulla famiglia Leopardi. Monaldo ci informa che tra viaggi, regali e altri sborsi, tutto compreso e non includendovi le gioie antiche che fece vendere per far fronte ai suoi impegni, ci rimise un ventimila scudi. Par di sentire Giacomo lamentarsi chiedendo se "i Galamini, se i Giaccherini, se gli altri tanti di questa specie che di 16 anni già ebbero piú libertà che non ho io di 21, sono migliori di me." Il fatto si era che i padri dei Galamini e dei Giaccherini non avevano mandato a monte in gioventú i loro matrimoni con perdita di ventimila scudi e non dovevano perciò fare economie all'osso per rinsanguare il patrimonio a quel modo dissestato.

Questi fatti avvenivano nel 1796. Il 21 giugno del 1797, Monaldo andò a chiedere la mano di Adelaide dei marchesi Antici. Matrimonio d'amore questa volta, per quanto era compatibile con il carattere di Monaldo. Il primo incontro avvenne in chiesa durante una messa solenne; come si vede siamo già molto lontani dalla cioccolata e dall'intrigo del fazzoletto del fidanzamento con la Zambeccari. Ma non abbiamo voluto raccontare la vita di Monaldo quanto rintracciarne, attraverso alcuni fatti di questa vita, il genuino carattere. Chi poi volesse saperne di piú e apprendere quel che avvenne nelle Marche sotto la seconda invasione napoleonica e quel che fece Monaldo in quell'occasione, vada a leggersi l'autobiografia. Noi consideriamo, come abbiamo già detto, che il carattere di Monaldo sia sufficientemente illuminato dai fatti che abbiamo sinora riportato.

Riassumendo, qual era questo carattere? Eccolo: buono nel senso ristretto di mite e civile, retto ma non esente da grettezze oscure, orgoglioso ma senza nulla di ribelle, di un orgoglio non privo di vanità e di autoammirazione, dissimulato perché ostinato e al tempo stesso incapace, per mancanza di coraggio, di mostrare apertamente quest'ostinazione, formalista al massimo, alquanto scipito intellettualmente, con una forte inclinazione a scambiare il piú piatto ed angusto buon senso per un'espressione definitiva di supreme verità. Ma quel che importa soprattutto sottolineare è la convenzionalità, incertezza e angustia delle esperienze morali giovanili di Monaldo che sono poi quelle che contano nella vita di un uomo. Convenzionalità, angustia e incertezza che avrebbero dovuto suggerire piú tardi al padre di Giacomo un atteggiamento modesto e arrendevole molto diverso da quello autoritario e moralistico che invece volle assumere. Il reazionarismo di Monaldo, sul piano psicologico, si innesta su questa esangue scarsezza di profonda vita morale. Monaldo crede in buona fede che i suoi errori debbano essere quelli di tutti e che perciò la sua volontà di austerità e di autorità sia buona per tutti. In altre parole presume di essere, con le sue poche e mondane follie e la sua incapacità a reggersi senza le dande dell'autorità temporale e religiosa, rappresentativo dell'umanità intera mentre non lo è che di una particolarissima condizione psicologica e sociale. Ora il proprio del reazionarismo è appunto di appoggiare il suo pessimismo sopra qualche esperienza o situazione particolare gonfiata per miopia e inconsapevole tornaconto fino ad assumere carattere di universalità. Monaldo è pessimista sugli uomini perché è in realtà pessimista sopra se stesso; ed è pessimista sopra se stesso soltanto perché in gioventú dilapidò sciocamente qualche diecina di migliaia di scudi. La difesa della tradizione da parte di Monaldo è dovuta soprattutto alla incapacità di liberarsene altrimenti che infrangendola con scapestrataggini, frivolezze e altre simili cose negative. Gli uomini come Monaldo ragionano all'incirca in questo modo; ho fatto il tale errore in gioventú, dunque anche mio figlio lo farà, dunque bisogna impedire che lo faccia; oppure: il popolo di Recanati non ha capito nulla del suffragio universale, si è dato al saccheggio, dunque bisogna proibire il suffragio universale non soltanto a Recanati ma anche a Roma e a Parigi. Là dove invece di trarre conclusioni cosí affrettate, sarebbe stato meglio vedere perché Monaldo aveva commesso quell'errore, perché il popolo di Recanati si fosse dato al saccheggio. Ma questo esame di coscienza e in generale qualsiasi esame della realtà è precluso agli uomini come Monaldo. Essi difettano di umiltà e ammettono tutti i vizi e tutti i difetti fuorché quello di essere dei poveruomini espressi da una povera ed esausta società, ridotti a difendere non già, come credono, la verità e la giustizia, bensí i loro interessi e i loro malumori. Il rapporto che corre tra Monaldo e Giacomo sul piano sentimentale e familiare è identico a quello che corre tra Monaldo e il popolo sul piano politico e sociale. In ambedue i casi le esigenze complesse e profonde della vita stanno di fronte ad un'incomprensione totale dovuta non già a mala fede o a cattiveria bensí alle esigenze non meno sentite di quella che potremmo chiamare la non-vita. Perciò il problema del reazionarismo di Monaldo nella vita italiana è quello di qualcosa di non vitale che invece di cadere e deporsi come dovrebbe nei fondi geologici della storia, trova ad un certo momento condizioni favorevoli per combattere e soverchiare tutto ciò che è vivo.

Tutti coloro che sono stati a Recanati e hanno visitato casa Leopardi ne hanno riportato lo stesso commosso ricordo. La bella casa piena di civiltà, la ricca libreria che testimonia al tempo stesso l'amore per la cultura di Monaldo e gli "incredibili" studi di Giacomo, le stanze grandi, familiari e nobili nelle quali giocavano i ragazzi Leopardi, le finestre da cui Giacomo poté vedere Silvia e Nerina; tutte cose che, se è vero che l'ambiente esercita qualche influenza sull'uomo, forniscono la ragione del tono singolarissimo, al tempo stesso casalingo e dotto, provinciale e austero di uno dei nostri maggiori poeti. Certamente quella casa era il prodotto di molte generazioni di Leopardi; ma Monaldo aggiungendovi la biblioteca contribuí non poco a darle l'attuale fisionomia. Monaldo, vogliamo dire, si dimostrò prestissimo consapevole delle responsabilità culturali che incombevano ad una famiglia quale la sua.

D'altra parte chi conosce anche superficialmente la provincia italiana, soprattutto dal Lazio in su, sa che non c'è piccola città, borgo o anche località di campagna che non vanti qualche palazzo o qualche villa in cui non si ritrovino i medesimi aspetti che rendono tanto amabile casa Leopardi. Stesse librerie in cui primeggiano testi di religione, classici italiani e latini, collezioni francesi, stesse belle stanze affrescate, stesse viste incantevoli su viuzze di borghi, distese di ricche campagne coltivate, giardini e orti. In altre parole casa Leopardi non si distingue dalle tante ville e palazzi dell'antica nobiltà e della vecchia borghesia provinciale italiana che per un solo fatto: per esservi nato, per avervi studiato, per avervi composto le sue poesie Giacomo Leopardi. Perciò mentre non possiamo dire che Giacomo e la sua poesia siano rappresentativi di una condizione sociale, giacché una poesia assoluta e altissima qual è quella leopardiana non può rappresentare se non se stessa, a ragione possiamo invece affermare che Monaldo, di tanto inferiore al figlio e con determinazioni sociali cosí chiare e marcate, sia invece un prodotto tipico della classe cui apparteneva. Questa tipicità di Monaldo, d'altronde, non si ferma al suo tempo e alle condizioni particolari in cui si trovava la nobiltà italiana quegli anni. Con qualche variante e cambiando qualche nome, Monaldo a tutt'oggi per le sue idee e il suo atteggiamento sarebbe il rappresentante caratteristico di una certa società. Aggiungiamo che oggi come allora uomini come Monaldo, pur con i loro limiti assai angusti, farebbero spicco nel mezzo di una desolante mediocrità e decadenza.

Che vuol dir questo? che Monaldo e la sua cultura erano quanto di meglio poteva fornire in Italia l'antica classe dirigente; e che questo meglio trovò espressione nel reazionarismo dei *Dialoghetti* e negli altri scritti del padre di Giacomo. Quanto dire che questo meglio era ben poco e che non bastava assolutamente a giustificare la posizione preminente della classe di Monaldo allora come oggi.

Quale poi fosse il carattere di questa classe, salvo poche eccezioni, possiamo delinearlo nel modo seguente: una cultura rimasta ancorata, nonostante alcuni apporti illuministici, alle posizioni tridentine, ossia una pseudo cultura con molto formalismo, molta archeologia e nessun pensiero; un classicismo esangue e retorico; un moralismo angusto di specie precettistica; una devozione bigotta ed esteriore; molta prudenza, molta civiltà, molto decoro, molto desiderio di "dormire i sonni in santa pace" come si esprimeva lo stesso Monaldo. Questo carattere, come abbiamo già visto, va benissimo d'accordo con le scapestrataggini e le dissipazioni melense a cui si abbandonavano e a tutt'oggi si abbandonano in gioventú (per alcuni questa gioventú non finisce mai) i gentiluomini italiani. Ma cosí nella gioventú infatuata di far bella figura in società e di gareggiare in amori e in larghezze come nella maturità e nella vecchiezza tranquille e parsimoniose spese a riordinare e amministrare i beni e a tirar su i figlioli, si notano la stessa mancanza di passioni, la stessa scarsa vitalità, la stessa senilità. Eppure era ed è la medesima società che nel Rinascimento aveva prodotto uomini di cosí poderoso e protervo rigoglio. Stendhal, che girava per il mondo alla ricerca delle passioni, operò poeticamente il trasferimento della esuberanza rinascimentale in quella vecchia società ravveduta e controriformistica. Ma ci voleva tutta la sua ingenua e spiritosa fantasia per ritrovare le profondità e le efferatezze di Vittoria Accoramboni o della Cenci, del Valentino o di Ludovico il Moro in quella pariniana società di bene educati cavalieri e di garbate signore.

Il reazionarismo di Monaldo, come è noto, trova la sua piú compiuta espressione oltre che in opere minori quali *La predica di don Musoduro* e nella collaborazione alla *Voce della ragione*, nei celebri *Dialoghetti sulle materie correnti nell'anno 1831*. Come indica il titolo, i dialoghi prendono lo spunto dai fatti contemporanei. Il dialogo primo stabilisce un contrasto tra la giustizia e la politica; la quale ultima per Monaldo sarebbe colpevole di aver impedito che le guerre mosse contro Napoleone raggiungessero il loro scopo che era appunto quello di ristabilire la giustizia. Il sangue, le passioni, le aspirazioni, il travaglio di tutta Europa per Monaldo contano niente. Egli è rimasto fermo all'Europa del 1789 e vuole la restaurazione pura e semplice di quell'Europa. Nella fattispecie, la Restaurazione in Francia ci è presentata come una donna zoppa, impedita di lingua, con le mani legate e senza vestiti; e questo perché c'è stata la Carta. "I re non vogliono mai e non possono volere il male del popolo" esclama a questo punto Monaldo "perché il popolo è la famiglia e il patrimonio del re e nessuno vuole il danno della propria famiglia e la rovina del suo patrimonio." Come si vede Monaldo dimenticava le proprie disavventure economiche. Questa giustizia di Monaldo, del resto, è una giustizia molto relativa. Monaldo infatti propone, cosí come uno scherzo, che si dia "una buona tosata ai confini della Francia"; che è una vera e propria ingiustizia. All'ultimo ci viene rivelato perché la politica si comporti in modo cosí contrario alla giustizia; per via di una "maschera tutta imbacuccata" che poi non sarebbe altro che la rivoluzione.

Il secondo dialogo è piú scandaloso ancora del primo. Monaldo, nelle lotte dei Greci per la loro libertà nazionale contro i Turchi, pur davanti alle sanguinose repressioni che in quel tempo commossero tutta l'Europa, non esita e si schiera dalla parte dei Turchi. E questo perché l'usurpazione ormai antica e stabilita dei Turchi è piú legittima del desiderio di libertà dei Greci. "La rivoluzione della Grecia è dell'istessissimo parentato delle altre" dichiara Monaldo per bocca del turco, intendendo le altre rivoluzioni liberali e nazionali d'Europa; e questa volta non possiamo davvero dargli torto. A questo proposito aggiungiamo un particolare significativo. Monaldo aveva veduto i Turchi all'opera durante l'assedio di Ancona del 1799. Pur mostrando qualche riprovazione per le barbarie a cui si abbandonavano questi singolari alleati del Papa, Monaldo nella sua autobiografia non può fare a meno di notare con compiacimento: "...i Turchi, incontrando alcuno isolatamente, gli domandavano la corona e se non avevano o questo o altro segno di cristiano, lo ammazzavano come Giacobino e aderente alla Francia." Paradossi del reazionarismo.

Nel terzo dialogo entra in scena addirittura Napoleone e la scena è l'inferno. Piovono giú francesi uccisi dalla rivoluzione e Napoleone con piglio autoritario e codino dà lezione di legittimismo. Nel quarto dialogo la guerra che Monaldo vedrebbe volentieri scatenata contro i liberali francesi è fermata da un personaggio molto in voga allora come nel recente passato europeo: il non intervento.

Ma il capolavoro di Monaldo è il viaggio di Pulcinella nel paese della costituzione. In questo dialogo, dopo molte peripezie, Pulcinella e il Dottore suo compagno si imbattono finalmente nell'Esperienza la quale affida loro una lunga lettera da presentare a tutti i re d'Europa. L'Esperienza, al solito, si rivela essere nient'altro che la privata e particolare esperienza di Monaldo e la lettera che Monaldo modestamente immagina trascritta da un misterioso scrivano nascosto sotto lo pseudonimo 1150 (*MCL*, le iniziali di Monaldo conte Leopardi) è il testamento politico di Monaldo e di tutto il reazionarismo italiano passato presente e futuro. Monaldo incita i principi a scuotersi dal loro letargo; quindi, con acume poliziesco, li esorta a servirsi proprio di quelle armi che tanto giovano alla causa liberale: i libri, i giornali, la cultura in genere; ossia in altre parole consiglia loro di creare una stampa addomesticata in tutto simile a quella che abbiamo veduto imperversare in Italia durante il ventennio fascista. Come esempio di questa stampa, Monaldo cita la *Voce della verità*, di cui egli è uno dei piú frequenti e apprezzati collaboratori. D'altra parte all'opera di persuasione della stampa governativa, Monaldo ammonisce di aggiungere quella piú efficace della "corda e della forca"; e soggiunge: "il principe piú pietoso è quello che tiene per primo ministro il carnefice." Poi interviene nella lettera la riflessione piú profonda di Monaldo. "Principi miei," egli dice, "...voi per un zelo malinteso della sovranità avete levato alli comuni tutti i loro privilegi, tutti i loro diritti, tutte le loro franchigie e libertà e avete concentrato nel governo ogni filo di potere, ogni moto, ogni spirito di vita. Con questo avete reso gli uomini stranieri nella propria terra, abitatori e non piú cittadini della loro città; *e dalla abolizione dello spirito patrio è insorto lo spirito nazionale il quale ha ingigantito gli orgogli e i progetti dei popoli.*" Abbiamo detto riflessione profonda; e infatti, sia pure per bocca di un reazionario, di qualcuno cioè che vedrebbe volentieri ripristinata la rete dei privilegi e dei particolarismi feudali, vi è qui una definizione assai esatta del nazionalismo e dei suoi mali. In particolare il contrasto tra *spirito patrio e spirito nazionale* è visto con acutezza insolita. Vien quasi fatto di pensare: peccato che Monaldo sia un reazionario e che in effetti un secolo piú tardi proprio questo reazionarismo dovesse allearsi con il nazionalismo suo antico nemico e scatenare le piú terribili guerre che il mondo abbia conosciuto. La lettera dopo aver esortato i principi a restaurare gli statuti, i privilegi, i diritti, e le franchigie acciocché "il popolo si diverta coi trastulli innocenti dei maneggi, delle ambizioni e delle gare municipali" finisce per avvertire che bisogna lasciare i libri e gli studi "alle classi distinte e a qualche ingegno straordinario" e che gli altri "i bifolchi e i facchini che a dispetto della natura vogliono aggregarsi alle classi elevate" debbono tornare al piú presto alla lesina e al badile. Naturalmente, sopra ogni cosa, bisogna restaurare la religione, ossia la controriforma. In tal modo saranno ristabilite le pietre dell'altare e la solidità del trono.

I *Dialoghetti*, se dobbiamo credere a qualche biografo di Monaldo (e gli crediamo senz'altro) ebbero un successo strepitoso. Tre edizioni dopo un mese, sei dopo tre mesi; e traduzioni in tutta Europa. Il libro messo in vendita al prezzo di cinque paoli fu rivenduto perfino a quattro luigi. La ragione poi di questo successo è chiara. La classe dirigente reazionaria italiana aveva riconosciuto in Monaldo il suo portavoce; e a sua volta Monaldo aveva saputo dare al reazionarismo un'espressione perfettamente adeguata. A differenza, infatti, di altri reazionari come il Canosa e Solaro della Margarita, Monaldo non s'impantana nella saccenteria togata e sentenziosa dell'antica trattatistica politica ma, con fiuto che si dovrebbe chiamare geniale, trova subito lo stile adatto al carattere paesano e superficiale del nostro reazionarismo. I *Dialoghetti* sono scritti alla buona, con molta vivacità, non senza qualche rustica sciatteria e parecchie parolacce. Ci si sente un'aria da Barbanera di Foligno; e, infatti, mutatis mutandis, nella loro calcolata e sorniona bonarietà e nella loro autentica melensaggine, potrebbero benissimo figurare in testa ad un qualsiasi lunario provinciale, tra un elenco di fiere e una filza di consigli agricoli. Ci si sente, insomma, aria di Strapaese, quest'ultimo fiore fascista del sanfedismo e del provincialismo italiano. Come in Strapaese, vi regna la stessa fiducia in un equivoco e compiaciuto buon senso; e non vi manca neppure qualche tratto di lazzaronismo popolaresco; quel lazzaronismo che in Italia pare inseparabile dal piglio autoritario e feudale di molti signori di campagna. Non per nulla Pulcinella è l'eroe preferito di Monaldo; maschera napoletana in cui si riassumono tutti i vizi e tutte le deprimenti passività dell'antico popolo italiano.

Pulcinella e Monaldo: il primo con il berrettone bianco,

con la faccia infarinata e mascherata, con il colletto ballonzolante, con i flosci pantaloni e la blusa di tela; il secondo come ce lo descrive Antonio Ranieri con un "cappello a larghissime falde, calzoni corti a ginocchio con sopra grosse fibbie di metallo bianco... da capo a piè tutto a nero... sotto il braccio sinistro una maniera di grosso breviario". Pulcinella e Monaldo: il primo con il suo motto purtroppo immortale: "O Francia o Spagna pur che se magna", il secondo con il suo *Unicuique suum*; il primo con la sua allegria spregevole, il secondo con la sua austerità alquanto tartufesca; il primo che dovrebbe essere il buon popolo spensierato e apolitico, servile e lazzarone, il secondo che dovrebbe incarnare la nostra classe dirigente da contrapporre a quelle ben piú formidabili dei grandi paesi d'oltralpe e d'oltreoceano; questo simbolo bifronte del nostro paese nei suoi momenti piú bassi, non è ancora anacronistico e passerà ancora molto tempo prima che lo sia.

Raccomandiamo ad ogni modo di leggere i *Dialoghetti*. Non abbiamo nulla da ridire sul giudizio che ne diede Giacomo ("infamissimo, scelleratissimo libro... sozzi fanatici dialogacci") ma ci sembra che, sebbene trattino delle "materie correnti nell'anno 1831", non abbiano perduto niente della loro attualità e istruttività.

(1946)

PREFAZIONE A *BOULE DE SUIF*

Il crollo del secondo impero e la disfatta di Sedan colsero la letteratura francese in un momento di crisi e di transizione, tra la fine del romanticismo primo e piú tipico, quello dei Lamartine, dei Dumas, degli Hugo, e gli inizi da un lato del naturalismo e dall'altro del decadentismo. Questi inizi, a dire il vero, hanno luogo ancora sotto l'impero, e precisamente nello stesso anno, 1857, in cui escono contemporaneamente *Madame Bovary* e *Les fleurs du mal*; ma il fiorire delle due principali correnti letterarie francesi si ha soprattutto dopo il 1870, con la divulgazione dei princípi estetici banditi da Flaubert e da Baudelaire. Comunque, tralasciando il decadentismo, e tenendoci al naturalismo che solo qui ci interessa, è da notarsi che questa scuola, in quell'anno 1880 in cui Maupassant inizia la sua fulgida carriera letteraria pubblicando *Boule de Suif* nella raccolta delle "Soirées de Médan", era ormai matura sia come esperienza letteraria, sia come incontro col gusto diffuso dei lettori. Venticinque anni prima, Flaubert aveva dovuto creare dal niente la nuova maniera impersonale e oggettiva, passando non senza fatica e travaglio dal romanticismo al naturalismo. Il giovane Maupassant, invece, trovò la via spianata, ereditando un modulo narrativo ormai perfetto nel quale calare la sua immaginazione e la sua sensibilità. A un dipresso quanto era avvenuto alcuni decenni prima a Stendhal anch'esso erede di una esperienza letteraria conclusa, quella della narrativa e saggistica settecentesca.

Altra maturità che giovò assai a Maupassant: quella politica e sociale della Francia di allora. Rispetto alle altre nazioni europee, la Francia dimostra per tutto il secolo diciannovesimo una quasi miracolosa precocità civile. A partire dalla rivoluzione dell'89, essa è sempre in testa a quello che allora si chiamava il progresso; irrequieta, combattiva, generosa, essa brucia le tappe degli sviluppi borghesi e capitalistici piú rapidamente e piú consapevolmente che la Germania o l'Inghilterra; si può dire, anzi, che la sua storia nazionale si identifichi esemplarmente con quella della società borghese europea, cosí da consentire, dovunque all'estero si trovassero borghesie, diffusione analoga della cultura e dei prodotti del genio francese. Per prima in Europa, insomma, la Francia, attraverso due dittature, quattro rivoluzioni e varie restaurazioni monarchiche e repubblicane, percorre intera la parabola della società borghese, dai suoi inizi libertari, illuministici e razionalisti fino alla fase dell'imperialismo e della guerra dittatoriale. Con la Comune, antitesi obbligata e naturale della matura e conseguente borghesia francese, la Francia, quarantasette anni prima della Russia, ha la sua rivoluzione proletaria a sfondo socialistico. La Comune non trionfò, né, data la grande forza della borghesia allora, poteva trionfare. Essa fu schiacciata; e con l'ingresso delle truppe di Thiers a Parigi ha inizio il conservatorismo francese della terza repubblica. Tuttavia la Comune ci fu: essa indica la grande maturità e precocità della nazione francese nel campo politico e sociale. Chi voglia capire qualcosa della Francia di oggi, deve per forza rifarsi agli avvenimenti del lontano e fatale 1870.

Questa doppia maturità letteraria e sociale francese, trovò la sua espressione in un fitto stuolo di poeti e di romanzieri che crearono negli anni tra il 1870 e il 1900 gran parte delle scuole di cui poi ha vissuto la letteratura del nostro secolo. Di questa maturità, l'opera di Guy de Maupassant e in particolare il racconto *Boule de Suif*, è uno degli esempi piú importanti e significativi.

In *Boule de Suif*, Maupassant narra un episodio tragicomico del disastro del 1870. L'atteggiamento di Maupassant di fronte all'argomento, bisogna subito notarlo, non ha nulla di rivoluzionario. Oggi, chi raccontasse allo stesso modo un episodio analogo della guerra recente, non passerebbe di certo per scrittore di sinistra. Nella narrazione di Maupassant, infatti, sarebbe vano ricercare sia pure l'ombra di una posizione ideologica e politica. Vi traspaiono, bensí, molto buon senso, di specie comica; un certo moralismo corrente e quasi popolare; un certo patriottismo di buona lega; ma niente di piú. Eppure Maupassant, con questo suo breve racconto, colpí nel segno meglio di Zola con il suo lungo romanzo *La Débâcle*; meglio di tanti altri che descrissero prima e dopo di lui il disastro nazionale. E quanto ai moderni: si confronti *Boule de Suif* con il romanzo *La mort dans l'âme* di Sartre in cui è descritto il disastro del 1940 e si avvertirà subito la superiorità di Maupassant. In realtà, Maupassant vide piú chiaro di tutti perché era piú artista. Sembra un'affermazione ovvia, pacifica. Ma non è cosí semplice; si vuole intendere con questo che per afferrare e rappresentare nella sua interezza la realtà, basta essere completamente e profondamente artisti, senza bisogno di sussidi ideologici e concettuali.

In *Boule de Suif*, come è noto, è raccontato il caso boccaccesco di una carrozza di posta sequestrata da un libidinoso ufficiale prussiano il quale pone come condizione al proseguimento del viaggio che una delle viaggiatrici, la prostituta Boule de Suif appunto, ceda alle sue voglie. Boule de Suif, prostituta sí ma patriottica, vorrebbe resistere all'imposizione del vincitore. Allora, costernati da questo inopportuno amor di patria, tutti i compagni di viaggio che avevano sin allora guardato dall'alto in basso la povera Boule de Suif, fanno a gara per supplicarla affinché acconsenta ai desideri dell'ufficiale facendo, una volta di piú, il mestier suo. Boule de Suif, dopo molte esitazioni e ripugnanze, alfine si sacrifica. La carrozza riparte. Ma Boule de Suif, adesso, si vede di nuovo trattata con disprezzo dai compagni di viaggio, "ces gredins honnêtes qui l'avaient sacrifiée d'abord, rejetée ensuite, comme une chose malpropre et inutile".

L'argomento, a prima vista, sembra rientrare nella tradizione erotica e scollacciata francese. Ma ciò che conferisce al racconto una vibrazione e un mordente particolari, è la trovata (se trovata si può chiamare; diremmo meglio: illuminazione) di mettere nella diligenza non una collezione di caratteri casuali e indifferenti, bensí una scelta di rappresentanti tipici di tutte le classi sociali francesi. Si pensa ad una specie di danza macabra: sola differenza che, invece della morte, è l'egoismo a condurre la danza, altrettanto distruttivo, ai fini della dignità sociale, della morte, seppure meno poetico. Il conte di Bréville rappresenta la nobiltà francese, cosí fiera, cosí tradizionale e cosí decorativa; il signor Carré Lamadon la grossa borghesia avida di posti e di onori, rispettabile e conservatrice; Loiseau, il ceto mercantile, furbo, grossolano e disonesto. E oltre le classi sociali, sono anche rappresentate le due fedi che dividono la Francia: quella cattolica impersonata dalle due suore di carità; quella laica e democratica da Cornudet, il demagogo da caffè. Di fronte a questa schiera di personaggi rappresentativi, Boule de Suif non rappresenta nulla, o meglio rappresenta qualche cosa di negativo che la società, qualsiasi società, di solito relega fuori dei suoi ranghi. In condizioni normali, il mestiere di prostituta di Boule de Suif e le varie dignità e credenze dei suoi compagni di viaggio non pótrebbero incontrarsi in alcun modo. O meglio potrebbero incontrarsi tra le mura di una casa di tolleranza, in modo tale, cioè, da togliere all'incontro ogni carattere drammatico. In condizioni normali, d'altra parte, sarebbe assai difficile fare di uomini titolati, ricchi borghesi, onorati mercanti e persino suore e uomini politici, altrettanti ruffiani. Maupassant, genialmente, ha trovato la circostanza straordinaria, ossia il capriccio erotico dell'ufficiale prussiano, che permette quest'incontro, favorisce questa trasformazione. La smania di continuare il viaggio a qualsiasi costo, che porta i compagni di Boule de Suif a sacrificare patriottismo, scrupoli morali, dignità sociale e religione, mentre dà la misura della loro ipocrisia, al tempo stesso ne mette a nudo il crudo, brutale egoismo, sola ragione di vita tra tante false idealità e credenze. Una volta trovato il punto di intersecazione tra la prostituzione di Boule de Suif e le varie rispettabilità degli altri viaggiatori, Maupassant ha in mano il racconto e lo dipana magistralmente con una conseguenza impassibile, crudele e corrosiva che non risparmia niente e nessuno. Se il conte di Bréville spinge la sua grottesca coerenza fino a fare, con gravità paterna ed eleganza aristocratica, la predica alla povera Boule de Suif restia a prostituirsi; se gli altri citano a gara gli esempi illustri di Lucrezia, Giuditta e Cleopatra; le buone suore, dal canto loro, forniscono all'opera di ruffianesimo la giustificazione morale: un'azione biasimevole, esse affermano, spesso diventa meritoria per il pensiero che la ispira. Ossia, in parole povere: il fine giustifica i mezzi.

Tutto questo, ove non ci fosse lo sfondo della guerra perduta, avrebbe forse soltanto un carattere genericamente satirico. Ma introdotto nel quadro piú vasto della catastrofe militare e politica, pare accennare ad una denunzia e ad un'accusa. Come a significare: ecco i responsabili della disfatta; ecco la gente che ha portato la Francia all'abisso. Accusa e denunzia, è vero, per niente esplicite, come in tutte le grandi opere d'arte; ma suggerite chiaramente dal trattamento della materia, dal tono della narrazione, dall'insistenza, soprattutto, sulle caratteristiche sociali dei personaggi.

Un'ultima osservazione: se tra i viaggiatori ci fosse stato un operaio o un contadino, un uomo, insomma, del popolo, come l'avrebbe trattato Maupassant? Non lo sapremo mai; è probabile tuttavia che la sua penna pessimistica e acre non avrebbe avuto riguardi neppure per lui. Comunque, nella diligenza di Maupassant, non essere compreso tra i viaggiatori è già un trattamento di favore.

(1950)

MACHIAVELLI

In queste note, ci occuperemo soltanto del *Principe* e della *Mandragola* e di alcune opere minori, con esclusione delle *Istorie*, dei *Discorsi*, dell'*Arte della Guerra*. E questo perché, non avendo noi intenzione di scrivere un saggio sull'opera politica di Machiavelli bensí su alcuni caratteri di lui, ci sembra che in quelle opere questi caratteri siano piú chiari che altrove. In particolare, poi, ci preme di definire il machiavellismo, quel molto o poco di machiavellismo che è inseparabile da Machiavelli. Intendiamo per machiavellismo non già una teoria politica bensí una passione morale che trovò in Machiavelli un inconsapevole quanto perfetto descrittore. Perciò queste note prenderanno piuttosto figura di ritratto psicologico che di saggio critico.

Si opporrà che il machiavellismo non è altro che una fola calunniosa dei posteri e dei critici meno disinteressati; e che Machiavelli in tutte le sue opere non fece che sviluppare un pensiero rigorosamente coerente. A questo rispondiamo che, infatti, in molti suoi scritti e spesso anche nel *Principe*, Machiavelli non è piú machiavellico di qualsiasi altro pensatore politico. Ma rimangono tuttavia un certo numero di fatti del tutto inspiegabili ove si debba considerare Machiavelli soltanto un saggista alla stessa stregua, poniamo, di un Montaigne o del suo contemporaneo Guicciardini. Fatti, dico, cosí carichi di compiacenza non soltanto verbale, cosí eccessivi, cosí, in fondo, poco pensati, che di fronte ad essi si deve per forza o ignorarli, come fanno la maggior parte degli ammiratori di Machiavelli, oppure denunziarli focosamente, moralisticamente, come hanno sempre usato i suoi nemici. Due atteggiamenti, a ben guardare, altrettanto evasivi e poco impegnati.

La posterità si è sempre ribellata a certe affermazioni e sviluppi della dottrina machiavellica; allo stesso modo che si ribellerà sempre a quegli atteggiamenti o predicazioni o teorie nelle quali, con fiuto istintivo, ravvisa un interesse personale piuttosto che un libero pensiero. In altre parole, un sistema di pensiero, per quanto possa a prima vista sembrare insolito, strano, aberrante persino, non può offendere nessuno appunto perché pensiero e nient'altro che pensiero; e presto o tardi ciò che pareva insolito, strano, aberrante, diventerà accettabile, normale, ovvio. Per esempio, il pensiero cristiano parve a molti antichi un morboso paradosso; ma non erano ancora passati due secoli che esso si rivelava nient'altro che il pensiero stesso dell'umanità intera e informava di sé la vita di tutti gli uomini. Il pensiero di Machiavelli, invece, a distanza di quattro secoli, conserva per il lettore anche piú spregiudicato qualcosa di imbarazzante, di singolare, di smodato, e lungi dal diventare normale e di informare di sé la vita degli uomini, sembra restare attaccato alla figura del suo creatore allo stesso modo di un vizio o di altro atteggiamento tutto personale. In altre parole, si rivela in molte parti diverso da un pensiero, qualcosa che sembra pensiero e in realtà non è. L'irritazione della posterità di fronte all'opera di Machiavelli deriva soprattutto dal fatto che mai attitudine personale fu meglio mascherata e sviluppata con il metodo proprio al pensiero. D'altra parte, il giudizio sul machiavellismo è reso difficile proprio dalla presenza di un vero pensiero mescolato con ciò che non è pensiero; dalla scienza politica di Machiavelli messa al servizio di sentimenti e di passioni che poco o nulla hanno a che fare con la scienza medesima.

Esistono infatti nell'opera di Machiavelli una somma ingente di osservazioni esattissime, un rigore logico, una forza costruttiva, un metodo che si impongono all'attenzione e all'ammirazione del lettore anche piú sprovveduto. Ma accanto a questi che sono i piú solidi fondamenti della gloria di Machiavelli, esiste ancora qualcosa che Machiavelli non poté e non volle nascondere. Perché pochi scrittori sono stati cosí sinceri quanto Machiavelli; e in verità in questo candore si riconosce la grandezza dell'uomo. È infatti un carattere costante degli uomini grandi di offrirsi aperti e disarmati, come fiduciosi nella loro sola forza e complessità.

Ma è proprio questo candore che ci permette di sceverare il machiavellismo dalla scienza politica di Machiavelli. Un altro che Machiavelli, piú avveduto e piú prudente, avrebbe saputo smussare certi angoli, dissimulare certe parti, e, insomma, non scrivere affatto il *Principe*. Con i soli *Discorsi* la fama di Machiavelli come creatore della scienza politica sarebbe stata egualmente assicurata. Avremmo avuto un Machiavelli non meno profondo, perspicace, esatto, sistematico, nuovo. Un Machiavelli senza machiavellismo; o con cosí poco machiavellismo da non farne accorgere alcuno. Dobbiamo il *Principe* alla sincerità di Machiavelli. Libro poetico, il *Principe* non tanto corona e conclude l'opera di Machiavelli, quanto vi aggiunge con evidenza la nota del machiavellismo. Illuminati dal *Principe*, gli altri scritti di Machiavelli rivelano a loro volta quel tanto di machiavellismo che contengono.

E noi sappiamo benissimo che il machiavellismo è sempre esistito e sempre esisterà. Resta però il fatto della preferenza e vocazione di Machiavelli; che sia stato proprio Machiavelli e non un altro a ritrovarne nella storia le sparse membra e a riunirle insieme in un solo corpo vigoroso e terribile. Anche il sadismo esisteva prima di De Sade; ma è stato De Sade a descriverlo per primo e a dargli un nome. Noi pensiamo che senza quella stessa simpatia per cui il fuoco si appicca volentieri alle cose molto secche e molte unte, Machiavelli mai avrebbe scoperto, eretto a sistema e dato un nome a quella specie di affezione morale che si chiama machiavellismo.

Molti hanno creduto di ravvisare nella *Mandragola* il capostipite di un supposto teatro italiano che, poi, non si sa perché, non c'è mai stato (Goldoni è tutt'altra cosa e non è teatro italiano). Ma la *Mandragola*, secondo noi, non è un inizio bensí la piú estenuata ed esangue delle fini. Non vogliamo qui alludere alle crudezze, alla corruzione, al cinismo che si notano nella commedia. Diciamo subito che se fossero vere crudezze, vera corruzione, vero cinismo, ossia sentiti dall'autore come tali, la *Mandragola* sarebbe molto piú viva e davvero un principio del teatro italiano. Ma nella *Mandragola* ci sono cinismo, corruzione e crudezza soltanto perché noi, lettori moderni viventi in tutt'altro mondo e con tutt'altre convenzioni, ve li vediamo, e non perché Machiavelli abbia inteso di metterceli. In altre parole, Machiavelli intese comporre una specie di farsa; e se la farsa gli riuscí aspra e penosa, questo avvenne fuori della sua volontà e, fino ad un certo segno, a sua insaputa. Prova ne sia la mancanza quasi completa di ironia e di distacco che in questo genere di composizioni stabiliscono una distanza e una differenza tra l'autore e le sue creature e testimoniano uno strazio morale che sa contenersi e irrigidirsi per meglio raggiungere gli effetti che si è ripromesso. Nella *Mandragola*, non c'è ironia o sarcasmo, bensí soltanto una specie di cupo diletto, di arido compiacimento, di spenta sincerità da parte di chi non voleva e, anche se avesse voluto, non poteva vedere molto piú in là della melensaggine di Lucrezia, della sciocchezza di Nicia, della corruzione di Timoteo. La serietà della *Mandragola*, quasi arcigna anche negli effetti piú comici, deriva da un estenuato ed esangue fondo etico piuttosto che da una reale indignazione. "Dio sa che io non pensavo a iniurare persona, stavomi nella mia cella, dicevo el mio uffizio, intrattenevo e' mia devoti; capitommi questo diavolo di Ligurio, che mi fece intingere el dito in uno errore, donde io vi ho messo il braccio e non so ancora dove io m'abbia a capitare. Pure mi conforto che, quando una cosa importi a molti, molti ne hanno a avere cura," dice Fra Timoteo, dopo essersi lasciato trascinare dal mezzano Ligurio prima a promettergli un aborto e poi l'artifizio della mandragola. Ora tutto questo avrebbe potuto essere satirico oppure addirittura straziante se, come un diamante sopra un vetro, avesse inciso sopra una riprovazione, una sensibilità morale, una fede di Machiavelli; se, cioè, Timoteo nella sua piccolezza e abiezione avesse campeggiato contro lo sfondo di qualche gran fatto che stesse a cuore a Machiavelli. Ma qui non si sente che il vuoto. Machiavelli, per descrivere la trappola atroce in cui si è lasciato attirare il frate, non sa trovare altro che due sentenze di prudenza politica ("mi fece intingere el dito in un errore, donde io vi ho messo el braccio", "quando una cosa importa a molti, molti ne hanno a avere cura"); Machiavelli, in mancanza di rapporti suoi con il personaggio di Timoteo, si limita a copiarlo dal vero, componendolo con gli elementi crudi della realtà; Machiavelli, insomma, non freme scrivendo il monologo di Timoteo, lo scrive davvero sulla carta e non sulla propria carne.

La figura di Timoteo, per tutti questi motivi, risulta arida ed embrionale, senza profondità, più che descritta, quasi graffita malamente sopra una pietra ingrata. E le cose non vanno meglio con gli altri personaggi. Si veda per esempio Lucrezia. Alla religione di Timoteo dovrebbe far riscontro l'innocenza di Lucrezia. E se le ragioni storiche possono giustificare l'irreligiosità di Machiavelli, non sappiamo davvero quali ragioni si possano addurre per motivare la sua mortale indifferenza per l'innocenza oltraggiata della moglie di Nicia. La quale, invero, ci è descritta per bocca di Callimaco come "onestissima e al tutto aliena dalle cose d'amore", ma poi, a guardar bene, si rivela soltanto sciocca. Sciocchezza, insipienza, melensaggine, sono questi i tratti che fanno la spia all'estenuato senso etico di Machiavelli. Anche le donne del Boccaccio ci sono spesso presentate come "onestissime" e poi si palesano soltanto stupide, per non dir peggio; ma si veda come questa stupidità che si cambia in corruzione è descritta argutamente; con quanta gioia, quanto spirito, quanto distacco, quanto gusto. Boccaccio, oltre che maggiore artista, ha una sensibilità morale piú fresca, piú intatta. Lucrezia invece è sciocca perché Machiavelli l'ha voluta fare virtuosa; è sciocca non per colpa sua ma per colpa di Machiavelli; è sciocca per deficienza di rappresentazione e di sentimento. Essa non ha coscienza né sentire morale, pende meccanicamente dalle labbra del suo confessore, accetta una condizione inverosimile con uno sgomento di bestia condotta al macello, e, una volta a letto con Callimaco, perde ad un tratto tutta la sua famosa onestà e si rivela non meno insensibile del suo amante e degli altri personaggi.

Da tale sciocchezza e insipienza, dopo il frate e Lucrezia, non si salvano neppure le altre figure della *Mandragola*. Nicia è sciocco oltre perché sciocco di natura anche perché, mi sia permesso il bisticcio, la sua sciocchezza è sciocca, cioè meccanica, verbale, eccessiva; sciocco è Ligurio, specie di Jago senza tragedia, senza calore, senz'altri moventi che quelli del lucro; ultimamente, anche l'amore di Callimaco si tinge di sciocchezza. Di tali amori, è pieno il Boccaccio; ma si veda di quanta leggiadria e freschezza siano ammantati; come la sordità morale sia bene dissimulata sotto i colori brillanti della giovinezza. Invece qui, allo stesso modo che l'innocenza di Lucrezia è cosa fisiologica e materiale, cosí l'amore di Callimaco appare nient'altro che libidine. "Perché da ogni parte mi assalta tanto desio di essere una volta con costei che io mi sento dalle piante de' piè al capo tutto alterare: le gambe triemono, le viscere commuovono, il core mi si sbarba dal petto, le braccia si abbandonano, la lingua diventa muta, gli occhi abbarbagliano, el cervello mi gira..." Lungo catalogo, proprio da anatomico, lontano del tutto dal sentimento d'amore. Al De Sanctis questa descrizione pare "amor naturale coi colori suoi", diverso cosí dall'amore petrarchesco come dalla "cinica volgarità". Ma nello stesso Ariosto, contemporaneo di Machiavelli e non meno di lui nutrito dei succhi della Rinascenza, l'amore è tutt'altra cosa. In realtà, l'amore, nell'esaurimento etico di Machiavelli, si riduce ad una mera manifestazione fisica.

Machiavelli è, insomma, un materialista per deficienza di vitalità piuttosto che per convinzione, ossia piuttosto a sua insaputa che consapevolmente. Con ogni probabilità, egli pensava in buona fede di aver rappresentato il mondo com'è non "come dovrebbe essere"; di aver raffigurato in Lucrezia l'innocenza, in Callimaco l'amore, in Timoteo la religione. Ma in realtà ci aveva dato un'innocenza fisiologica fatta di passività e di ignoranza, un amore libidinoso che si esprime in indolenzimenti e smanie fisiche, una religione pratica e meccanica, limitata a devozioni convenzionali. Sull'innocenza, sull'amore, sulla religione, il sapiente, intelligentissimo Machiavelli non la pensava diversamente dalla gente comune del suo secolo e purtroppo anche del nostro. Perché quegli effetti e quella mentalità perdurano e perdureranno un pezzo.

Abbiamo detto che la *Mandragola* è lo specchio di un animo profondamente inaridito quanto agli effetti privati, alla religione e alla coscienza etica. Il *Principe* e le altre opere politiche sono un tentativo magnificamente riuscito di galvanizzare questo animo per mezzo della sola passione che ormai vi albergava: la passione politica.

Potremmo accettare la passione politica di Machiavelli come un dato di fatto ovvio. Machiavelli era nelle faccende politiche, nutriva ambizioni politiche, non si occupava altro che di politica; che meraviglia che ne avesse la passione? Ma ci sembra che il fatto non sia cosí semplice. Anche il Guicciardini era un uomo politico di professione al pari di Machiavelli; eppure quella passione in lui non esiste o comunque, dato che esista, è subordinata ad una chiaroveggenza serena e triste. Il problema della passione politica di Machiavelli è in fondo lo stesso della sua scienza politica: ove sia legittimo subordinare alla politica ogni altro valore e affetto; perché questo avvenga; e, quando avvenga, fino a che punto la politica possa sopperire alle deficienze che questa sua supremazia sottintende. Per chiarire questo punto, il paragone con Guicciardini ci torna utile. Il Guicciardini era di tempra assai diversa da Machiavelli. Ingegno meno veemente, meno immaginoso, meno artistico, aveva tuttavia, forse per questo, una personalità morale piú integra, una coscienza piú acuta, un'intelligenza piú equilibrata. Quella sua stessa adorazione del "particulare" attesta in fondo un rispetto della libertà umana che sarebbe impossibile ritrovare in Machiavelli. È vero che il "particulare" non sembra essere altro che l'insieme degli interessi materiali dell'individuo; ma nulla vieta di pensare che in condizioni piú favorevoli, il "particulare" possa significare gli sviluppi della personalità morale. Il ripiegamento del Guicciardini sulla felicità individuale è in fondo un atto di ottimismo; il "particulare" a prima vista può apparire niente altro che un egoista; ma, dopo esame, si vede che è tuttavia un uomo, mentre il suddito del principe non è uomo bensí inerte materia. E per questo, mentre dal suddito non ci si può aspettare nulla, dal "particulare", ove i tempi lo permettano e quella sua schiva coltivazione dei propri privati interessi abbia dato i suoi frutti, ci si può aspettare un rinnovamento profondo che di rimbalzo rinnovi tutta la nazione. "A Cesare quel che è di Cesare" sembra voler dire il Guicciardini; ma non è questa anche la risposta del cristianesimo a tutti coloro che vorrebbero risolvere la cosa pubblica prima di quella privata? Il "particulare" non ha passioni e meno che mai passioni politiche; egli deve anzitutto salvarsi; l'uomo di Machiavelli non ha piú nulla da salvare, e la passione politica, in mancanza di interessi appunto particolari, è la sua sola àncora di salvezza. Non essendo libero in se stesso per corruttela o impoverimento, deve per forza far consistere la libertà in una sua illusoria partecipazione agli affari politici. Insomma, cosí l'uomo di Guicciardini come quello di Machiavelli sono lontani da quell'ideale che sarebbe il contemperamento della vita privata con quella pubblica: il primo sacrifica al "particulare" ogni altro valore, il secondo alla politica. Ma il primo, almeno, come dice Voltaire alla fine di *Candido*, "coltiva il suo giardino"

Ne deriva che per Machiavelli, cosí disseccato ed esaurito,

cosí spento e traballante, la politica era molto piú che una semplice occupazione e un dovere; molto piú che uno svago intellettuale; era un puntello e una ragione di vita; un mezzo artificioso per sentirsi vivo moralmente. Questo disperato aggrapparsi dell'uomo alla vita politica, spenta ormai quella morale e religiosa, spiega anzitutto l'astrazione machiavellica, non nutrita da alcun profondo sentire etico; e poi la particolare forma a cui Machiavelli dovette ricorrere per esprimerla.

Si pensi: Machiavelli era un repubblicano, ancor piú, Machiavelli, come lo dimostrano ad ogni passo i *Discorsi* e il *Principe* stesso, aveva un concetto molto chiaro, assolutamente fermo e irriducibile, di quel che fosse la libertà, dei vantaggi di essa, dei funesti effetti che potessero derivare da una soppressione della libertà. Ove questo non bastasse, la tortura a cui era stato sottoposto in occasione della congiura di Boscoli e Capponi doveva aver rinfocolato in lui, con argomenti fisici indimenticabili, questo suo convinto e ragionato apprezzamento del vivere libero. E tuttavia, è proprio questo stesso Machiavelli, estimatore della libertà e difensore del regime repubblicano, ad offrire i suoi servizi ai Medici subito dopo il loro ritorno a Firenze e, da ultimo, a scrivere il piú perfetto trattato in favore dell'autocrazia che si conosca. Tutto questo sembra in sommo grado contraddittorio; ma si tratta, in realtà, di una contraddizione soltanto apparente.

Nella piú famosa delle sue lettere familiari, quella indirizzata a Francesco Vettori in data 10 dicembre 1513, Machiavelli fa una descrizione molto vivace della sua vita in campagna. Questa lettera ci fa vedere Machiavelli che va a caccia, litiga con i borghigiani per poche cataste di legna, se ne sta sulla strada a interrogare i passanti, gioca per ore a tric-trac con un mugnaio, un beccaio e due fornaciai. Venuta la sera Machiavelli si spoglia della veste quotidiana, piena di fango e di loto, si mette panni curiali e reali, entra nelle corti antiche degli uomini antichi e con loro discorre, ossia, come annunzia a Vettori piú sotto, scrive il *Principe*.

La lettera è molto bella, soprattutto per il contrasto, energicamente espresso, tra i grandi pensieri e la dignità di Machiavelli e il mondo incivile e grossolano che lo circonda. Ma questo contrasto non va senza una specie di compiacimento crudele e amaro. Come di uomo che per rendersi pienamente conto del proprio valore abbia in certo modo bisogno di vedersi misconosciuto e vilipeso. "Cosí mi rivolto entro questi pidocchi, traggo el cervello di muffa e sfogo questa malignità di questa mia sorte, sendo contento mi calpesti per questa via, per vedere se la se ne vergognasse." Non è certamente il tono di un uomo che sapendo quel che vale e vedendosi incompreso si ritira fiero in villa e vi fa la vita dell'umanista. Vi si sente semmai quasi una voluttà di abbassamento che, si noti bene, agisce da stimolo; come di una molla che acquista tutta la sua forza soltanto se è compressa. "Sendo contento mi calpesti..." La frase è assai significativa di una infelicità torbida e ritorta. Machiavelli sente la sventura come una specie di tonico. Il suo esaurimento etico non gli consente la tranquilla indipendenza dell'animo libero e vittorioso; gli rende necessari questi disperati reagenti. Ma sono rimedi pericolosi; e una volta che la sensibilità vi si abitui, non ne può piú fare a meno. L'invocazione ai Medici che almeno gli facciano "voltolare un sasso" appartiene allo stesso ordine di idee che gli detta la frase sulla sorte che lo calpesta. Nella prima c'è quasi un compiacimento dell'abbassamento, allo scopo di non adattarvisi e di risentirlo come tale; nella seconda c'è un'aspirazione ad una funzione qualsiasi, anche umiliante, pur di sentirsi esistere. In ambedue Machiavelli cerca di stimolare una sensibilità altrimenti pigra e inerte. Anche il *Principe*, in un piano piú alto, non è che una leva per sollevare il peso mortale di questa apatia.

In realtà Machiavelli aveva bisogno di vivere; aveva bisogno di sentirsi vivo. È noto che questo bisogno non occorre agli uomini veramente vitali, in cui tutte le attività siano equilibrate ed egualmente vivaci. Questi uomini, in caso disperato, possono sempre rifugiarsi nel loro "particulare" che, oltre agli interessi privati, come abbiamo già detto, può essere la retta e tranquilla coscienza, il gusto per l'indipendenza, il senso del mistero. Invece l'uomo esaurito, insufficiente, sente il bisogno di frustare a sangue la propria sensibilità, ritorcendo i propri sentimenti, come si fa con le corde, per renderli piú forti. Nascono cosí varie contraddizioni. Si giunge al Marchese De Sade che per amare aveva bisogno di simulare i gesti dell'odio piú sanguinario. In tutt'altro ordine di idee, questo è anche il caso di Machiavelli. Uomo normale, ordinato, equilibrato, Machiavelli non avrebbe scritto il *Principe* bensí i *Ricordi civili*. Non avrebbe cercato di servire i Medici ma si sarebbe ritirato, contento, in campagna. La necessità di non affogare nell'apatia, nell'indifferenza, nella noia di una vita senza passioni né occupazioni, lo spinge a ferirsi a morte pur di sentirsi vivere; a servire pur di avere una funzione. Cosí da uno spasmodico desiderio di vita espresso in consapevole crudeltà nasce il *Principe*, questo elogio dell'autocrazia in bocca ad un repubblicano.

Perciò, quello che non era riuscito a fare per la religione con Fra Timoteo, per l'innocenza con Lucrezia, per l'amore con Callimaco, riesce finalmente a Machiavelli per la libertà con questo suo ultimo personaggio, il Principe. Gli è che mentre la corruzione di Timoteo, la rovina di Lucrezia, la libidine di Callimaco non incidevano su alcun suo ideale né contraddicevano ad alcuna sua aspirazione ed erano in tutto conformi a quello che egli riteneva fosse la realtà ovvia e giornaliera, il Principe, in ognuna delle sue azioni e dei suoi precetti, ferisce e fa sanguinare quel po' di carne viva che gli è rimasta nella paralisi di tutte le sue facoltà. C'è nel *Principe* tutta la tensione, il rigore, la crudeltà e la conseguenza strenua di un ragionamento che si raddoppia di sofferenza. Ma questa duplicità mal si accorda con l'equilibrio e la vera chiarezza e coerenza di un intelletto libero da ogni determinazione. È proprio di ogni voluttà, sia pure essa triste o crudele, di prolungarsi oltre i limiti ragionevoli e sani. A questa passione, che si ritorce su se medesima per meglio sentirsi vivere noi dobbiamo quel tanto di unilateralità, di sproporzionatezza, di mostruosità, insomma, della presunta scienza politica del Principe. Chiamare scienza politica i precetti del *Principe* sarebbe come chiamare *ars amandi* i consigli non disinteressati del Marchese De Sade. In ambedue i casi, un particolare dell'intera funzione viene eretto a legge e ciò per l'incapacità in ambedue i casi di sentirsi vivere contemperando l'attività preferita con tutte le altre che sono proprie allo spirito; per l'incapacità di amare o di fare la politica rispettando l'indipendenza e l'esistenza di tutti gli altri valori.

E non si vuol qui negare che scrivendo il *Principe* Machiavelli abbia avuto in mente di comporre un'opera puramente politica ossia dipingere, secondo i modelli forniti dalle grandi monarchie oltramontane e dagli stessi principati italiani, un'ideale figura di statista capace di cacciare i barbari e unificare l'Italia. Del patriottismo di Machiavelli qui non si dubita; come, del resto, di tutte le altre qualità e di tutti gli altri meriti che gli sono stati via via attribuiti in maniera molto convincente dalla critica di questi ultimi decenni. Quello che a noi preme di dimostrare non è tanto che queste qualità e questi meriti non ci siano quanto che essi non bastano a bilanciare certi caratteri psicologici ad essi preesistenti, dai quali derivano tutte le contraddizioni e gli eccessi del cosiddetto machiavellismo. In altre parole, per noi la macchina grandiosa della dottrina machiavellica è mossa da un motore che nulla ha che fare con la politica. Donde il carattere esplosivo, lirico, perentorio del *Principe*; proprio come se, dopo aver montato la macchina e prestabilito ogni cosa, il motore si fosse messo a girare per conto suo, in maniera imprevista e violenta, mettendo in pericolo l'intera costruzione.

Machiavelli, nel *Principe*, discorre parecchio dei vari modi per conquistare e tenere il principato e dei casi che intervengono in queste faccende. Nell'enumerazione dei diversi generi di principati, cita anche i principati ecclesiastici. Ed abbiamo qui il celebre e ironico brano sugli Stati della

Chiesa: "Costoro soli hanno stati e non li defendano; sudditi e non li governano; e li stati per essere indifesi, non sono loro tolti; e li sudditi per non esser governati, non se ne curano. Solo adunque questi principati sono sicuri e felici. Ma essendo quelli retti da cagioni superiori, alle quali la mente umana non aggiugne, lascerò di parlarne; perché sendo esaltati e mantenuti da Dio, sarebbe offizio di uomo presuntuoso e temerario discorrerne." Ora in questo brano, oltre all'antipatia e al rancore di Machiavelli per la Chiesa e la sua politica italiana e mondiale, si deve ravvisare un'ultima condanna definitiva della politica medievale, indivisibile proprio da quelle "cagioni superiori alle quali mente umana non aggiugne". Voglio dire che, in forma negativa, vi si rispecchia la distinzione tra politica e morale, tra politica e religione, tra politica e ideale, che è il piú solido fondamento della gloria di Machiavelli e della sua scienza politica. Osserviamo di passaggio che il giudizio di Machiavelli sugli Stati della Chiesa benché brillante e giustificato dalla lunga costrizione medievale, è storicamente infondato perché egli considera quegli stati proprio nel momento in cui tutte le ragioni storiche, psicologiche, morali, politiche, culturali erano venute meno e la politica papale, cosí nella pratica come nei fini, non si discostava gran che da quella di tutti gli altri principati italiani. Machiavelli lo stesso ragionamento non avrebbe potuto farlo sulla Chiesa e sulla sua politica, poniamo, al tempo di Ildebrando o anche di Bonifazio. Ma andiamo avanti.

Vogliamo dire che la separazione violenta della politica dalla morale, della politica dall'ideologia, della politica dalla religione, non porta già alla creazione di una scienza politica quanto a quella di una tecnica politica. Perché, mentre è piú che dubbio che la scienza possa svincolarsi o comunque ignorare i valori etici, la tecnica, come quella che si occupa soltanto dell'esecuzione e non si impaccia di quello che viene prima e dopo di essa, è per natura indifferente e astratta. La tecnica, insomma, non è che un momento del processo scientifico e nemmeno il piú importante. Ora ricordando come, attraverso l'esame della *Mandragola* e delle opere minori, abbiamo definito Machiavelli non già immorale ma esausto moralmente, ci spieghiamo come egli abbia potuto operare quella separazione e dare tanta importanza alla tecnica della politica. La tecnica, valida certamente ove si parli della costruzione di una macchina o dell'imbrigliamento di un fiume, non ha a parer nostro altro valore che quello meramente negativo di una costrizione e di una falsificazione se applicata alle cose che siamo costretti a chiamare le cose dello spirito. Ma chi sono coloro che piú volentieri applicano la tecnica alle attività che con la tecnica nulla hanno da fare? Proprio quegli uomini in cui la coscienza morale o è in via di spegnersi o deve ancora nascere, in cui l'inerzia spirituale si trova affiancata da un'intelligenza acuta e capziosa, in cui le forze dell'intelletto, squilibrate dalla carenza di altre forze piú profonde, si fanno arbitrarie e gratuite. La tecnica, questa chiave che apre tutte le porte fuorché quelle dello spirito, è la divinità soprattutto degli uomini e delle nazioni esauste o barbare, di coloro cioè in cui, sia per stanchezza sia per primitività, la vita morale è quasi spenta o ancora da venire; ma gli uomini e le nazioni di civiltà intera si servono della tecnica non la mettono sugli altari. La tecnica, d'altra parte, in questi uomini e nazioni o esauste o primitive, lusinga l'orgoglio che crede per mezzo di essa di scavalcare lo spirito e raggiungere meccanicamente gli stessi risultati da altri ottenuti per le vie lente e segrete della cultura e delle virtú dell'animo. In senso largo, questi uomini e questi popoli sono profondamente irreligiosi: dando alla parola irreligione il significato di uno scetticismo completo o anche di una completa ignoranza.

Il Guicciardini, a cui bisogna per forza rifarsi parlando di Machiavelli, ha una crudele sentenza a proposito di coloro che adducono frequentemente l'esempio di Roma. "Quanto si ingannano coloro che ad ogni parola allegano e' romani. Bisognerebbe avere una città condizionata come era la loro e poi governarsi secondo quello esempio: il quale a chi ha le qualità disproporzionate è tanto disproporzionato, quanto sarebbe volere che un asino facesse il corso di un cavallo." Ora, secondo noi, il difetto di Machiavelli sarebbe stato non tanto di allegare ad ogni parola i romani, quanto di allegarli in maniera esteriore e, insomma, retorica, ripiegando sopra la supposta tecnica politica di quel grande popolo, soltanto perché non era in grado di vedere quali altri forze, ben piú valide e profonde di quelle meramente politiche e militari avevano contribuito a fondare quella grandezza. Forze, per dirla in una parola, religiose e non soltanto tecniche. Proprio quelle forze che avevano fatto grande il papato da Machiavelli deriso; quelle forze che vengono appunto dal considerare come si dovrebbe vivere e non come si vive, dal lasciare quello che si fa per quello che si dovrebbe fare.

E veniamo ora al piú famoso e disputato capitolo del *Principe*, vogliamo dire al capitolo ultimo, dove, in maniera apparentemente inaspettata, Machiavelli pianta in asso il "Principe" e il "lione e la golpe", e scrive l'esortazione a scacciare i barbari dall'Italia. In generale, oltre alla schiera di coloro che non ne tengono alcun conto, si notano intorno a questo capitolo due tesi: l'una che il capitolo è in contraddizione pura e semplice con quanto lo precede, la seconda che tutto il *Principe* è stato scritto in funzione di quest'ultimo capitolo, e che, insomma, Machiavelli vi profeta la liberazione e l'unità d'Italia. A nostro parere le due tesi sono egualmente errate. In realtà, l'ultimo capitolo non forma alcuna contraddizione con quanto lo precede; né, tuttavia, il *Principe* è stato scritto in funzione di esso.

L'ultimo capitolo è una veemente esortazione a cacciare i barbari dall'Italia e a ricostituire la patria. Ma tutto il *Principe* altro non è che un'opera di distruzione di tutti gli elementi appunto che compongono la patria. Patria non è un concetto astratto né una mera espressione geografica: oltre la terra e gli uomini, è la cultura, la tradizione, la religione, i costumi, le arti, gli affetti, la libertà. Quando tutti questi elementi siano o inesistenti, o corrotti, o compressi, o distrutti, ben poco rimane della patria, proprio una astrazione dietro la quale si nascondono forze con fini e natura diverse, ad esempio gli interessi di una classe o di una casata. Ora il Principe di Machiavelli tutti quegli elementi che abbiamo enumerato deve per forza distruggerli prima per conquistare il potere, poi per conservarlo. Ove veramente Machiavelli avesse inteso il Principe in questo modo, egli avrebbe fatto a un dipresso lo stesso dei gesuiti e degli altri casuisti della Controriforma che mettevano alla fine dei loro sistemi di prudenza sofistica e calcolatrice, distruttori di ogni vera religiosità, proprio la gloria di Dio. Con in peggio questa differenza: che mentre gli uomini della Controriforma tentavano di restaurare un ordine invecchiato e sconfitto e però avevano la scusante di essere alla fine e non al principio di un lungo e irrevocabile processo storico, Machiavelli, a detta di tutti, è un antesignano, un precursore delle monarchie assolute, oltre che un patriota fautore di un'Italia unita. Ora questo sarebbe per lo meno curioso: che Machiavelli, il quale giudicava l'Italia del suo tempo il paese piú corrotto del mondo e che nel *Principe* e in tante altre sue opere aveva dato una pittura indimenticabile di questa corruzione, poi, per redimere l'Italia, non trovasse di meglio che la borgesca figura del suo Principe, con quei mezzi che direttamente nascevano da quella corruzione. Per tutti questi motivi, ci rifiutiamo di credere che Machiavelli, altrove cosí acuto valutatore della buona e della cattiva politica, abbia inteso esplicitamente scrivere il *Principe* in funzione dell'ultimo capitolo. Ossia che lo stesso patriottismo e la stessa indignazione contro i barbari che innegabilmente anima l'ultimo capitolo, regga anche l'impalcatura degli altri venticinque. Noi crediamo in verità che l'ultimo capitolo sia effettivamente quello che vuol parere, un'esortazione a liberare e unificare l'Italia; e che tutto il resto del *Principe* sia invece una specie di logico e conseguentissimo e crudele sfogo della passione morale di Machiavelli; ma che lungi dall'esserci contraddizione, queste due parti, cosí diverse nell'ispirazione e nella sostanza, siano tra loro legate da un vincolo soprattutto psicologico.

Il vincolo, secondo noi, va ricercato nell'animo di Machiavelli. Ossia nella debolezza intrinseca dell'uomo, esausto, come abbiamo detto, per quanto riguardava i valori etici e tuttavia incapace di riconoscere questo esaurimento; riconoscimento che sarebbe stata una forza e che, in personaggi come il Valentino, doveva tradursi immediatamente in azione. A Machiavelli, con tutto il suo senso realistico, faceva in certo modo difetto l'orgoglio della propria anormalità. Probabilmente, c'era in lui un residuo di coscienza cristiana che non gli permetteva, una volta formulate certe teorie, di giungere fino alle estreme conseguenze. Un Machiavelli, veramente degno dell'accusa di machiavellismo, avrebbe terminato il *Principe* sul capitolo venticinque, dandoci cosí un libro bello piuttosto che sapiente, perfetto piuttosto che utile, vissuto e agito piuttosto che pensato, vera testa di Medusa che avrebbe affascinato e confuso per i secoli i lettori incomprensivi. Un Machiavelli poeta, non pensatore pratico, si sarebbe contentato di tratteggiare in prosa indistruttibile la figura fantastica del Principe. Ma Machiavelli aveva scritto il *Principe* non per consapevole machiavellismo ossia per la consapevole volontà di condensare in un libro tutto quanto aveva osservato e praticato durante i suoi anni di attività politica; non per istinto di poeta che vagheggi e accarezzi in un'aria tutta estetica una figura terribile; ma, come abbiamo già detto, per trarsi dalla gora dell'indifferenza, per dimostrare a se stesso di essere vivo, per ferirsi e sentirsi ferito. Ad un tale Machiavelli minato da questo autobiografismo, ci voleva, dopo essersi quasi voluttuosamente avvoltolato nella propria sincerità, una catarsi. Una catarsi qualsiasi che lo sciogliesse dall'atroce individualismo anarchico in cui la propria coerenza lo piombava, e lo riammettesse al calore dell'umanità. Una catarsi, insomma, che mettesse a tacere il senso di eccesso e di smodatezza che non poteva non aver suscitato in lui l'opera del *Principe*. Questa catarsi non poteva, con tali premesse, essere religiosa. Un Machiavelli che alla fine del *Principe* avesse auspicato, al modo di Savonarola, l'avvento di un nuovo cristianesimo che purificasse a fondo gli Italiani, sarebbe stato oltre che inconcepibile, veramente inconseguente. La catarsi la trovò invece nel patriottismo. Con caratteristica metamorfosi del suo decadentismo in retorica, Machiavelli cercò di operare la impossibile trasmutazione di una somma ingente di valori negativi in uno solo ma positivo: la patria.

Per tutti questi motivi, crediamo che nella lirica esortazione dell'ultimo capitolo, non sia da vedersi né una conclusione premeditata, né un atto politico, bensí soltanto l'anelito alla liberazione e alla redenzione di un uomo che si era costretto per tutto il libro alla piú ferrea e insopportabile conseguenza. Sotto quest'aspetto, cadono certo le accuse di immoralità che in tutti i tempi sono state mosse a Machiavelli. L'ultimo capitolo, insomma, non è altro che l'accasciarsi di un corridore esausto alla fine di una corsa, una specie di richiesta di pietà e di riposo.

Di riposo, soprattutto. Ché Machiavelli non si era accorto, come abbiamo già detto, di aver creato col *Principe* una figura altrettanto bella e letteraria che, poniamo, quella di Jago; e, scambiando i propri pensieri troppo intrisi di sangue, per azioni, doveva aver sentito l'impossibilità di concludere il libro allo stesso modo col quale l'aveva cominciato. Insomma, l'accusa di immoralità che i posteri hanno poi rivolto a Machiavelli, Machiavelli stesso, con comprensibile scrupolo, se la rivolse prima di tutto a se stesso. Tutto questo forse non fu del tutto consapevole; non toglie che, di fronte all'ultimo capitolo, sia legittimo pensare che le cose andarono proprio in questo modo. Ma l'operazione era psicologica e non poteva essere politica; o meglio, attuata in politica non poteva che fallire. Si pensi: il Principe di Machiavelli, con quello scetticismo, quelle efferatezze, quelle ambizioni, e quei mezzi che conosciamo il quale, tutto ad un tratto, come stanco e pieno di ripugnanza per l'esser suo, decide di sublimare questo assieme di qualità negative nella qualità positiva dell'amor di patria. È lecito immaginare che questa volontà di sublimazione resterà allo stato intenzionale; e piuttosto di sfogarsi in azione, si esprimerà in retorica.

Si tocca qui uno dei punti piú segreti e delicati della personalità di Machiavelli: il dissidio tra l'energico, realistico, ed esatto osservatore della cosa politica e l'umanista retorico e letterario di certe parti dei *Discorsi* e del *Principe*. Noi sappiamo che Machiavelli non era un retore né un letterato vuoto e formale come tanti suoi contemporanei; e tuttavia la retorica, senza che egli se ne renda conto, gonfia e svuota piú di una sua pagina. Ora la retorica, quell'allegare, come dice il Guicciardini, ad ogni parola i Romani, viene dall'insufficiente e incompleta sublimazione del decadentismo di Machiavelli, dalla sua vana aspirazione ad una catarsi che lo rinnovi e purifichi. Se il Machiavelli fosse stato, come il Guicciardini, un uomo mediocre e perfettamente consapevole dei propri limiti e dentro questi limiti ordinato ed equilibrato, non avrebbe allegato i Romani; né li avrebbe allegati se, mi si consenta il bisticcio, fosse stato lui stesso cosí romano da non sentire la necessità di allegarli. Invece Machiavelli non ha quella mediocrità né questa grandezza. Non accetta la propria condizione di esaurimento e tuttavia non ha la forza, e come potrebbe averla? di cambiarla in uno stato positivo e veramente energico. Donde, il molto di umanistico e di letterario dei suoi toni piú alti. Come, per adoperare le parole stesse di Machiavelli, di qualcosa che vorrebbe essere e non è.

Ma tuttavia vorrebbe. La serietà della retorica umanistica di Machiavelli è in questa strenua aspirazione al servizio della quale, disperatamente, egli mette quanto ha di vivo e di meglio. Umanesimo, dunque, tragico, sopra un fondo psicologico rivoltato e ansioso. Ciò distingue Machiavelli cosí dai pensatori politici freddi e gesuitici come dai letterati veramente retorici che lo seguirono. Ma anche spiega la sua contraddizione; e al tempo stesso fornisce una prova dello scarso disinteresse del suo pensiero, e giustifica l'ostinata diffidenza di quanti, pur senza rendersi conto dei motivi, dubitano cosí della fondatezza delle teorie del *Principe* come della validità del capitolo che conclude il libro.

(1950)

BOCCACCIO

È un fatto già notato che la consapevolezza dell'impotenza, dell'inerzia e dell'incapacità che di solito amareggia i veri uomini d'azione, in altri temperamenti al tempo stesso placidi e inclinati al sogno, invece arricchisce e complica il piacere molto vivo che traggono dalle loro fantasticherie. Non è forse un caso che gli scrittori di libri avventurosi siano per la maggior parte dei sedentari.

Questi uomini fantastici e pigri, questi ghiotti e tranquilli vagheggiatori dell'azione, sono per natura e per necessità lontanissimi da ogni forma di pensamento morale. Il proprio del carattere morale è di restringere le possibilità e nell'ambito di esse di agire con risolutezza e coerenza. Il moralista si guarda dalla fantasia come dal piú pericoloso dei miraggi; specialmente poi quando essa accarezza quel modo di azione tutto affidato ai capricci del caso che è l'azione per l'azione. Infatti, l'azione per l'azione, sia essa sognata o addirittura praticata, esige una disponibilità, una leggerezza, un'indifferenza che non si accordano con la coscienza morale.

Ho sempre pensato che il Boccaccio, quest'uomo che ci viene dipinto placido e amante dei propri comodi, questo "Giovanni della tranquillità", fosse nel fondo dell'animo suo, per compenso e forse anche per sublimazione, un vagheggiatore dell'azione. Con ogni probabilità era uno di quegli uomini che non possono godere degli agi e dei comodi se non immaginandosi nei disagi e nei pericoli; che hanno bisogno di fingersi una vita fantasticamente attiva per continuare a menare senza scosse né squilibri la solita esistenza tranquilla. Si pensi ad un Sacchetti, piacevole novellatore casalingo, provinciale, come al contrario giusto del Boccaccio. Il Sacchetti si esaurisce tutto nella maliziosa efficacia della rappresentazione; né la sua fantasia gli consente di uscire dall'ambito del proprio mondo angusto. È un novellatore pago di dilettare; tranquillo nell'opera come nella vita. Nel Boccaccio, invece, si veda con quanta segreta voluttà sono complicate, arricchite, articolate le peripezie; e come vivamente le rappresenta, quasi invidioso dei suoi personaggi. I luoghi cosí vari: marine, città, boschi, camere, grotte, deserti, i personaggi che abbracciano tutte le condizioni, tutte le nazionalità e tutti i tempi, dimostrano che per il Boccaccio, l'importante non era dilettare o sorprendere, bensí, piú ghiottamente, sentirsi vivere negli uomini, nelle circostanze, nei luoghi e nei tempi piú diversi. Il suo cosmopolitismo è fatto di estensione, di quantità piuttosto che di civiltà e di educazione. Alla sua sete d'azione non poteva bastare Firenze e il contado; ci voleva il Levante e la Francia, Napoli e Venezia, Roma e la Sicilia; l'antichità e l'alto Medio Evo; insomma, oltre ai luoghi e ai tempi che gli erano familiari, anche quelli di cui aveva soltanto sentito parlare. Ogni scrittore tende a lasciarsi determinare dai dati spaziali e temporali; ove questo non avvenga, come nel caso di Boccaccio, vuol dire che si è compiuto in lui un processo di liberazione e un conseguente allargamento dell'attenzione. La sradicatezza e libertà del Boccaccio, straordinarie per chiunque sappia come sono rare queste condizioni, sono la prima ragione della sua universalità.

In vari modi sono state spiegate le amoralità e l'indifferenza che molti credono di ravvisare nell'opera del Boccaccio. Si è detto che era un sensuale; come se la sensualità escludesse necessariamente una coscienza morale. Si è attribuito quest'animo cosí poco severo al decadere dei costumi, al trapasso del Medio Evo cavalleresco nel tempo moderno borghese, al cambiarsi dell'antico concetto trascendente nell'immanenza del Rinascimento.

Ma noi siamo convinti che la moralità non sia uno di quei fatti che seguono le mutazioni storiche come le mode o altri caratteri superficiali. Certamente il Boccaccio era un uomo altrettanto morale quanto Dante o il Manzoni. Il fatto che nelle sue novelle ci siano molti adulteri e molti inganni e al tempo stesso una certa superficialità ed indifferenza non deve trarre in abbaglio. A una lettura attenta il *Decamerone* si rivela un libro di moderata sensualità; e comunque non è mai o quasi mai sulla sensualità che si imperniano le vicende. E quanto alla superficialità e all'indifferenza, diciamo pure che esse sono un difetto soltanto se considerate da un punto di vista estrinseco; ma per portare a termine una tale opera, erano una necessità.

Si pensi un momento: Flaubert e Boccaccio. Il problema per Flaubert era ben altro. Si trattava di dare in ogni libro un ritratto piú o meno mascherato di se stesso; e perciò di conoscersi e di giudicarsi. La conoscenza e il giudizio sopra se stesso portavano logicamente alla conoscenza e al giudizio sul mondo intorno a sé. Il moralismo pertanto era necessario a Flaubert, come vedremo poi che era necessario l'amoralismo al Boccaccio. Il fatto di descrivere cose ordinarie, normali, comuni non era altro che un risultato di quest'assunto. Soltanto le cose ordinarie, normali, comuni forniscono al moralista una materia che non delude e non disperde la sua coerenza. Il moralista ha bisogno di credere che esista un assetto sociale stabile, interessi e passioni che non possano sottrarsi al giudizio, un mondo serio e concreto, insomma, in cui gli uomini abbiano la responsabilità piena dei loro atti. Il gioco, l'avventura, il caso sono esclusi da questo mondo; e se vi sono, vengono inflessibilmente ricondotti nel quadro del giudizio morale. Tal personaggio leggiadro e avventuroso del Boccaccio, per un moralista diventa un imbroglione, un criminale; l'avventura un errore, un peccato, una truffa, un delitto. D'altra parte la varietà non serve, perché un solo fatto scrutato con attenzione basta ampiamente all'ambizione del moralista. Il quale non vuol vivere molte vite, bensí una sola e per l'appunto la sua. Flaubert sentiva tutta la tirannide di questa condizione; e piú volte si illuse di poter evadere. *Salammbô* è il risultato di uno di questi tentativi di evasione. Soltanto che per essere trasferito in tempi lontani e mitici, l'animo del Flaubert non per questo si liberava. *Salammbô* non è meno pesante e angusto di *Madame Bovary*. La strada di Flaubert, di una coerenza atroce, finisce nel vicolo cieco di *Bouvard et Pécuchet*.

Tutto diverso, invece, l'assunto del Boccaccio. Egli non vuole né giudicarsi né conoscersi; e tanto meno vuol condannare e riformare. La corruttela e la decadenza dei costumi, d'altra parte, lo lasciano indifferente non perché egli ne fosse partecipe ma perché erano, questi, fatti che non gli servivano. Si fa troppo spesso un merito ai moralisti di aver messo alla gogna certi vizi. Ma ove si rifletta che dato il loro temperamento, essi hanno disperatamente bisogno di quei vizi, si vedrà che il merito non è poi tanto grande. Il Boccaccio invece, per la sua sete di avventura, aveva bisogno, tutt'altre cose. Prima di tutto di non essere appesantito e intralciato da alcun grave e severo concetto morale; di non dovere continuamente stabilire rapporti di giudizio morale tra sé e i personaggi, tra sé e il mondo. Questo era il lato negativo; per quello positivo il Boccaccio aveva bisogno puramente e semplicemente di azione. Di una azione purchessia; visto che l'azione valeva in quanto era azione e non in quanto era buona o cattiva, triste o allegra, fantastica o reale. Occorre pensare, a questo punto, che il mondo doveva apparire all'invaghito Boccaccio infinitamente bello e vario, tutto godibile e desiderabile; e che doveva sembrargli un gran peccato scegliere in questa varietà e ricchezza un cantuccio in cui porre radici profonde; sacrificare tante possibilità a quella sola che gli spettava.

Per questi motivi rimproverare al Boccaccio di non essere morale, di essere scettico e vuoto, è vana accusa. Coloro che ammirano, poniamo, la novella di Andreuccio da

Perugia e poi rimproverano al Boccaccio di essere vuoto, cadono in contraddizione. Che ne sarebbe rimasto dell'avventura di Andreuccio, se il Boccaccio avesse scandagliato ciò che si nascondeva dietro quella disponibilità e quella disinvoltura? Il gioco, la leggerezza, l'incanto di quelle pagine sarebbero per forza sfumati. Inutile appuntarsi sull'incrinatura, che a noi moderni appare nera fessura, dell'assoluzione che il Boccaccio sembra impartire ai suoi personaggi criminosi e disonesti. Bisogna piuttosto pensare che questa assoluzione è il prezzo di tante poetiche vicende, di tanti curiosi e magici particolari. Sembra che il Boccaccio dica al lettore: "conveniamo una volta per tutte che questi miei personaggi fanno quello che fanno per loro motivi che sarebbe troppo noioso definire e valutare. Perciò contentiamoci di lasciarli agire e divertiamoci..."

Vagheggiamento dell'azione che porta come conseguenza a precipitare l'azione stessa e a goderne il piú presto possibile: ecco il meccanismo a cui obbedisce, secondo noi, il mondo boccaccesco. Si veda a questo proposito come il procedimento narrativo del Boccaccio sia il rovescia giusto di quello dei moderni moralisti. Se apriamo alle prime pagine, poniamo, *Madame Bovary*, non vi troviamo certo enunciato il motivo principale del libro né poste con chiarezza convenzionale le premesse da cui poi deriveranno logicamente tutti gli sviluppi. Non troviamo, insomma, scritto "Madame Bovary, nata nel tal luogo, sposata al tal uomo, aveva le tali ambizioni" e via discorrendo. Flaubert, come quasi tutti gli scrittori moderni, non si propone di far agire i suoi personaggi quanto di crearli; e comunque la sua attenzione è legata ad una realtà di cui lui stesso ignora gli sviluppi. Motivo per cui libri come il suo ci danno quasi l'impressione di vivere le vicende che leggiamo; e, come nella vita, non sappiamo oggi quello che potrà succederci domani.

Il Boccaccio invece, preoccupato soprattutto di far agire i suoi personaggi e di farli agire senza residui né esitazioni, ci fornisce precipitosamente nei preamboli delle novelle i caratteri e i dati essenziali dell'intrigo. Sgomberato il terreno dai quali, non gli resta che dedicarsi anima e corpo alle modalità dell'azione. Da questa convenzionalità, da questo anticipato liberarsi del fardello dei caratteri e dei moventi, deriva al Boccaccio l'ornato, la magia, la voluttà, la leggerezza dell'azione.

Per questo è errato, a parere nostro, definire il Boccaccio uno scrittore erotico. Invero l'amore non interessa gran che il Boccaccio sebbene la maggioranza delle novelle del *Decamerone* passi per novelle d'amore. L'amore vi figura soltanto, qual è in realtà, come una delle molle piú importanti dell'azione umana; ma, scattata la molla, l'attenzione del Boccaccio si volge esclusivamente all'azione. Insomma l'amore non è visto che come una sottospecie dell'azione, vagheggiabile non piú di tante altre. A riprova si veda come il Boccaccio non conosca l'amore normale, sentimentale, psicologico; l'amore per lui non ha sapore se non è avventuroso, difficile, pieno di peripezie e di equivoci. E anche dell'amore, come di tante altre passioni, il Boccaccio si sbriga in poche parole nei cominciamenti delle sue novelle: "Lorenzo... il quale essendo assai bello della persona e leggiadro molto, avendolo piú volte l'Isabetta guatato, avvenne che egli le incominciò stranamente a piacere. Di che Lorenzo accortosi... cominciò a porre l'animo a lei... e non passò gran tempo che... fecero di quello che piú desiderava ciascuno..." Cosí, in quattro parole, è raccontato l'amore di Isabetta per Lorenzo, nella novella piú esemplarmente d'amore che il Boccaccio abbia scritto. Si sente che il Boccaccio ha fretta di sbrigarsi dell'amore, del modo come nasce e delle persone e dei fatti; e che soprattutto gli preme giungere al famoso "testo" in cui, dopo avervi interrato la testa del morto amante, l'Isabetta pianta "parecchi piedi di bellissimo bassilico salernitano". Ma sul testo, sulla bellezza della pianta, sul modo come i fratelli si accorgono che il vaso contiene la testa dell'amante, il Boccaccio si estende, con una specie di tenera crudeltà. Gli è che, sgombrato il terreno dalle premesse psicologiche e sentimentali, egli può a suo agio accarezzare l'azione e gli oggetti a cui l'azione si affida.

Il Boccaccio, come è stato già accennato, aveva bisogno di vagheggiare l'azione per godere piú profondamente e piú raffinatamente dei propri comodi di umanista, di uomo tranquillo, di onorato e solido cittadino. Di questa vita pacifica resa tanto piú piacevole da quel continuo fantasticare cose turbolente, straordinarie, avventurose, abbiamo intanto un riflesso nell'architettura stessa del *Decamerone*. La finzione della peste e della lieta brigata ritiratasi in villa a novellare è assai significativa. I giovani, che si appartano in campagna mentre in città la peste fa strage, rispecchiano in forma indiretta quel solito invaghimento del pericolo, quella contemplazione affascinata delle cose piú dure e piú crudeli della vita da parte di chi sa benissimo di esserne al sicuro. Sul carattere "storico" e "pietoso" della peste boccaccesca non bisogna lasciarsi trarre in inganno. Questa peste raccontata quasi con voluttà, in un'aria letteraria e estetizzante, con riferimenti evidenti ad altre pesti libresche, in specie quella di Tucidide, cosí particolareggiata e dispersa, non ci sarebbe forse se subito dopo non seguisse la rassicurante e piacevolissima descrizione del *buen retiro* della brigata. In fatto di storicità e di pietà si confronti del resto questa peste con quella del Manzoni, che pur attraverso un gusto morboso e decadente, riuscí sul serio ad essere storico e intriso di compassione, e si vedrà l'enorme differenza. Si confronti per esempio il pezzo famoso manzoniano: "Scendeva dalla soglia di uno di quegli usci e veniva verso il convoglio una donna..." con la esterna e fredda esclamazione boccaccesca in cui oltre al compiacimento di chi non vi è morto, par quasi di avvertire una leggerissima ironia: "Oh quanti gran palagi, quante belle case, quanti nobili abituri, per addietro di famiglie pieni, di signori e di donne, infino al menomo fante rimaser vuoti. Oh quante memorabili schiatte, quante amplissime eredità, quante famose ricchezze si videro senza successor debito rimanere. Quanti valorosi uomini, quante belle donne, quanti leggiadri giovani etc. etc." Nel Manzoni il gusto sadico della morte, della strage e del flagello è veramente vinto da una pietà cristiana; nel Boccaccio invece si sente la delizia di chi di lontano, al riparo da ogni pericolo e in luogo ameno, contempli una catastrofe stupenda e speculi sognando ad occhi aperti sugli effetti e sulle particolarità della calamità. E, a ghiotto contrasto, ecco infatti la "montagnetta" sul "colmo della quale era un palagio con bello e gran cortile nel mezzo e con logge e sale e con camere, tutte ciascuna versó di sé bellissima e di liete pitture ragguardevole e ornata", ecco il "pratello nel quale l'erba era verde e grande, né vi poteva d'alcuna parte il sole"; ecco il giardino con le vie "diritte come strali e coperte di pergolati di viti" e fiancheggiate di "rosai bianchi e vermigli e di gelsomini", con la "fonte di bianchissimo marmo" sorgente nel mezzo di un'erba "verde tanto che quasi nera parea"; ecco "le tavole messe e ogni cosa di erbucce odorose e di be' fiori seminata"; ecco il "bel laghetto" dove "mangiando, i pesci notar si vedeano... a grandissime schiere" e la "piccola valle" dove si trovavano letti di "sarge francesche e di capoletti intorniati e chiusi"; ecco la "chiesetta lor vicina" dove la brigata ascolta "il divino officio"; ecco il "boschetto" pieno di "cavrioli, cervi et altri, quasi sicuri da' cacciatori per la soprastante pistolenza"; e insomma tutte le altre cose piacevoli e serene che nei proemi servono da contraltare cosí alla peste come alle vicende turbolente delle novelle. In realtà questi luoghi cosí tranquilli, queste occupazioni cosí pacifiche e scevre di passioni, erano la vita effettivamente vissuta dal Boccaccio, uomo placido, frequentatore di corti e di brigate; mentre la peste e le vicende delle novelle erano i vagheggiamenti della fantasia che servivano a fargli risentire con maggiore voluttà la quiete e serenità della sua vita. E che questo sia vero lo prova il fatto di aver confinato la piacevolezza e la tranquillità della vita campestre nella cornice del libro, come le cose che non erano alla origine della ispirazione; mentre il Tasso, per esempio, la cui vita non fu certo piacevole né tranquilla e che aveva seri motivi per vagheggiare l'idillio e la voluttà, due secoli dopo, con l'*Aminta* poneva quelle stesse piacevolezze al centro di una sua opera. Se avesse descritto soltanto la vita scherzosa e calma della villa, il Boccaccio non sarebbe stato che un arcade; se si fosse limitato alle avventure, un romantico affabulatore. La villa da una parte e le novelle dall'altra danno ragione di un dualismo che era in fondo al suo animo. In particolare, poi, la peste nutre del suo orrore le piacevolezze della villa come il terreno grasso di cadaveri di un cimitero i fiori che vi crescono sopra. Peste vagheggiata dunque, in confronto alla peste cristiana del Manzoni, a quella moralistica del Defoe, a quella storica di Tucidide, a quella grottesca del Poe... ma altri ha fatto con brio l'inventario delle pesti nella letteratura. Torniamo al Boccaccio.

Non faremo certo l'analisi di tutte le novelle del Boccaccio saggiandolo con il concetto che ci siamo fatti del motivo piú profondo della sua ispirazione. Tali scandagli risultano monotoni e meccanici. Si pensi al libro della Bonaparte su Poe in cui l'interesse, via via che per ogni novella si ripetono gli stessi procedimenti e le stesse scoperte, si affievolisce gradatamente fino a cambiarsi in un sentimento molto vicino alla noia. Tuttavia la prima delle novelle, che è quella di Ser Ciappelletto, ci pare troppo importante e tipica di tutto un filone narrativo boccaccesco, per non incominciare da essa. Tanto piú che proprio in questa novella cosí priva di azione e di fatti veri, sembrerà a molti di ravvisare una smentita a quanto abbiamo detto finora.

La novella di Ser Ciappelletto è notissima e non ha bisogno di essere raccontata. Stabilito fin da principio, nella solita maniera convenzionale e sbrigativa, il carattere scellerato, empio, rotto a tutte le corruzioni di Ser Ciappelletto, il Boccaccio, per mezzo di una macchina complicata e alquanto inverosimile, lo mette in condizione di camuffarsi da santo e di giocare dal letto di morte una lunga e compiaciuta beffa profanatoria ai danni del prete che lo confessa. A prima vista si penserebbe ad una satira dei riti e della credulità ecclesiastica. Satira sommamente irriverente e in fondo gratuita. Ma poi, a guardare meglio, ci si accorge che non è la satira ciò che piú a sta a cuore al Boccaccio, sibbene il meccanismo per mezzo del quale è ottenuta la satira. In altre parole l'interesse non è nelle cose, ma nel gioco che fanno queste cose a quel modo violentemente accozzate. Non è nei preti e nella religione cristiana e neppure in Ser Ciappelletto, ma nello svolgimento della beffa e forse ancor piú nella carica di forza e di azione che sta all'origine della beffa stessa.

Di inganni, di beffe è pieno il teatro, cosí classico come moderno. Ora si pensi che il teatro è il genere letterario che piú si avvicina all'azione. Nell'inganno, l'ingannatore viene a trovarsi rispetto all'ingannato in una singolare condizione di libertà e di potenza. Esso sa di ingannare mentre la sua vittima non sa di essere ingannato. La sua libertà è illimitata finché l'inganno dura; e la sua azione, appunto perché fondata sopra un compiacimento contemplativo, è del tutto gratuita e fine a se stessa. Inoltre ingannare vuol dire agire senza pericoli, sottraendosi alle conseguenze immediate dell'azione, agire dal covo caldo e perfettamente sicuro della finzione. Proprio quel modo di agire che doveva piacere al pigro e tranquillo Boccaccio. L'inganno è un sogno di azione che non potendo esplicarsi nella maniera franca ripiega sopra la maschera. Vagheggeranno gli inganni, come è giusto, soprattutto coloro che si sentono troppo al disotto delle esigenze di un'azione aperta e brutale. Nell'inganno è una rivalsa dell'ingegno sopra la forza e su tutti gli altri elementi irrazionali. Ora di tali inganni sono piene le pagine del Boccaccio.

E con questo non si vuol dire che il Boccaccio fosse per natura portato alla finzione e alla truffa. Infatti ove si pensi che l'azione pura e semplice manca quasi sempre di mordente e che d'altra parte l'inganno è indissolubilmente legato alla vita civile, borghese, convenzionale che il Boccaccio intendeva descrivere, si capirà come dalla frequenza degli inganni nel *Decamerone* non si possa inferire alcun carattere analogo all'autore. Semmai, nel gusto per gli inganni boccaccesco va ravvisato qualcosa di assai simile a quello che fu e sarà sempre il grande vagheggiamento dell'umanità: il vagheggiamento dell'invisibilità. Chi non ha sognato almeno una volta di possedere una polvere, una bacchetta, un ritrovato qualsiasi grazie al quale diventare invisibile? E, una volta ottenuta l'invisibilità, di recarsi nei luoghi piú diversi, farsi beffe dei piú importanti e spaventosi personaggi, sfidare le piú gravi sanzioni e, insomma, agire con perfetta sicurezza nelle condizioni piú pericolose? Ora la finzione dell'ingannatore equivale ad una specie di invisibilità. L'ingannato non vede in realtà l'ingannatore; e quest'ultimo, come se fosse invisibile, può agire in piena libertà e con inflessibile coerenza. Come si vede sogno di potenza e di azione se mai ce ne fu.

Il Boccaccio doveva pensarci spesso a queste rivalse cosí umane. Nella novella dello scolaro e della vedova, la descrizione del Boccaccio si perde alla fine in un sogghigno di compiacimento, quando conclude: "e perciò guardatevi, donne, dal beffare e gli scolari spezialmente." Dove non si sa se ammirare di piú l'ammonimento molto interessato o il candore di chi, dopo essersi abbandonato al sogno piú compiaciuto, minuzioso e crudele di beffa che si possa immaginare, non si accorge di riprendere proprio quel vizio nel quale si è poco avanti perduto con tanta voluttà. A proposito di questa novella si veda come la bellezza del racconto soffra di certe lungaggini soprattutto nel dialogo tra lo scolaro a piè della torre e la vedova tutta piagata e dolente in cima alla torre stessa. Si sente che forse una maggiore concisione non avrebbe guastato. Ma il Boccaccio, trovato il suo inganno, ci vuole guazzare dentro, ne vuole trarre tutto il sugo cosí dolce: in altre parole vuole agire oltre i confini del verosimile e dell'estetico. Le torture inflitte dallo scolaro al tenero e bel corpo della vedova sono descritte con un compiacimento eccessivo e crudele; come del resto era già stata eccessiva e crudele la beffa giocata dalla vedova allo scolaro. Si pensa in ambo i casi, ma soprattutto nel secondo, ad un sadismo non del tutto inconsapevole. E quegli stessi discorsi che altro sono se non torture morali prolungate e spiegate con meticolosa voluttà? L'inganno qui si palesa per quello che era realmente: come il sogno di azione di chi nella vita aveva subito qualche grave delusione e che tuttavia, anche se l'occasione si fosse presentata, non sarebbe stato capace di vendicarsi in quel modo crudele. Abbiamo nominato il sadismo: non vorremmo che se ne inferisse una determinazione sadica dell'arte boccaccesca. Le tracce di sadismo che sono frequenti nel Boccaccio, non testimoniano un pervertimento piú o meno decadente bensí soltanto gli incontri casuali del vagheggiamento dell'azione con la sensualità che nel Boccaccio, come è stato già detto, era sana e normale. Del resto il sadismo non è che istinto attivo e maschile, eccessivo e sfrenato. Ogni azione, per il fatto stesso di essere portata a termine secondo premesse razionali e senza badare alle conseguenze, comporta sempre una certa quantità di sadismo. La premessa razionale nella novella dello scolaro era la vendetta. E infatti lo scolaro non è contento finché il bel corpo della donna non è ridotto a un "cepparello inarsicciato", e Boccaccio con lui. O meglio nella novella resta come un'aria di delusione e di scontentezza. Come se il Boccaccio avesse ad un tratto avvertito con amarezza l'insufficienza del sogno; e si fosse accorto che, tirate le somme, egli non aveva fatto altro che sognare.

In realtà nella novella dello scolaro e della vedova, il Boccaccio fornisce un'espressione autobiografica del suo vagheggiamento dell'azione. A questo mal dissimulato autobiografismo si debbono l'inverosimiglianza e la sforzatura della vendetta, la volontà rabbiosa di portare a termine il racconto senza curarsi dell'assurdità e delle evidenti tardive raffazzonature. La storia della negromanzia è rimediata. Poi a metà della novella il Boccaccio si accorge che la donna potrebbe benissimo fare l'esperimento magico in una sua villa o altro posto dove le sarebbe facile sventare i piani dello scolaro e allora si affretta ad avvertire che lo scolaro "ottimamente sapeva et il luogo della donna e la torricella". Piú tardi, guarda caso, il luogo non soltanto è solitario ma in quell'ora "i lavoratori erano tutti partiti da' campi per lo caldo". Finalmente, perdendo affatto il filo del racconto, il Boccaccio si accorge che la cameriera, altrettanto colpevole, a suo vedere, della padrona, esce indenne dall'avventura; e allora lí per lí inventa che la donna si spezzi una gamba scendendo con la padrona dalla torre funesta. Che è una tipica sforzatura sadica, ma priva affatto della sensualità che di solito è congiunta al sadismo. Ho già detto che il Boccaccio tradisce nella chiusa i suoi sentimenti. Ma anche a metà della novella, eccolo esclamare: "Ahi cattivella, cattivella. Ella non sapeva ben, donne mie, che cos'è il mettere in aia con gli scolari." Dove è chiaro che parla di se stesso.

Ma l'azione libera da ogni sottinteso, l'azione fine a se stessa, l'azione per l'azione, l'avventura insomma, è sempre in fondo alle piú segrete aspirazioni del Boccaccio. Come è stato già notato, il pericolo che incombe a questo genere di azione è quello di apparire gratuita e però irreale. L'Ariosto, altro contemplativo invaghito di azione, rimedia a questo inconveniente con l'ironia. Il Boccaccio, molto meno deluso dell'Ariosto, sventa il pericolo dell'irrealtà con quello che potremo chiamare, con termine abusato, una specie di realismo magico. Una precisione, cioè, insieme visionaria e concreta dei particolari, affidata, in un'aria rarefatta e ineffabile, ad uno straordinario senso delle combinazioni che offre la realtà stessa nel momento in cui la si narra. Ho detto che il Boccaccio con questo realismo magico sventa il pericolo dell'irrealtà propria dell'avventura. Ma forse sarebbe piú esatto osservare che questa magia gli viene proprio da quell'indifferenza per il fatto etico, da quello scetticismo in cui tuttora molti si ostinano a vedere uno dei difetti dell'arte boccaccesca. Cos'è infatti il sogno, dove la magia sembra di casa, se non una realtà da cui sono del tutto assenti gli elementi razionali, pratici, morali e intellettuali; in cui si esprime, insomma, la fantasia dell'incosciente? Nei moralisti la realtà tende a suffragare un giudizio, per questo si intona realisticamente ai personaggi e alle vicende; ma nei sognatori dell'avventura essa è ineffabile e misteriosa come sono appunto misteriosi ed ineffabili i luoghi, gli oggetti e le persone che dormendo accarezziamo con i nostri istinti piú profondi. I surrealisti nelle loro ricerche, hanno piú volte dimostrato il carattere magico e metafisico di certi particolari di antiche pitture, staccandoli dal quadro e ingrandendoli. In questi particolari si rivela una lucida incoerenza ignota agli impressionisti e ai realisti moderni. Gli è che i pittori antichi, come il Boccaccio, spesso sognavano; e che il sogno è fecondo di analogie e di enimmi. Guardati con la lente di ingrandimento, certi sfondi, certi luoghi, certe notazioni del Boccaccio si rivelano arcani e suggestivi come appunto le minuscole nature morte, gli angoli di paesaggio, le figure di sfondo dei nostri pittori del tre, quattro e cinquecento. L'azione, la pura azione senza significati e senza morale, riceve da quei particolari una profondità, una lucidità e un mistero che nessuna serietà di intenti etici avrebbe potuto fornirle.

Di tale mistura della magia dei particolari con il vagheggiamento dell'azione, è esempio insigne la novella di Andreuccio da Perugia. Anche perché qui il gusto dell'avventura è scoperto e totale. Vi mancano infatti quegli elementi erotici che sembrerebbero a prima vista inseparabili dall'arte boccaccesca. Andreuccio è un giovane, senza piú; non sappiamo nulla di lui all'infuori che è venuto a Napoli per comprare cavalli. Il personaggio insomma è tutto nell'azione e dall'azione trae, se non un carattere, almeno una coerenza; fuori di essa non ha faccia, non ha carattere, non ha psicologia. Il punto di partenza della novella è l'imbroglio ordito ai suoi danni dalla meretrice napoletana. Senza troppo impacciarsi della verosimiglianza di questa storia di sorella perduta e ritrovata, il Boccaccio entra subito in un'aria incalzante e trasognata, magica veramente. Ecco "il letto incortinato" con "le molte robe sulle stanghe" in casa della meretrice; ecco "il chiassetto stretto" dove piomba il malcapitato Andreuccio; ecco il "bacalare con una gran barba nera e folta al volto" il quale "come se dal letto o da alto sonno si levasse, sbadigliava e stropicciavasi gli occhi"; ecco quei due ladri che al racconto di Andreuccio esclamano "veramente in casa lo scarabone Buttafuoco fia stato questo"; ecco, da ultimo, la cattedrale in cui è stato sepolto l'arcivescovo; quella cattedrale, dico, che non è descritta ma di cui sembra di vedere l'alta navata nell'ombra, il vasto pavimento debolmente lustrante, i gruppi massicci e bruni di pilastri e di colonne e, in fondo, tutto scintillante di ceri, l'altare con il sarcofago del prelato. Andreuccio entra nella tomba e ci viene abbandonato dai ladri. Chiuso nel sepolcro insieme con il morto, Andreuccio sfiora per un momento una situazione angosciosa degna di Poe. Ma la chiesa echeggia di passi, altri ladri sopravvengono (a proposito quanti ladri nel Boccaccio: ma in un mondo di umanisti, di mercanti e di cortigiani la malavita è la sola che agisca), il coperchio viene sollevato, l'angoscia svanisce. Ora diciamo, che importa che Andreuccio da onorato mercante diventi ladro e profanatore di tombe, che importa che piú tardi i suoi compagni, come c'informa il Boccaccio, non senza ingenuità, si congratulino con lui e lo aiutino a dileguare con il prodotto del suo furto, se lo scrittore è riuscito, in un fiato solo, a portarci attraverso l'avventura?

Un vagheggiamento dell'avventura in quantità, come qualcuno che voglia sfamarsi ad ogni costo e poco gli importa se mangia sempre lo stesso cibo, si ritrova nella novella della figliola del Soldano di Babilonia. Anche qui la magia dei particolari sopperisce alla monotonia di quella serie di stupri. La nave con a bordo soltanto donne che "velocemente correndo" sul mare in tempesta va a ficcarsi nella rena del lido, quel Perricone che dopo la procella passa a cavallo sulla spiaggia devastata, sono immagini ariostesche. Ma piú avanti l'omicidio del principe di Morea si svolge in un ambiente e in circostanze che fanno pensare a certi drammi elisabettiani. "Era il palagio sopra il mare et alto molto e quella finestra alla quale era il prenze guardava sopra certe case dall'impeto del mare fatte cadere, nelle quali rare volte o non mai andava persona." A quella finestra il principe sta affacciato "tutto ignudo" a "ricevere un venticello", e, soggiungiamo noi, a contemplare quelle malinconiche rovine illuminate dalla luna e battute dalla risacca. L'assassino, Ciuriaci, gli viene alle spalle, lo trafigge e butta il suo corpo nelle rovine. A sua volta, Ciuriaci è strozzato dal suo compagno per mezzo "di un capestro per ciò portato" e poi gettato sul cadavere del principe. Che è un tratto di atrocità machiavellica e rinascimentale. Intanto la bella donna dorme ignara e seminuda nel suo letto, davanti la finestra spalancata. Il duca di Atene, compiuto lo strozzamento di Ciuriaci, prende un lume e "chetamente tutta la donna la quale fisamente dormiva, scoperse; e riguardandola tutta la lodò sommamente, e... di piú caldo disio accesosi, non ispaventato dal ricente peccato da lui commesso, con le mani ancora sanguinose allato le si coricò".

Poi il delitto è scoperto in una maniera strana e terribile: "...un matto, entrato intra le ruine dove il corpo del prenze e di Ciuriaci erano, per lo capestro tirò fuori Ciuriaci et andavaselo tirando dietro..." Tutto questo non è che uno degli episodi della novella. Ma basterebbe da solo a fornire la materia ad una tragedia di Webster o di Marlowe.

Piú avanti abbiamo la novella di Riccardo da Chinzica. Con quel vasto mare Mediterraneo dove scorrono pirati galanti del genere di Paganino da Monaco. Con quelle due barche che in pieno solleone se ne vanno lungo la costa portando in una il disgraziato giudice, nell'altra la bella moglie e le sue cameriere. Il castello di Paganino non è descritto; ma come la cattedrale di Andreuccio par di vederlo, alto su quella costa rocciosa e fiorita. Paganino e la moglie di Riccardo rimandano indietro scornato il povero giudice. Se il Boccaccio fosse stato il narratore borghese e cittadino che molti dicono, quella semplice vicenda avrebbe potuto anche aver luogo tra le quattro mura di una casa. Ma il Boccaccio che vagheggia l'avventura, forse per contrapposto al giudice, alle sue scartoffie e alla sua vita sedentaria, ci mette Pisa e Monaco, il mare e il corsaro; tutte cose che conferiscono alla trama non peregrina un'aria lontana e leggendaria. E a

questo proposito vogliamo osservare che il mare trova sempre nel Boccaccio un tono evocativo, profondo e invaghito. Come se soltanto in quella vastità sconfinata in quell'eterna varietà potesse saziarsi la sua avidità di libertà o di azione.
 Il Boccaccio cercò non soltanto nello spazio un campo al suo vagheggiamento dell'azione, ma anche nel tempo. Ho sempre pensato che il romanzo e la novella storica siano una assurdità; a meno che la storia invece di presentarsi all'autore come una specie di piazza d'armi in cui il tempo, secondo le parole dell'immaginario secentista dell'introduzione de *I Promessi Sposi*, passa in rivista e schiera di nuovo in battaglia gli anni, gli riaffiori alla memoria come ricordo atavico, come vagheggiamento poetico, come nostalgia. Il Boccaccio, pur vissuto in un tempo non certo sospetto di storicismo, tra il medioevo negatore della storia in nome dell'immobilità teologale e il rinascimento non meno straniero alla storicità per il suo plutarchiano culto della personalità, doveva tuttavia avere un mitico e oscuro senso di quel passato quasi leggendario, noto ai suoi tempi soltanto per tradizione orale e per memorie familiari che era stato l'alto medioevo longobardico. Lo dimostra, oltre a molte novelle in cui l'epoca è incerta e avvolta come nella caligine di una lontananza prestigiosa, quali per esempio quella di Tancredi principe di Salerno, quella di Nastagio degli Onesti e quella di Alibech nel deserto della Tebaide, la novella di re Agilulf e della regina Teodolinda. Il senso di un medioevo remoto, longobardico, barbarico è evidente in questa novella che pare istoriata sui vetri di una cattedrale; e insieme non so che memoria prenatale come di chi racconti cose non inventate né udite bensí realmente accadute a lui in un'altra vita. Il palafreniere italiano, della razza degli oppressi, che innamorato della regina longobarda sfida la morte pur di giacersi con lei e, riuscito nel suo intento, passerà la vita intera a rimembrare quei pochi minuti di regale amore, è una figura assai complessa in cui si mescolano il vagheggiamento dell'azione e non si sa che nostalgia di un tempo barbarico, oscuro, senza lume d'arte e di cultura in cui tuttavia si davano passioni

forti e intere qual è appunto quella del protagonista per la moglie del re Agilulf. Nel Boccaccio non sono rari i re e le regine, ma soltanto questi due, per il contrasto con la condizione bassa dello stalliere, acquistano un rilievo e una concretezza sociale. Si sente che Agilulf e Teodolinda regnano barbaramente, per diritto di conquista, sopra un popolo asservito. Il palafreniere vive senza alcuna speranza e si contenta di star vicino alla regina e di curarne in maniera particolare i cavalli. Questo timido feticismo basta per lungo tempo a nutrire la sua passione. Poi, il desiderio potendo piú che la prudenza, decide di rischiare la vita pur di possedere la regina. Come il solito, dal momento che la decisione è presa e il piano formulato, il Boccaccio precipita all'azione; che via via gli si approfondisce e gli si arricchisce attraverso i particolari e lo sfondo.

Ciò che rimane maggiormente impresso nella memoria del lettore attento è il luogo dove avviene l'avventura dello stalliere, la reggia del re Agilulf. Questa reggia che era probabilmente un rozzo castello di legno con torri quadrate e palizzate, in tutto simile a quelli che gli antenati di Agilulf si costruivano nelle radure delle foreste nordiche, è il degno teatro per questo re che di notte va a trovare la moglie avviluppato in un grande mantello, con un "torchietto" in una mano e una bacchetta nell'altra; per questo stalliere che si camuffa da re e fattosi aprire dalla cameriera "tutta sonnacchiosa" al buio e senza dire parola si corica accanto alla regina. Si tratta in fondo della stessa specie di inganno di tante novelle grasse; ma si veda come il tempo remoto, il luogo, questa reggia che par venuta fuori da una saga germanica, la regalità, conferiscano valore di poesia a ciò che altrove non è altro che divertimento e beffa. Scoperto l'inganno il re va difilato al luogo dove immagina che si trovi lo sconosciuto rivale.

È, questo luogo, quella "lunghissima casa" situata sopra le stalle dei cavalli, due parole piene di forza, evocatrici della servitú feudale. Qui, in diversi letti, dorme quasi tutta la famiglia del re. "Quasi tutta"; i re longobardi non avevano corte; il re era un feudatario come un altro; i pari suoi non si trovavano nella reggia ma nei diversi castelli sparsi per l'Italia; nella reggia non c'erano che i reali e poi, molto al di sotto, i famigli. Comunque, la lunghissima casa, specie di dormitorio che immaginiamo stretto e basso, con giacigli allineati a perdita d'occhio sotto il soffitto di travi, contiene tutti o quasi tutti i servitori. Il re entra nella galleria e lentamente camminando lungo la fila dei letti, mette la mano sul cuore a ciascun dormiente. Si noti come questo sonno profondo, mortale, di tutti quei servi spezzati dalle fatiche della giornata, si accorda bene con l'immagine della lunghissima casa. Il re taglia una ciocca a colui il cui cuore gli appare turbato. Ma lo stalliere piú ingegnoso del re taglia la stessa ciocca a tutti i suoi compagni. Il giorno dopo, come vede tutta la sua famiglia con i capelli mezzo tonduti, il re si riconosce vinto dall'ignoto rivale.

Mi sono esteso su questa novella perché oltre a sembrarmi una delle piú belle del *Decamerone*, è anche una di quelle in cui il vagheggiamento dell'azione sembra articolarsi e approfondirsi maggiormente. D'altra parte questa novella, con i suoi toni umani e dimessi, con il suo inganno senza allegria, segna il passaggio dell'arte del Boccaccio dalle novelle che chiameremo "fortunate", quelle cioè dove le diverse peripezie, in un'aria chiara e lieta, portano ad una felice conclusione, a quelle "sfortunate" in cui l'avventura finisce tragicamente. L'immagine tradizionale del Boccaccio è soprattutto affidata alle prime e tra queste, come è risaputo, alle novelle di argomento erotico e ridanciano. Ma quest'immagine è parziale, una buona metà del Boccaccio resta fuori. In realtà il Boccaccio vagheggiava fortuna e sfortuna con eguale intensità; e questo perché la fortuna e la sfortuna non sono che le due facce del caso, sola divinità che, scomparse tutte le altre, risplenda nel cielo sereno del *Decamerone*. Il caso per il Boccaccio tiene il luogo del fato nelle tragedie greche; ma piú che a scetticismo, questa ammirazione del caso si deve, come tutto il resto, al gusto per l'azione e per l'avventura. Che cos'è infatti il caso nelle novelle del

Boccaccio se non l'espressione di un rapito vagheggiamento della molteplicità della vita? Fidano nel caso tutti coloro che fidano nella vita come in un fiume dalle numerose correnti a cui conviene abbandonarsi perché è sicuro che in qualche luogo porteranno. Inoltre il caso permette che ogni azione si giustifichi da sé nel momento stesso in cui avviene. Donde la libertà, varietà e bellezza di tutte le azioni, senza eccezioni, il loro innestarsi non in un fosco e ristretto mondo morale bensí nel piú vago e variopinto dei mondi estetici. La fortuna e la sfortuna hanno ambedue un bellissimo viso, sono ambedue da accarezzarsi e rimirare con sentimento di lasciva invidia. Tutto finisce in bellezza.

Da questo estetismo dell'avventura, cui presiede soltanto il caso bifronte, nasce forse che le novelle, diciamo cosí, "sfortunate" siano da annoverarsi non soltanto tra le piú belle, ma anche, contrariamente alla tradizione che vuole il Boccaccio tipico narratore grasso, tra le piú caratteristiche della sua arte. Ce ne sono sparse in tutto il libro; ma una intera giornata è addirittura dedicata a coloro i cui amori ebbero infelice fine. La partecipazione del Boccaccio in queste novelle luttuose è la stessa che abbiamo già veduto dimostrargli nella descrizione della peste: specie di voluttuoso e sognante accarezzamento dell'azione tragica fatto da chi era lontanissimo da qualsiasi situazione del genere. Non è forse molto, ma abbastanza per non far cadere il Boccaccio nella piattezza e grossolanità di tanti altri che si arrischiarono su tali temi, come il Giraldi e il Bandello. Da questa attitudine deriva alle novelle "sfortunate" un'aria incantata di fosca e immobile fatalità e al tempo stesso un sapore di leggenda; proprio come di storie dalle quali, per la lontananza dell'argomento, sia evaporata ogni pietà e in cui non rimanga, carica di mistero, che la nuda azione.

Dell'Isabetta e del suo vaso di basilico abbiamo già detto. Ma si veda con quanta spietatezza il Boccaccio trascina alla morte i due amanti nella novella di Tancredi principe di Salerno. La grotta il cui orifizio è "da pruni e da erbe di sopra natevi riturato", la stanza del palazzo principesco che con la grotta comunica ricordano assai la finestra e le rovine sul mare nell'omicidio del principe di Morea: ambiente segreto, melodrammatico, malinconico, degno teatro di quegli amori sventurati. Il "tenero amore" di Tancredi per la figlia, che non si decide mai a maritare, ha un sapore incestuoso; e piú di amante che di padre sono infatti le parole sue alla figlia appena scopre la tresca, il suo pianto e finalmente la vendetta che esercita sul giovane Guiscardo. I lunghi discorsi di Ghismonda ricordano quelli della vedova e dello scolaro: compiaciute sforzature di una situazione già conclusa.

Frate Alberto sembrerebbe protagonista di una novella tutta da ridere. Ma quel disgraziato amante, che dopo aver fatto senza ali un volo in un canale, è portato travestito da orso in piazza San Marco e lí esposto alla curiosità e al ludibrio della folla, è punito della sua lussuria, non già da un concetto morale come vorrebbe far supporre la conclusione ("Cosí piaccia a Dio che a tutti gli altri possa intervenire"), bensí semplicemente dal gusto del Boccaccio per quella beffa inverosimile e pittoresca. "Noi facciamo oggi una festa, nella quale chi mena un uomo vestito a modo di orso e chi a guisa di uomo selvatico e chi d'una cosa e chi d'un'altra, et in su la piazza di San Marco si fa una caccia, la qual fornita, è finita la festa..."; che è un quadro animato e minuto degno del Bellini e del Carpaccio. La figlia del re di Tunisi, dopo una battaglia navale, è svenata e trucidata sotto gli occhi dell'amante per la stessa crudeltà vagheggiatrice, nonostante pianga e gridi mercé. Girolamo amante di Salvestra, per il dolore di non poter possedere la donna che ama, "raccolti in un pensiero il lungo amore portatole e la presente durezza di lei e la perduta speranza, diliberò di piú non vivere, e ristretti in sé gli spiriti senza alcun motto fare, chiuse le pugna, allato a lei si morí". Dove è da ammirare soprattutto l'invenzione di un suicidio cosí insolito e al tempo stesso adatto a produrre gli effetti che seguono dopo: quel marito che si leva di notte e porta il cadavere del giovane amante davanti alla soglia di casa sua; quella moglie che per istigazione del marito va in chiesa e assistendo ai funerali del giovane muore anche lei, nella stessa maniera misteriosa e sorprendente. Non minore inventività e gusto per le situazioni insolite, mostra il Boccaccio nella novella di Pasquino "cattivello" il quale, in quello straordinario orto della scampagnata, dopo aver mangiato e bevuto, allegramente chiacchierato, si frega i denti con la salvia del cespuglio funesto e muore. Ho detto straordinario orto; ed effettivamente, come la reggia di Agilulf, come la cattedrale di Andreuccio, è questo uno di quei luoghi boccacceschi in cui per virtú di un solo particolare, nel caso il cespuglio di salvia, sorge tutta una visione. Già quel fatto del giovane che prende la foglia di salvia e se la frega contro i denti dicendo "che la salvia molto bene gli nettava" è evocatore dell'oziosità e del languido benessere che seguono una gita ben riuscita. Ma quel cespuglio trascina con sé tutto il giardino, luogo che immaginiamo fuori mura, incolto e tuttavia fiorito, pieno di alberi e di erbe; mentre la "botte di meravigliosa grandezza" che si scopre sotto il cespuglio, vi aggiunge una nota di orrore e di dissimulata minaccia.

Non abbiamo parlato, oltre che di tante novelle non inferiori certo a quelle citate, di quelle piú propriamente boccaccesche, quelle di argomento erotico, quelle paesane, quelle sulle monache e sui preti, quelle infine puramente aneddotiche. Il nostro silenzio è giustificato in parte dalla notorietà di tali composizioni, notorietà che ci dispensa dal parlarne e in parte dalla convinzione che questa vena comica e grassa, la quale ha reso famoso il Boccaccio, sia in lui piú vistosa che caratteristica, piú tipica che profonda. Era certamente nel Boccaccio un senso allegro e carnale della vita; ma nonostante le apparenze, il centro della sua ispirazione era altrove. Questo centro era il vagheggiamento dell'azione, la compiacenza a raffigurarsi attivo, il gusto per l'avventura. A riprova si veda come il Boccaccio, dove questo gusto manca, rischi di decadere a inventore di aneddoti piccanti e arguti.

Che poi il caso invece che una alta coscienza morale o un sistema di pensiero sia dietro le vicende delle novelle, non è affatto una prova che il Boccaccio fosse uno scrittore ozioso e vuoto. Il caso, questa divinità fallace ed enigmatica, mette alla prova soprattutto le facoltà umane piú amabili e piú giovani. È proprio dei giovani, di tutti coloro la cui vitalità non è stata ancora mortificata e messa al servizio di qualche idea o di qualche interesse, di fidare nel caso. Il Boccaccio giovane d'animo fidava nel caso non per scetticismo, non per vuotaggine sibbene per eccesso di fantasia e di vitalità. E dopo tutto togliere dal cielo tanti tetri fantasmi e metterci la dea bendata sulla sua ruota, vuol dire togliere dal mondo il colore unico e bruno della normalità e riconoscerne la sconfinata ricchezza e varietà. Purtroppo noi non conosciamo questo caso, questo gioco di forze agili e libere, e quello che spesso scambiamo per un tetro e sinistro caso altro non è che un destino imperscrutabile ma non per questo meno logico e spietato.

(1953)

PAVESE DECADENTE

Ho letto in questi giorni per la prima volta *Il mestiere di vivere* di Cesare Pavese. È un libro penoso; e questa pena, a ben guardare, viene soprattutto dalla combinazione singolare di un dolore costante, profondo e acerbo con i caratteri meschini, solitari e quasi deliranti di un letterato di mestiere. Da un lato questo dolore che in Pavese aveva motivi concreti e purtroppo irrimediabili; dall'altro una vanità infantile, smisurata, megalomane ("Anno serissimo, di definitivo sicuro lavoro, di acquisita posizione tecnica e materiale. Due romanzi. Anni di gestazione. Dittatore editoriale. Riconosciuto da tutti come grand'uomo e uomo buono... Recensione di Cecchi, recensione di De Robertis, recensione di Cajumi. Sei consacrato dai grandi cerimonieri. Ti dicono: hai quarant'anni e ce l'hai fatta, sei il migliore della tua generazione, passerai alla storia..."); una invidia anch'essa infantile ("La fama americana di Vittorini ti ha fatto invidioso? No. Io non ho fretta. Lo batterò sulla durata"); una mancanza stizzosa di generosità e di carità verso amici e sodali ("Molti, forse tutti, mostrano la corda, scoprono la loro crepa... anche i nuovi"); una credenza ingenua, inspiegabile nella letteratura come società, come fatto sociale, pur con l'aria di disprezzarla ("Questo viaggio ha l'aria di essere il mio massimo trionfo. Premio mondano... A Roma: apoteosi. E con questo?"); un estetismo inguaribile, fino in punto di morte ("Non parole. Un gesto. Non scriverò piú"). Questi caratteri di Pavese si mettono nella loro giusta luce soprattutto se paragoniamo, fuori di ogni questione di qualità, *Il mestiere di vivere* con lo *Zibaldone* leopardiano. Anche Leopardi era letterato, oltre che poeta. Ma poesia e vita in Leopardi comunicavano e si equilibravano e purificavano a vicenda. In Pavese c'è invece il letterato, prima di tutto e soltanto, cosí nella vita come nell'opera. E quel dolore che si è detto non sembra trovare espressione nella vita né nell'opera, rimane senza sfogo di azione e senza purificazione poetica, lo porta finalmente al suicidio.

Dalla lettura del diario e poi dei libri, si ricava l'impressione che le idee di Pavese, tutto sommato, siano piú importanti della sua opera. La quale risente di una certa letterarietà mai felice né veramente risolta in poesia, simile ad un umanesimo alla rovescia. Lo sforzo di Pavese che puntò soprattutto sulla creazione di un linguaggio parlato, diretto, immediato, tutto in azione, sembra essere fallito soprattutto per il suo fraintendimento dei limiti e della natura di un simile linguaggio. Uno scrittore può infatti colare la propria cultura e la propria ispirazione nel linguaggio letterario, colto del suo tempo (come fecero in genere tutti i grandi narratori del passato), oppure può trasferirsi in un personaggio-schermo, in una voce, in un "io" tutto popolare, come fecero, tanto per non indicare che qualche nome, Verga (terza persona) e Belli e Porta (prima persona). Ma quello che non può assolutamente fare è colare la propria esperienza e la propria psicologia di uomo colto (nel caso di Pavese, una cultura di origine decadentistica e irrazionalistica) nel linguaggio popolare. E questo perché il linguaggio popolare è tale non tanto perché esso adoperi modi di dire colloquiali e dialettali, quanto perché con questi modi esso esprime una concezione della vita e dei valori tradizionale, ancorata al senso comune, strettamente limitata e determinata dalle necessità naturali e pratiche, quanto dire per niente decadente e irrazionale. Il linguaggio popolare, in altri termini, esprime non tanto un mondo fuori della storia, come Pavese supponeva, quanto un mondo nel quale la storia ormai morta e allontanata dai suoi motivi etici ha fatto a tempo a diventare abitudine, costume, proverbio, saggezza e anche, perché no? cinismo e scetticismo. Pavese, invece, rincorrendo l'idea niciana e decadente del mito, tentò l'operazione impossibile di far dire a personaggi popolari, con il linguaggio popolare, le cose che premevano a lui, uomo colto, di psicologia e di esperienza decadente. È curioso osservare come, su questa strada, Pavese dovesse per forza imbattersi nell'esperienza dannunziana ("la tua classicità: le Georgiche, D'Annunzio, la collina del Pino"). Soltanto che D'Annunzio, decadente consapevole, non tentò mai di trasferirsi in un personaggio popolaresco parlante un linguaggio dialettale: scrisse aulico, con la lingua della cultura, com'era giusto. Verga, che non era decadente, e che non inseguiva il mito ma le ragioni reali della vita e della poesia, scrisse invece in lingua popolaresca e quasi dialettale.

Le idee di Pavese sono piú importanti dei suoi libri, come ho detto; ma sono le idee di un critico e di un letterato, ossia riflessioni *sulle* opere e *dopo* le opere, non *per* le opere e *prima* delle opere. Esse, in altri termini, non possono non ispirare opere assai diverse da quelle dalle quali traggono ispirazione: nascono, poniamo, dal vagheggiamento del logos erodoteo ma approdano a un neonaturalismo dialettale. Esse sono, in sostanza, le idee del decadentismo europeo, da Nietzsche in su, per cui, erroneamente, si vagheggia un tempo mai esistito in cui gli uomini agissero per motivi irrazionali, scambiando cosí per irrazionalità ciò che era, al momento, la sola razionalità possibile. Sono le idee non soltanto di Nietzsche ma di D'Annunzio, di Lawrence e di tanti altri, rinsanguate con la lettura dei libri di etnologia e con l'interpretazione tendenziosa della letteratura classica americana. Pavese, insomma, propone di gettare a mare cultura e storia e di affrontare la realtà come qualche cosa che non si conosce e che non si vuole neppure conoscere, appunto in maniera mitologica, la maniera che i decadenti attribuiscono agli arcaici, ai primitivi, ai negri e al popolo. Si tratta, come si vede, delle stesse preoccupazioni anticulturali che sono all'origine di tutti i movimenti di estrema cultura di avanguardia che ci sono stati in Europa negli ultimi cinquant'anni: decadentismo, negrismo, neoprimitivismo, surrealismo eccetera, eccetera. Di passaggio, questo esasperato irrazionalismo e antistoricismo sono quanto di piú diverso e di piú ostile che ci possa essere al comunismo e all'arte come il comunismo l'intende. La conversione di Pavese al comunismo acquista cosí il carattere di una trasmutazione o di un tentativo di trasmutazione di una somma di valori negativi (decadentistici) in uno solo ritenuto positivo. È un'operazione non nuova nella cultura italiana: dal decadentismo trasmutato in patriottismo (D'Annunzio) si giunge al decadentismo trasmutato in comunismo (Pavese), ma i modi dell'operazione non cambiano.

Le idee e l'opera di Pavese hanno oggi in Italia numerosi seguaci e imitatori. Il risultato abbastanza curioso è che tutti questi epigoni neorealisti non essendo per lo piú uomini di cultura né attingendo direttamente alle fonti del decadentismo, come Pavese, non avendo insomma sofferto intellettualmente e umanamente il dramma di Pavese ma avendolo trovato già risolto o apparentemente risolto nei suoi libri, sono arrivati a formule narrative che lo stesso Pavese, che era uomo di gusto e di rigore intellettuale, avrebbe senza dubbio ripudiato. Si cerca l'immediatezza, il mito, l'incontro con la realtà senza diaframmi culturali, il documento poetico; ma si cade invece in un naturalismo unidimensionale, senza sfondo di cultura o di pensiero, quando non addirittura nel bozzetto dialettale e provinciale. Sembra essere questo un destino assai comune nella cultura e nella letteratura italiana: per uno che soffre davvero il proprio dramma, che risale alle origini e che legge i libri, mille che si tengono ai risultati di quell'uno e ne adottano passivamente i moduli estetici e ne applicano meccanicamente il metodo. Indubbiamente, tra questi imitatori di Pavese ci sono quelli che domani riveleranno attraverso cambiamenti e rielaborazioni e travagli, una loro fisionomia autonoma; ma per il momento si ha l'impressione di una narrativa di maniera, tutta eguale, in cui fa le sue prove la letteratura piú letteraria che ci sia al mondo ossia la letteratura antiletteraria. La fortuna di Pavese, poi, si deve soprattutto al fatto che egli offre ai suoi imitatori un modello fortemente stilizzato, ossia, in parole povere, prefabbricato. Poca fatica ci vuole ad adeguarsi ad un simile modello; tanto piú se accompagnato con il sempre tentante invito (tentante soprattutto in Italia) di sbarazzarsi senza scrupoli della ragione.

Pavese, nel *Mestiere di vivere*, scrive ad un certo punto: "Il tuo è un classicismo rustico che facilmente diventa etnografia preistorica." Questo era ciò che Pavese pensava di se stesso; ma noi sappiamo che non si debbono giudicare gli uomini da quello che essi pensano di essere o vogliono essere, ma da quello che realmente sono. E che ogni autodefinizione ha un suo significato ignoto a colui che si autodefinisce. Pavese si autodefiniva classico rustico; era in realtà un decadente di provincia. Probabilmente Melville, che Pavese tanto ammirava, avrebbe dato di se stesso una definizione ingenuamente morale e letteraria, opposta a quella di Pavese cosí colta e cosí critica. Ma Melville creò il mito della balena bianca appunto perché non era nella sua intenzione di crearlo. Pavese inseguí tutta la vita il mito, con l'intenzione di raggiungerlo, e non ci riuscí.

(1954)

L'UOMO COME FINE *

1. *Machiavellismo come sadismo*

La polemica sul fine e sui mezzi dura da piú di quattro secoli, da quando Machiavelli, nel suo esilio, scrisse il *Principe* per incitare un ideale Principe italiano a non badare ai mezzi pur di raggiungere il fine di riunire l'Italia intera sotto il suo scettro. Machiavelli scriveva a Firenze che non era che una piccola repubblica d'Italia del Rinascimento e teneva d'occhio soprattutto l'Italia che non era che una parte del mondo di allora; ma le sue osservazioni e le sue teorie si sono dimostrate valide fuori del suo tempo e in mondi infinitamente piú vasti e piú complessi del suo. Come tutti gli scopritori, del resto, Machiavelli non tanto inventò quanto diede finalmente un nome a qualche cosa che esisteva da sempre; o meglio definí cosí bene questo qualche cosa e trasse da questa definizione conseguenze cosí esatte e cosí rigorose che spontaneamente questo qualche cosa, dopo di lui, fu chiamato machiavellismo. Tuttavia è significativo che il battesimo abbia avuto luogo non prima dei tempi di Machiavelli, ossia non prima che la supremazia spirituale e politica della Chiesa fosse stata rigettata dalle monarchie europee, e che la politica fosse stata effettivamente e pra-

* Questo saggio fu scritto poco dopo la fine della guerra, verso il 1946, e rispecchia lo stato d'animo di quel momento. Esso non vuole avere alcun valore sistematico e filosofico, bensí soltanto quello di una riaffermazione di fiducia nel destino dell'uomo.

ticamente divisa dalla morale cristiana. Il che vuol dire che, sebbene il machiavellismo fosse sempre esistito, soltanto ai tempi di Machiavelli si verificarono le condizioni che permisero di trarne tutta una teoria di prassi politica. E diciamo questo perché pensiamo, appunto, che anche attitudini apparentemente costanti dell'animo umano e tali da dare l'illusione di potere ricavarne delle leggi, possono sia sonnecchiare e restare latenti sia se non proprio scomparire per lo meno riaddormentarsi, rientrare, cioè, tra le possibilità buone o cattive dell'uomo, tra le sue tentazioni e inclinazioni.

E che questo sia vero, si potrebbe dimostrarlo facendo un paragone tra machiavellismo e sadismo. Anche il sadismo aspettò molti secoli prima di ricevere il suo nome e la sua teoria giustificatrice ad opera del Marchese De Sade. Ora questo non vuol dire che prima di De Sade quella mescolanza di libidine e di crudeltà che va oggi sotto il nome di sadismo non fosse conosciuta. Essa era certamente non soltanto conosciuta ma anche largamente praticata. Ma ci voleva De Sade, ossia la civiltà francese del diciottesimo secolo, mischiata di erotismo, di illuminismo e di demonismo, perché quel vizio ricevesse finalmente un nome e fosse, per cosí dire, teorizzato. Da allora il sadismo, consacrato ufficialmente nel mondo dello spirito, non ha fatto che crescere, proprio come le epidemie dopo che gli uffici di sanità si sono alfine decisi a parlarne nei bollettini. I campi di concentramento tedeschi della seconda guerra mondiale non sono che romanzi di De Sade, tradotti e vissuti nella realtà. Ma l'eccesso stesso del sadismo fa pensare che esso possa da un momento all'altro scomparire, o meglio, come abbiamo detto, addormentarsi, allo stesso modo di un vulcano che abbia rotto un letargo di secoli con una eruzione memorabile.

Abbiamo paragonato machiavellismo e sadismo perché vogliamo fin da principio mettere bene in chiaro il nostro pensiero e cioè che come il sadismo è una deformazione dell'amore cosí il machiavellismo è una deformazione della politica. D'altra parte, allo stesso modo che il sadismo tanto nei libri di De Sade che nella pratica dei nostri giorni esce dal campo strettamente erotico e sembra investire tutte le attività umane, cosí il machiavellismo non è piú una faccenda soltanto politica, non riguarda piú come ai tempi di Machiavelli il modo da tenere per conquistare il potere politico e conservarlo, bensí investe tutti i rapporti tra gli uomini, quelli politici come quelli non politici. Il mondo umano è unitario e ogni volta che un'idea ottiene la preminenza sulle altre, essa tende irresistibilmente ad esorbitare dal campo che le è proprio in altri coi quali non ha nulla in comune.

Lasciando stare il sadismo, col quale del resto presenta molte affinità (anche il sadismo è una contaminazione di erotismo e di ragione astratta), diremo che la deformazione prodotta nella politica dal machiavellismo consiste nel forzato connubio della politica con la ragione astratta, ossia nella creazione di una scienza e di una tecnica politica. Prima di Machiavelli la politica era prudenza, furbizia, intuito, capacità temporeggiatrice, saggezza e, insomma, una quantità di accorgimenti empirici slegati e spesso contraddittori. La supremazia della morale cristiana non permetteva che ci potesse essere alcuna attività umana sottratta a quella morale e retta da leggi e princípi nuovi. Con Machiavelli la politica viene sottratta alla morale cristiana, tutti quegli accorgimenti empirici ossia ragionevoli ma non razionali vengono ordinati secondo un principio solo e razionale e là dove non c'erano che relazioni variabili e discontinue, vengono scoperte delle leggi. La politica, come abbiamo detto, diventa una tecnica.

Ma non si può sottrarre un'attività umana alla morale e farla diventare una tecnica senza, presto o tardi, operare la stessa sottrazione in tutte le altre attività e trasformarle nello stesso modo. Il machiavellismo, che ai tempi di Machiavelli non era che una faccenda quasi privata di princípi e di governanti, ha compiuto, in seguito, passi da gigante. Esso si è infiltrato dovunque, per due vie: da un lato non piú una sola ma tutte le attività umane si sono trasformate in altrettante tecniche, dall'altro la politica è diventata preminente e la sua supremazia ha fatto sí che tutto il mondo umano diventasse un mondo politico.

2. *Il mondo moderno è un mondo machiavellico*

I progressi del machiavellismo non sono stati continui e regolari ma saltuari e discontinui. Via via che la Chiesa cedeva il passo al suo nemico e diventava a sua volta machiavellica, ossia subordinava ogni considerazione morale e religiosa alla conservazione e alla difesa dell'istituto della Chiesa, altre correnti universalistiche e umanitarie hanno tentato volta per volta di arginare, combattere e ridurre il machiavellismo, come per esempio il liberalismo dopo la Rivoluzione Francese, il socialismo ottocentesco, il pacifismo e via dicendo. Il machiavellismo resse certamente la politica delle grandi monarchie illuminate, subí una parziale eclissi con la Rivoluzione Francese, riassommò col trattato di Vienna, parve essere oscurato prima dalla politica liberale inglese e poi dal propagarsi degli ideali socialisti, esplose finalmente con Bismarck nel bel mezzo della pace e del progresso europeo. Da allora, le tappe del machiavellismo sono state trionfali e lo si può paragonare ad un fiume travolgente e irresistibile che si ingrossa e si fa piú potente con gli ostacoli stessi che incontra e supera. Esso sembra essere ormai inevitabile, insostituibile e ovvio. Imbattibile, a quanto pare, in sede di puro pensiero, il machiavellismo è il centro fatale verso il quale sembrano convergere tutte le strade della politica. Qualcuno può fermarsi al principio o a mezza strada, per convenienza, per timidezza, per umanità, per scarso spirito logico; ma nessuno può pretendere di trovare una strada che, percorsa fino alla fine, non porti ad esso. Certi popoli e governanti meno sistematici e piú empirici possono vantarsi di non essere stati in certe circostanze che parzialmente machiavellici; certi altri popoli e governanti piú coerenti lo sono stati del tutto. Nel primo caso abbiamo avuto una politica temperata da accorgimenti di prudenza e di umanità; nel secondo una ferocia inumana. Ma in ambedue i casi è fuori dubbio che lo stesso principio machiavellico presiedeva cosí alla prudenza dei primi come alla ferocia dei secondi.

Il risultato pratico e immediato di tutti questi machiavellismi in lotta tra di loro non è però tale da giustificare un cosí largo e ostinato impiego. Hitler e Mussolini sono morti ignominiosamente dopo aver portato Germania e Italia alla catastrofe; le grandi democrazie occidentali, benché abbiano riportato la vittoria, sono uscite dalla prova assai malconce; la Russia di Stalin è stata invasa e devastata dalle armate dell'ex alleato germanico. Il solo risultato della universale e indiscriminata prassi machiavellica moderna è stato di provocare le due maggiori guerre della storia nonché di portare infiniti dolori e immense distruzioni all'umanità. Tuttavia non sembra che il machiavellismo, almeno in un prossimo futuro, sarà abbandonato, al contrario. Esso è piú vivo che mai, anche se la sua vitalità nasce piuttosto dall'assenza di una politica diversa che da una fedeltà positiva e convinta. Tutti infatti sono concordi nel disapprovarlo e condannarlo; tutti negano a parole di praticarlo; ma nessuno, venendo ai fatti, sembra disposto a farne a meno.

E questo perché anche se gli Stati Uniti e la Russia sovietica, per non citare che le due maggiori potenze mondiali, *volessero* non essere machiavelliche, non potrebbero. Quattro secoli or sono la politica poteva anche non essere machiavellica, ossia non essere una tecnica. Oggi non può non essere che machiavellica; e questo perché nel mondo moderno mancano al tutto le premesse per una politica che non sia machiavellica. Queste premesse sono state accuratamente soppresse una dopo l'altra negli ultimi secoli e oggi, per ritrovare una politica non machiavellica, ossia una politica sottoposta ad un principio superiore, bisognerebbe ricrearle. O meglio, dal momento che le antiche premesse non sono state valide e si sono lasciate distruggere, bisognerebbe crearne delle nuove, affatto diverse dalle antiche.

Per indagare i motivi di questa inevitabilità e fatalità del machiavellismo in politica, bisogna dunque lasciare la politica e scendere nel profondo di rapporti umani che apparentemente nulla hanno a che fare con la politica. Perciò continuare a parlare in questo esame di Machiavelli e di machiavellismo sarebbe ingiusto e, se non altro, potrebbe ingenerare alcune confusioni. Machiavelli applicò, è vero, il principio "il fine giustifica i mezzi" alla politica; ma questo principio, fuori della politica, vale per se stesso, e come tale va studiato, definito e compreso all'infuori delle formulazioni machiavelliche. Conseguentemente d'ora in poi non nomineremo piú Machiavelli. Forse non sarebbe stato necessario nominarlo in precedenza se il suo nome e ciò che va sotto il suo nome non ci fossero serviti per chiarire le nostre intenzioni e spianare l'avvio al nostro discorso.

3. Ci sono due maniere di tracciare una strada

Sono un conquistatore venuto d'oltre oceano e il mio governo mi ha assegnato in premio dei miei servizi la proprietà di una vasta contrada. Ancora prima di prendere possesso del mio feudo, ho deciso, dopo averlo esaminato sulla carta, di tracciarvi una strada. La contrada è divisa fittamente in poderi di varia estensione, è traversata da un fiume e da numerosi corsi d'acqua minori, è sparsa di cascinali e altre costruzioni. Qua e là per la contrada sorgono chiese e cappelle dedicate a divinità locali. Inoltre vi si trovano numerosi pozzi ai quali la gente va ad attingere acqua, frantoi per spremere l'olio dalle ulive, mulini per macinarvi il grano, piccole officine artigianesche, un campo sportivo dove la domenica i ragazzi si esercitano al pallone e altre simili sistemazioni di pubblica utilità. La contrada è abitata da tempo immemorabile, e non pochi monumenti e ruderi di grande antichità testimoniano il passaggio di altre civiltà e altre conquiste. La contrada è molto bella perché la fusione delle opere umane con la natura vi ha assunto un carattere particolare e inconfondibile. Infine non tutta la contrada è di eguale conformazione. Qui è coltivata come un giardino, palmo a palmo, lí invece non fu possibile coltivarla perché il terreno era roccioso oppure paludoso. La roccia è durissima e la palude mefitica.

Perché voglio tracciare la strada? Perché sono un proprietario nuovo e ho idee nuove. Perché sono convinto che quella strada sarà di grande utilità agli abitanti e dunque anche a me stesso. Perché penso che in generale le strade non possono non essere utili qualunque sia il luogo che attraversano. Per mille motivi e per nessun motivo. Io voglio tracciare la strada e basta.

Mi si presentano due maniere di tracciare la strada. La prima maniera consisterà nel rispettare i limiti dei poderi, nel contornare i cascinali, nel varcare il fiume nel punto piú stretto, nel lasciare intatti cappelle, frantoi, mulini, pozzi, officine, campi sportivi, nell'evitare le zone paludose e quelle rocciose.

La seconda maniera consisterà invece nel tracciare la strada senza curarmi degli ostacoli. Taglierò dunque con la strada attraverso i poderi, varcherò il fiume nel punto piú largo, spianerò cascinali, abbatterò mulini, frantoi, cappelle, officine, farò riempire i pozzi, sopprimerò i campi sportivi. Inoltre farò saltare con le mine centinaia di migliaia di metri cubi di roccia e farò prosciugare centinaia di migliaia di metri quadrati di palude.

Io non sono tenuto a fare l'una o l'altra strada. Ho la legge dalla mia parte, ossia un decreto del mio governo la cui esecuzione a sua volta è garantita dalla forza. Posso fare quello che voglio e, se voglio, posso anche uccidere tutti gli abitanti fino all'ultimo e distruggere tutte le fabbriche e le coltivazioni. Ma io voglio fare la strada.

La prima maniera è certamente la piú lunga e, almeno per il momento, la piú dispendiosa. Prima di tutto dovrò andare ad abitare nella contrada e lí passare qualche mese o magari anche qualche anno per studiare a fondo la conformazione del terreno e tutte le sinuosità e le deviazioni che la strada dovrà subire per rispettare le proprietà e gli edifici preesistenti e al tempo stesso non andarsi a cacciare tra le rupi o nell'acqua della palude. Per far questo dovrò conoscere uno per uno gli abitanti, discutere con loro il tracciato della strada. Dovrò farmi un'idea della utilità e necessità dei vari pozzi, frantoi, mulini, officine e campi sportivi. Dovrò studiare e penetrare a fondo la religione degli abitanti e familiarizzarmi con le divinità cui sono dedicate cappelle e chiese. Dovrò impratichirmi anche della storia della contrada per valutare giustamente l'importanza dei numerosi monumenti e ruderi. Dovrò conoscere e apprezzare le bellezze della contrada per non guastarle e magari per accrescerle. Infine dovrò saggiare il terreno per sapere dove è roccioso, dove è paludoso, dove è cretaceo e via dicendo. Durante questo lungo, paziente ed esauriente esame mi accadrà allora un fatto singolare: conoscendo sempre meglio la contrada, sentirò di amarla sempre più; e pian piano il fine che mi ero proposto, ossia la strada, sarà sostituito da un altro fine, la contrada stessa. È vero che la strada avrebbe servito alla contrada ma, insomma, il mio fine, in principio, era tracciar la strada, a qualsiasi costo. Ora invece scoprirò che il mio fine sarà proprio diventato la contrada, ossia il bene della contrada, ossia una certa idea che mi faccio della contrada e del suo bene dopo averla esaminata e conosciuta a fondo. A tal punto sarà stata completa questa sostituzione che, alla fine, o deciderò di tracciare la strada con innumerevoli deviazioni e tortuosità, oppure di rimandarne la costruzione a tempi più adatti, ossia a quando, per un motivo o per un altro, gli ostacoli fossero caduti da sé, oppure ancora di non fare alcuna strada, dal momento che ho potuto toccare con mano che la strada non soltanto non sarebbe stata utile ma anche sarebbe stata nociva. Comunque queste tre decisioni testimoniano che il mio fine vero ormai non è più la strada ma la contrada, ossia il mio rispetto della contrada, vale a dire una certa idea che mi sono fatto di come dovrebbe essere la contrada; e che sulla prima idea, del tutto razionale, di tracciare la strada, ha finito per prevalere qualche cosa di irrazionale, ossia l'amore per la contrada.

Vediamo adesso come agirò per applicare la seconda maniera. Intanto non mi recherò nella contrada ma, semplicemente, traccerò sopra una carta topografica due rette parallele da un punto *a* ad un punto *zeta*. Questa sarà la mia strada, questa deve essere la mia strada. Quindi chiamerò una coorte di geometri, contabili, ingegneri, costruttori, progettisti e tecnici vari e li incaricherò di farmi un progetto completo della strada che ho segnato sulla carta. Naturalmente porrò certe esigenze pregiudiziali che rappresentano per cosí dire gli aspetti ideali della strada come io l'ho immaginata e voglio che sia eseguita: tanto di costo, tanto di tempo, tanto di lunghezza, tanto di larghezza, e cosí via. I miei tecnici studieranno da tecnici la questione e da tecnici finalmente stenderanno il progetto. Si tratterà di un progetto perfettamente razionale, cosí per il costo, come per il tempo, come per tutte le altre modalità. Ogni inquietudine che potessi nutrire, scomparirà di fronte al progetto: esso risponde in tutti i suoi aspetti alle esigenze della ragione, potrebbe essere attuato oggi, dieci secoli fa o tra dieci secoli, nella mia contrada o al centro dell'Africa o in Siberia. Tranquillizzato, impartirò gli ordini affinché si dia mano alla costruzione della strada: versamento di fondi, arruolamento di operai, raccolta di materiali, sistemazione degli impianti e cosí via. Ma dopo dieci giorni, quindici giorni, un mese incominciano a giungermi all'orecchio voci inquietanti. Alcuni contadini si sono ribellati quando gli operai hanno intrapreso di buttar giú la loro casa, c'è stato un conflitto, ha dovuto intervenire la polizia e ci sono stati alcuni morti; una mina che doveva far saltare in aria una roccia ha ucciso quattro operai; il ponte sul fiume è stato travolto dalla piena; in occasione della demolizione di un'antica cappella miracolosa la popolazione si è sollevata: altri dieci morti; i ragazzi hanno accolto a sassate i miei tecnici che visitavano un campo sportivo; le acque di due pozzi sono risultate avvelenate etc. etc. Avuta notizia di questi e altri infiniti simili incidenti, io mi infurio in sommo grado; riesamino il progetto della strada, lo trovo razionale in ogni suo aspetto e non esito a definire criminali sia i contadini che si oppongono a che la strada sia tracciata, sia quelli tra i miei tecnici che non hanno saputo prevenire e impedire gli incidenti. Questa criminalità dei contadini e dei tecnici mi appare tanto piú irrefutabile e imperdonabile in quanto essi, chiamati a rispondere davanti alla mia giustizia dei loro falli, non sanno opporre, alla santa e perfetta razionalità del progetto, se non irrazionali e personalissime ragioni. Un contadino, per fare un esempio, per scusare la rivolta seguita alla demolizione della cappella, parla di attaccamento dei fedeli al santo venerato nella cappella stessa e osa contrapporre questo attaccamento ai calcoli rigorosi del progetto. Un tecnico, dal canto suo, obietta la stanchezza degli operai come causa del cattivo funzionamento della mina. Ma io rispondo che nel progetto era contemplato che la mina dovesse brillare il tal giorno alla tale ora al tal minuto e non c'era ragione al mondo perché questo non accadesse. Infine mi convinco che per non so quale motivo una manifesta cattiva volontà si oppone alla costruzione della strada e do in conseguenza nuovi ordini. La strada si deve tracciare a tutti i costi e nel tempo e nel modo prestabiliti dal progetto; perciò si adoperino tutti i mezzi per raggiungere questo fine. Dove è possibile adoperare il denaro, si adoperi il denaro e si corrompa e si comperi e venda senza riguardi; dove è necessaria la violenza fisica, si bastoni, si imprigioni, si torturi, si impicchi senza scrupoli; dove infine è sufficiente l'inganno, si facciano tutte le promesse possibili, si seducano gli animi con miraggi di ricchezze future, si illustrino a colori rosei i risultati, si stimoli in tutti i modi l'entusiasmo. I miei giannizzeri corrono subito ad eseguire gli ordini. Un terzo della popolazione viene corrotto, un terzo sterminato, un terzo istupidito. Passano alcuni mesi e finalmente, nel tempo previsto, la strada è inaugurata. È vero che al momento dell'inaugurazione, mi accorgo che la contrada ha cambiato faccia e là dove un tempo c'erano coltivazioni, case e opere umane, ora non c'è piú che una landa quasi deserta, ma in compenso ho la mia strada, dritta, lucente, irresistibile fino alla linea dell'orizzonte. Il mio scopo è raggiunto. La ragione, dopo tutto, ha trionfato. E poi so che tra un anno, dieci anni, o cent'anni, altri uomini occuperanno le sedi di coloro che io ho sterminato, altre coltivazioni si stenderanno là dove oggi c'è la brughiera, e, insomma, alla fine, i nuovi abitanti si serviranno della mia strada e ne trarranno profitto. Ma queste previsioni, in fondo, sono un di piú, una superfluità, e non ne ho davvero bisogno per far tacere i rimorsi della coscienza. Per questo mi basta la sola frase: la ragione ha trionfato. Si noti che io non sono un fanatico, ma all'infuori della ragione, non mi riesce di vedere che irrazionalità, ossia oscurità, caos, nebbia e confusione. Che meraviglia che io m'attacchi con tutte le mie forze alla ragione?

Queste le due maniere di tracciare la strada. Come ho già detto io posso fare in quella contrada tutto quello che mi salta in mente. D'altra parte non è possibile dire quale delle due strade convenga di piú; né quale delle due comporti maggiori svantaggi. La prima maniera può portarmi addirittura a non tracciare affatto la strada; la seconda a distruggere la contrada pur di tracciare la strada. Ma la differenza principale tra le due maniere, indipendentemente da ogni considerazione di tornaconto, è pur sempre questa: nella prima maniera il mio fine è rappresentato dagli uomini che vivono nella contrada, nella seconda dalla ragione che mi ha dettato il progetto della strada.

È chiaro, perciò, che la scelta dipenderà non tanto dal mio interesse personale, quanto da due cose che stanno fuori di me: da un lato gli uomini che vivono nella contrada, dall'altro la ragione. In altri termini, ambedue i fini che mi stanno davanti agli occhi trascendono la mia persona e per questo forniscono una giustificazione moralmente valida ai mezzi che posso adoperare per raggiungerli.

Io posso sperare per un momento, cosí in teoria, che i

due fini non facciano che uno solo, ossia che gli uomini e la ragione siano la stessa cosa sotto altre parole. Ma in pratica mi accorgo che questo non è vero. Gli uomini non sono fatti di sola ragione, anzi a dire il vero, scrutando la loro vita, e i loro costumi, la loro religione, i loro affetti, le loro passioni, mi accorgo che la ragione non ha tra di loro che un posto modesto. D'altra parte la ragione, che mi ha guidato nella formulazione del progetto, non tiene affatto conto di ciò che gli uomini sono realmente. Agli uomini con eguale disinvoltura essa può sostituire animali, piante, sassi, o addirittura cifre e formule algebriche, il risultato che essa si propone rimane invariato.

Cosí la scelta dipenderà da me, da ciò che io sono, ossia da ciò che io sono in relazione con gli uomini della mia contrada. Se io sarò capace di considerarli uomini e non materia inanimata adotterò certamente la prima maniera; in caso contrario sarò costretto, anche ove non fossi portato per temperamento a farlo, ad adottare la seconda. Questo è il mio dilemma.

4. *Il solo mezzo veramente razionale è la violenza*

Grosso modo, i mezzi di cui posso servirmi per raggiungere il mio fine, ossia, riprendendo le cose al loro principio, per tracciare la strada, possono essere ristretti in due sole grandi categorie: quella della persuasione e quella della violenza.

La persuasione che a prima vista sembrerebbe fatta di sola ragione è invece legata ad una quantità di cose che non sono affatto razionali: rispetto degli individui, fedeltà alla tradizione, affetto per la religione, senso estetico, carità, pietà, simpatia.

La violenza che, a sua volta, sembrerebbe a un primo esame del tutto irrazionale, è legata invece strettamente alla ragione. Se il mio fine, infatti, è tracciare quella determinata strada, il mezzo piú razionale è quello che mi permetterà di tracciarla esattamente come l'ho progettata, nella maniera piú spiccia, piú rettilinea, piú spedita che sia possibile, senza tenere alcun conto di tutto ciò che non sia la strada. Ora questo mezzo non può essere che la violenza. Tutti gli altri mezzi rientrano nella categoria della persuasione e abbiamo già visto che con la persuasione posso giungere addirittura al risultato paradossale di non tracciare affatto la strada.

La violenza, del resto, è già implicita nel progetto stesso della strada. Sulla carta, come ho detto, io ho tracciato da un punto *a* ad un punto *zeta* due rette parallele. Se, tracciando queste due rette, io sono stato veramente convinto di tracciare al tempo stesso la mia strada concreta di pietra di asfalto e di calce, io ho già scelto, ho già adoperato la violenza. Perché nella realtà queste mie due rette non esistono e non possono esistere se non ricorrendo alla violenza, ossia distruggendo, spianando, annientando tutto quanto impedisca l'esecuzione esatta del progetto.

A riprova: la violenza è il solo mezzo veramente razionale perché nell'impiego di questo mezzo io non potrò essere fermato se non dalla ragione, ossia, nel caso concreto, dai calcoli razionali del mio progetto. Non è detto che io ucciderò *tutti* gli abitanti della contrada e spianerò *tutte* le loro case; io ucciderò tutti quegli abitanti e spianerò tutte quelle case che secondo i dati del progetto dovrò uccidere e spianare. Ma nessun abitante dovrà la sua vita, nessuna casa la sua preservazione ad altra considerazione che non sia contenuta nel progetto. Insomma io stabilirò tra me e la contrada un rapporto razionale. Questo rapporto sarà per forza quello di una violenza inflitta o non inflitta, patita o non patita, sempre secondo ragione ossia secondo i dati del progetto.

Nel caso invece della persuasione, ciò che mi fermerà sul cammino della violenza, saranno considerazioni, come ho detto, del tutto irrazionali ossia considerazioni che nulla hanno a che fare col mio progetto. Può anche darsi che io adoperi anche in questo caso la violenza, ma sarà la minore quantità di violenza possibile, ossia una violenza adeguata al grado di sopportazione degli abitanti e non derivante dai dati del mio progetto. In altre parole non sarà violenza, dal momento che tra me e gli abitanti ci sarà un accordo consistente nel far sí che io non infligga altra violenza che quella che mi sembra compatibile con l'idea che mi sono fatto di loro e loro non subiscano altra violenza che quella che gli sembra di potere tollerare senza danno eccessivo.

Ora però che cosa importerà in ultima analisi l'impiego della violenza? Abbiamo già veduto che la maniera persuasiva porta come conseguenza a sostituire i fini, a mettere cioè, come fine in luogo della strada, gli uomini cui la strada deve servire. In altre parole, in questo caso la strada diventa mezzo e gli uomini fine. Nel secondo caso invece la strada rimane il fine, e si è visto che la strada è la ragione e che il mezzo piú razionale per soddisfare la ragione e la violenza. Ma degli uomini che ne è? Essi non sono affatto scomparsi: vivono, lavorano, pregano, mangiano, bevono, dormono. Ma sono inclusi tutti quanti nella parola: violenza. Sono, insomma, diventati mezzi. Infatti la violenza è tale soltanto se esercitata sugli uomini ossia è tale soltanto se suscitatrice di dolore e di rivolta nell'animo degli uomini.

Ma abbiamo visto che la violenza viene esercitata sugli uomini per raggiungere il fine della ragione; vale a dire che nel momento stesso che la violenza viene esercitata sugli uomini, gli uomini cessano di essere il fine e diventano la materia di cui ci si serve per raggiungere il fine, ossia i mezzi. In altri termini, dolore e rivolta, rivelatrici dell'impiego della violenza, nascono negli uomini allorquando sentono di essere adoperati come mezzi, per un fine che non li riguarda direttamente. Ossia, una volta di piú, quando, appunto, viene loro usata violenza.

Ne segue che la maniera piú razionale per raggiungere un fine è impiegare gli uomini come mezzi. Ossia che l'impiego della violenza, in sostanza, vuol dire l'impiego dell'uomo.

Cosí, logicamente, il mezzo piú razionale per raggiungere un fine che non sia l'uomo è l'uomo stesso. Ossia l'impiego della violenza come mezzo vuol dire l'impiego dell'uomo come mezzo. Di conseguenza adoperare l'uomo come mezzo deriva dal non porsi l'uomo come fine ossia dal non avere rispetto dell'uomo, vale a dire dal non sapere che cosa sia l'uomo e dal non avere una chiara e sufficiente idea dell'uomo.

5. *Soltanto i pazzi fanno uso della ragione*

Quando si dice che per porsi l'uomo come fine bisogna avere una chiara idea dell'uomo e che l'impiego dell'uomo come mezzo comporta appunto l'assenza di quest'idea, si vuol dire in realtà che non esiste altro fine all'infuori dell'uomo e che porsi come fine un fine che non sia l'uomo vuol dire, in sostanza, non porsi alcun fine, ossia porsi un fine che non è un fine dal momento che non giustifica i mezzi. Ma che cos'è un fine che non giustifica i mezzi? È appunto un fine assurdo, ossia un fine che non ha rapporti con l'uomo.

Facciamo un esempio: soffro di una violenta emicrania e, come è giusto, vorrei non soffrirne piú. Il mio fine, dunque, è non soffrire piú dell'emicrania. Ma sarà poi vero che il mio fine sia soltanto non soffrire dell'emicrania? O non piuttosto essere in grado di fare questa o quella cosa che, persistendo l'emicrania, non sono in grado di fare? E facendo questa o quella cosa, di essere questa o quella cosa? Vale a dire di essere me stesso? Come si vede, il fine che mi sembrava, in un primo momento, ultimo e definitivo, ad un esame piú attento sbocca in altri piú vasti, piú lontani, fino a diventare me stesso. E cioè: soffro di una emicrania, e, invece, come è giusto, vorrei essere me stesso.

Veniamo ai mezzi. Ho vari mezzi a mia disposizione per disfarmi dell'emicrania, ma in realtà possono ridursi a due soli: posso, cioè, prendere semplicemente una pasticca di aspirina e coricarmi con una bottiglia d'acqua calda e un adeguato numero di coperte; oppure chiamare un amico, porgergli un coltello bene affilato e pregarlo di tagliarmi la testa.

Nel primo caso io adopero un mezzo adatto e inoffensivo ma non razionale perché non è sicuro che il mio mal di testa passerà: posso essere refrattario all'aspirina, il mal di testa può essere prodotto da un tumore o da una contusione, l'aspirina può essere guasta etc. etc. Nel secondo caso, invece, adopero un mezzo disadatto e offensivo ma razionale perché è fuori dubbio che facendomi tagliare la testa, cesserà il dolore, quale ne sia l'origine, perché cesserò io stesso.

Nel primo caso il mio fine sarà di essere me stesso; nel secondo caso di far cessare il mal di testa. Se sono irrazionale, ossia se amo me stesso piú della ragione, io avrò un'idea abbastanza precisa di me stesso dal punto di vista fisico, ossia saprò che, facendomi decapitare, io non soltanto cesserò di soffrire dell'emicrania, ma anche morirò; se invece sono razionale, ossia amo la ragione piú di me stesso, non vedrò perché non dovrei farmi decapitare per cessare di soffrire dell'emicrania, dal momento che il solo mezzo veramente sicuro di non soffrire piú è di essere decapitato.

Ma l'uomo che si fa decapitare per non soffrire piú di un semplice mal di testa, non può essere che un pazzo. Infatti, è proprio cosí, è un pazzo.

Soltanto i pazzi, ossia coloro che per demenza hanno perduto ogni concetto dell'uomo e della sua integrità fisica, e conseguentemente non possono vedere alcuna differenza tra il coltello e l'aspirina se non su un piano razionale ossia astratto, soltanto i pazzi, diciamo, sono capaci di questa astrazione. Essi non esitano a farsi tagliare la testa pur di disfarsi del mal di testa. Che avviene nella loro mente? Avviene che il fine, cessazione dell'emicrania, si pone fuori di loro stessi, in un piano tutto razionale e astratto, e che tra questo fine e l'impiego del mezzo, di qualsiasi mezzo, non si frappone logicamente alcuna cognizione del proprio corpo e delle sue leggi. Donde l'uso del coltello, come piú sicuro e razionale. Cioè l'impiego di se stessi, ossia della propria morte, come mezzo, per raggiungere il fine di non soffrire piú dell'emicrania. Il trionfo della ragione a spese dell'uomo.

E che questo sia vero, che soltanto i pazzi facciano uso della ragione e abbiano la ragione in cima ai loro pensieri e non vedano che la ragione sarà ancora meglio dimostrato con un altro esempio tratto dalla storia piú recente. La famosa Himmler-stadt, ossia la città dello sterminio in cui non si sarebbe dovuto vivere ma morire e dove, con perfetta organizzazione, si sarebbero spacciati milioni di uomini ogni anno dà un'idea adeguata di un fine soltanto razionale, perseguito con mezzi soltanto razionali, ossia di un fine disumano perseguito col mezzo dell'uomo. Qui non c'è bisogno crediamo di dimostrazione. L'Himmler-stadt è il prodotto di una mente malata, l'invenzione aberrante di un pazzo.

6. *La ragione qualche volta è ragionevole.*

Qualcuno obietterà a questo punto che a voler cacciare la ragione d'ogni luogo si finirebbe per avere un mondo anche piú assurdo di quello in cui non ci fosse che la ragione. Noi rispondiamo che è questione di misura; ossia, se ci è permesso il bisticcio, anche la ragione deve essere ragionevole. La ragione non può servirci che a ragionare ossia a distinguere, conoscere e apprezzare secondo il loro giusto valore i mezzi e il fine. Essa è insomma uno strumento indispensabile per ogni attività umana, o meglio, una condizione senza la quale non si dà alcuna attività; ma non è né può essere la materia di cui sono impastati la nostra vita e il nostro destino. Siamo uomini e non automi, mangiamo carne e non concetti, beviamo vino e non sillogismi, facciamo l'amore con individui dell'altro sesso e non con la dialettica. La ragione, se è ragionevole, può dirci, come infatti talvolta ci dice, che il solo fine giusto e possibile è l'uomo e che il mezzo per raggiungere questo fine non può essere l'uomo dal momento che esso è il fine. Ma la ragione ci avvertirà anche, costernata, che porsi come fine l'uomo e non la ragione stessa, vuol dire porsi come fine qualche cosa di irrazionale, di ineffabile, di incommensurabile, di inconoscibile. S'intende irrazionale, ineffabile, incommensurabile e inconoscibile appunto dalla ragione che essendo parte dell'uomo non può conoscere il tutto. Fin qui l'ufficio, invero umile, della ragione. Ma se lasciamo che la ragione esca dalla sua sfera di ausiliaria ed invada i campi che non le competono, essa diventerà presto facilmente tirannica e paradossale e ci dimostrerà con la massima disinvoltura che il fine non è affatto l'uomo bensí il benessere di quella società oppure il rendimento di quella fabbrica oppure la gloria di quella nazione, e che l'uomo invece è proprio il mezzo, ossia che quei fini giustificano la morte, il dolore e l'oppressione di milioni di uomini. Naturalmente la ragione ci dirà che attraverso il benessere di quella società, o il rendimento di quella fabbrica o la gloria di quella nazione essa mira all'uomo, alla felicità, alla libertà dell'uomo. Ma questa volta non possiamo crederle: essa non può, all'ultimo momento come per un gioco di prestigio sostituire un fine ad un altro e, scacciato l'uomo per la porta, farlo rientrare per la finestra. C'è contraddizione di termini e noi siamo giustificati a risponderle che mentre è del tutto razionale ottenere il benessere di una società, il rendimento di una fabbrica o la gloria di una nazione con la morte il dolore e l'oppressione di milioni di uomini, non si può poi far sí che attraverso questo benessere, questo rendimento e questa gloria, quegli stessi uomini si ritrovino felici e liberi.

In effetti la ragione non può proporsi come fine l'uomo perché appunto l'uomo non è conoscibile né definibile razionalmente. La ragione può dirci quale sia la composizione chimica dell'uomo, può spiegarci che l'uomo non differisce dagli altri animali, dalle piante e perfino dai sassi, ma non può dirci che cosa sia l'uomo, completamente e assolutamente; e perciò ogni sua definizione dell'uomo presuppone l'impiego dell'uomo come mezzo, la sua subordinazione alla ragione stessa. Infatti se l'uomo non è l'uomo ma volta per volta, animale, pianta, sasso, volta per volta sarà facile alla ragione dedurre che l'uomo non è fine ma mezzo, ossia schiavo, bestia da traino, materia da farci saponi o concimi. La ragione non ha difficoltà ad accettare queste conseguenze paradossali e macabre. Fermarsi su questa china vorrebbe dire per lei smentirsi e venir meno alla propria natura.

In realtà la ragione ama i fini che nulla hanno a che fare con l'uomo, appunto perché essa, questi fini, può frugarli e analizzarli e spiegarli e conoscerli a fondo, senza residui; appunto perché, insomma, essi sono fatti di nient'altro che ragione. Non c'è nulla di ineffabile, di incommensurabile, di inconoscibile, per esempio, nello Stato. La ragione può smontare e rimontare lo Stato sotto i nostri occhi come quei giochi di metallo per ragazzi che si chiamano meccano. Lo Stato è fatto di ragione e soltanto di ragione e perciò piace alla ragione.

Ma c'è anche un altro motivo per cui la ragione preferisce qualsiasi fine fuorché l'uomo; ed è che la ragione è quantitativa. Essa non sa che cosa sia l'uomo, ma sa benissimo che cosa sono dieci, cento mille, un milione di uomini. L'uomo non è un fine per la ragione, dal momento che non sa che cosa sia, ma un milione di uomini sí. E diciamo un milione di uomini come un milione di scarpe o un milione di dollari o un milione di baionette. Che un bandito assalti un'automobile e ammazzi tutti i viaggiatori per sfamarsi, la ragione lo condannerà: si parlerà di morale ma in realtà si tratterà di un rapporto numerico; la fame di un uomo solo non vale la vita di quattro uomini. Ma che una minoranza politica venga sterminata dalla maggioranza, su questo la ragione non troverà nulla da obiettare in sede del tutto astratta e assoluta. E questo perché appunto la sicurezza di un milione di uomini vale la vita di diecimila. Ora si tratta in realtà della stessa cosa e la violenza ossia la degradazione dell'uomo da fine a mezzo è identica. Tutte le nostre leggi hanno, in fondo, una giustificazione quantitativa. Tanto è vero che quando invece di un bandito solo ce n'è un milione, le leggi vengono cambiate.

7. *Siamo tutti cristiani, anche Hitler era cristiano*

In altri termini il rispetto dell'uomo è scomparso, l'uomo non è piú tabú, e il posto dell'uomo deve essere cercato molto piú in basso che non al tempo anteriore al cristianesimo, quando le religioni delle città e delle tribú, almeno dentro le mura delle città e nell'ambito delle tribú, assicuravano all'uomo quel carattere sacro che il cristianesimo piú tardi doveva estendere a tutti gli uomini senza eccezione. In realtà oggi è evaporato non soltanto il cristianesimo ma anche l'antico concetto antropocentrico e umanistico che il cristianesimo aveva salvato dalla rovina del mondo precristiano. Per questo non è giusto parlare di neopaganesimo del mondo moderno. Semmai si dovrebbe dire che nel mondo moderno si sta profilando una neo civiltà delle caverne, una neopreistoria.

Si dirà: allora il cristianesimo è fallito. No, non è fallito, anzi il suo successo è stato completo; ma, sul piano storico ossia sul piano concreto, la sua funzione è esaurita. Il cristianesimo è un movimento religioso legato ad uno sviluppo storico, ossia definito nel tempo e nello spazio. Esso rispondeva a certe esigenze, e assolveva certi compiti. Oggi queste esigenze sono cambiate e questi compiti sono stati assolti. Il cristianesimo ha reso tutti gli uomini, senza eccezioni, cristiani e perciò non potendo renderli piú che cristiani, non ha piú alcuna funzione pratica. Gli uomini che oggigiorno, attraverso esperimenti e destini aberranti, vengono adoperati come mezzi per raggiungere fini disumani, non sono infatti né pagani né uomini del Neanderthal, sono cristiani. E i loro carnefici sono anche loro cristiani. È col grasso di cristiani sterminati da altri cristiani che durante l'ultima guerra s'è fatto del sapone; è con le loro ceneri che si sono concimati i campi di altri cristiani. Hitler era un cristiano né piú né meno del Papa o di Roosevelt. E che lo fosse lo dimostra se non altro il fatto che la sua ragione, ossia la ragione di Stato non gli consentí di commettere se non dei delitti. E che lui stesso non riuscí mai ad illudersi del tutto che questi delitti non fossero delitti; tanto è vero che si adoperò fino all'ultimo per nasconderli e distruggerne le tracce.

E che questo sia vero lo sentiamo da un lato nell'impotenza del cristianesimo a salvare una seconda volta gli uomini dalla servitú, e dall'altra nel turbamento che suscita in noi questa servitú. In altri termini, psicologicamente, noi siamo dei cristiani, ma sul piano etico, ossia operante, non lo siamo piú, appunto perché lo siamo psicologicamente. Ogni etica è creata per piegare e ordinare e informare di sé una psicologia ribelle e ostile. I primi cristiani per molto tempo furono psicologicamente dei pagani, ciò che formò d'altronde la ragione d'essere dell'etica cristiana da loro accettata. Ci sono voluti venti secoli perché l'uomo diventasse psicologicamente cristiano, esautorando cosí la funzione etica del cristianesimo.

Ci troviamo di fronte, insomma, non a un fine solo ma ad innumerevoli fini, tutti materiali e disumani seppure tutti perfettamente razionali. E dovunque, per raggiungere questi fini, ci si serve dell'uomo come mezzo. Il cristianesimo, invece, non aveva nulla di razionale; l'affermazione di San Paolo "non ci sono piú gentili né ebrei" è un'affermazione contraria in certo modo alla ragione; l'universalità del cristianesimo, in contraddizione con la gran varietà dei climi, delle condizioni sociali e delle situazioni storiche, era anch'essa irrazionale; tuttavia il cristianesimo aveva appunto questa qualità di porre come fine l'uomo e di non servirsi, per raggiungere questo fine, dell'uomo.

Oggi il detto di Pascal: "Verité au deçà des Pyrénées, mensonge au delà" è universalmente vero. Abbiamo verità orizzontali secondo classi, verticali secondo nazioni, verità di Stato, di razza, di partito, di setta e di gruppo. Ognuno, praticamente, pur che trovi dei complici, può creare un sistema indipendente di verità. Il mondo è spezzettato; e la tenitrice di bordello che vende per profitto i corpi delle prostitute è altrettanto giustificata a farlo che il capo di Stato che dichiara la guerra ad un altro Stato. Cosí nel bordello come nello Stato regna indubbiamente la ragione, dal momento che il fine, ossia la preservazione e la prosperità del bordello e dello Stato, è raggiunto con mezzi adeguati, ossia col mezzo dell'uomo, vale a dire con la prostituzione e con la disciplina sociale e militare dei cittadini. Ma cosí nel bordello come nello Stato regna il dispregio dell'uomo e l'aria è irrespirabile.

Ne segue un carattere fondamentale del mondo moderno. Evaporato il cristianesimo, non essendo piú l'uomo il fine ma il mezzo, il mondo moderno rassomiglia ad un incubo perfettamente organizzato ed efficiente. Questo carattere del mondo moderno trova conferma in tutta la letteratura piú recente, sia esplicitamente e consapevolmente nel pessimismo di un Kafka, sia implicitamente e forse inconsapevolmente nell'ottimismo del realismo socialista; pessimismo e ottimismo che, in fondo, si equivalgono in quanto ispirano ambedue un senso di soffocamento e di claustrofobia. Si sa che mancando l'aria, tutto ciò che ci circonda sembra che voglia togliercela; e perfino il cielo ci sembra troppo basso. La poesia nel mondo moderno esprime tutta, seppure in modi diversi, questo senso di soffocamento. Sia che lo neghi, sia che lo affermi, la poesia avverte gli uomini: il mondo moderno è assurdo.

8. *In un incubo tutto diventa incubo anche il sole e le stelle*

Il mondo moderno rassomiglia assai ad una di quelle scatole cinesi dentro la quale si trova una scatola piú piccola, a sua volta involucro ad un'altra ancora piú piccola e cosí via. Ossia l'incubo generale del mondo moderno ne contiene degli altri minori, sempre piú ristretti, finché si giunge al risultato ultimo che ogni singolo uomo risente se stesso come un incubo. Per fare un esempio, lo Stato moderno in cui il fine è lo Stato e il mezzo è l'uomo è un incubo di proporzioni gigantesche e tali forse che l'uomo stesso che vive dentro quest'incubo non potrebbe rendersene conto, come probabilmente una formica non si rende conto che l'albero sul quale sta camminando è un albero. Ma nel mondo moderno come in ogni altro mondo ogni macrocosmo si specchia nel microcosmo e ogni microcosmo ripete le proprietà del macrocosmo. L'uomo, che vive nell'ampio seno dello Stato, si rende conto che questo Stato è un incubo perché la fabbrica in cui egli lavora è retta nello stesso modo dello Stato e il suo reparto nello stesso modo della fabbrica e il suo sottoreparto nello stesso modo del reparto e cosí giú giú fino a lui, individuo solo e isolato. Se prendiamo invece della fabbrica la società e dalla società scendiamo alla classe e dalla classe al gruppo, e dal gruppo alla famiglia e dalla famiglia alla coppia e dalla coppia al solito uomo solo e isolato avremo lo stesso risultato. Si potrebbe continuare all'infinito, cosí esemplificando.

In altri termini, né in seno alla massa, né insieme coi colleghi di lavoro, né in famiglia, né solo l'uomo moderno può dimenticare un sol momento di vivere in un mondo in cui egli è un mezzo e in cui il fine non lo riguarda. Né bisogna pensare che, almeno nella maggior parte dei casi, il mondo moderno sia cosí poco accorto e cosí spietato da non tentare di far dimenticare all'uomo questa realtà. Al contrario il mondo moderno cerca di convincere l'uomo che esso è sempre il fine supremo e che non viene adoperato affatto come mezzo. Ossia secondo le parole stesse dei governanti, nulla è tralasciato nel mondo moderno per proteggere e rafforzare la dignità umana ed elevare l'uomo. Leggi innumerevoli nelle maniere piú diverse proteggono la proprietà, la vita, i diritti dell'uomo; mentre lavora gli viene continuamente assicurato che lavora per il benessere, la libertà, e la felicità di tutti e, dunque, di se stesso; onori, compensi e incoraggiamenti in forma di galloni, di medaglie, di aumenti di paghe, di elevazioni di gradi, di lodi pubbliche e di pubblicità di ogni genere gli confermano continuamente l'utilità e dignità del suo lavoro e l'importanza sociale della sua persona. Quindi, come lascia il lavoro, la cultura gli viene incontro coi libri, col cinema, col teatro, con la radio, coi giornali e gli occupa le ore di riposo e gli dà il senso di essere qualcosa di più, molto di più che una semplice parte di un meccanismo anonimo. Infine la religione gli spalanca le porte dei suoi templi e gli assicura che non soltanto egli è un lavoratore e una mente ma anche un'anima.

Tutto questo in teoria, secondo le parole, come abbiamo detto, dei governanti. Ma basta che sopravvenga una crisi decisiva, e l'uomo spezzi il ritmo serrato delle sue distrazioni e si dia la pena di riflettere seriamente, e allora si accorge facilmente che il lavoro è servitú, che onori, compensi e incoraggiamenti sono inganni, illusioni e sonniferi, che la cultura è lusinga per sedurlo, fracasso per non farlo pensare, propaganda per convincerlo, e la religione un chiodo di più per tenerlo ben fermo sulla sua croce. Abbiamo detto che l'uomo scopre di essere un mezzo e non un fine soprattutto in occasione di crisi decisive. E infatti è proprio durante queste crisi, guerre, rivoluzioni, disastri economici, che all'uomo appare in tutta chiarezza di non essere che un mezzo tra i tanti e che il lavoro, gli onori, la cultura e la religione del mondo moderno rivelano lo spietato disprezzo dell'uomo onde sono intessute. In altri termini l'uomo si sente ad un tratto spossessato della sua corona regale e gettato al macero, rifiuto tra i rifiuti; e tutte quelle cose che avrebbero dovuto confermarlo nella sua essenza di uomo, gli si smascherano prive del carattere sacro che da lui scendeva ad esse, nient'altro che inganni e ornamenti.

Che meraviglia allora che nel corso di questa "storia detta da un idiota piena di fracasso e di furia" che è la sua vita, anche la natura e il mistero della natura appaiano all'uomo con gli stessi caratteri d'incubo del mondo che lo circonda? Dall'amore al sentimento dell'infinito, dalla procreazione alla luce del sole, tutto gli appare pervertito e ridotto a comodità, utilità e meccanismo. Non piú l'amore muove il sole e l'altre stelle, per lui, bensí una frizione che è insieme libidine e delusione. Ed egli risente la natura come uno sfondo assurdo per un'azione assurda. In un incubo, un albero fiorito ci opprime e ci spaventa quanto un coltello puntato contro il nostro cuore; e vorremmo in eguale misura che ambedue non esistessero.

9. *L'uomo delle caverne sospettava di essere uomo*

Nel mondo moderno l'uomo non è che un mezzo e si è detto che questo mezzo è sempre adoperato razionalmente ossia con il massimo di violenza. Non per nulla la scienza moderna ha raggiunto un alto grado di complessità e perfezione tecnica e la statistica è un ramo importante di questa scienza. L'uomo nel mondo moderno potrà dire che l'uso che si fa di lui è spietato, assurdo, crudele, ridicolo, mai che non sia razionale. Né l'operaio nelle fabbriche, né il contadino sui campi, né il servitore nella casa, né il burocrate alla scrivania potranno mai dire che la loro condizione non sia razionale. Se lo dicessero, la ragione sarebbe lí, mano alle cifre, a smentirli. I disperati appelli dell'uomo partiranno dunque e non potranno non partire da qualche cosa di diverso dalla ragione, da qualche cosa che, appunto, gli fa sentire quanto crudele, assurdo, spietato e poco dignitoso e, insomma, disumano è il trattamento che gli viene inflitto. Questo qualche cosa non è ben chiaro né definito, perché se lo fosse l'uomo cesserebbe di essere un mezzo e sarebbe di nuovo un fine. Questo qualche cosa è il sospetto oscuro, incerto, misterioso e contraddittorio del proprio carattere sacro.

Questo sospetto rassomiglia alla sensazione che può ispirare la vista di un idolo africano bizzarro e consunto che un esploratore raccolga in fondo ad una foresta e porti a casa. L'esploratore, s'intende, collocherà l'idolo sopra una mensola, in un luogo e in una illuminazione atta a svelarne la strana ed esotica bellezza. Ma non potrà fare a meno di sentire tutto il tempo che l'idolo è qualche cos'altro; che la sua destinazione dovrebbe essere diversa; che insomma, a parte la bellezza della scultura, l'idolo contiene una carica potente di magia. Questa carica non è, come pensano i superstiziosi, nell'oggetto in sé che, in realtà, non è che un pezzo di legno, è nella sua forma, ossia nella destinazione che rivela la particolare forma dell'idolo. In altre parole l'esploratore commette un sacrilegio e poco importa se non è religioso lui stesso o la sua religione ha altri idoli. Questo sacrilegio apparirà tanto piú flagrante se, per avventura l'esploratore, del tutto privo di senso estetico, prenda l'idolo e lo getti nel fuoco per scaldarsi le mani una sera d'inverno. Ma anche in questo caso, il sospetto resterà. In che cosa consisterà? Proprio nella differenza, balenata tra le fiamme, che corre fra l'idolo scolpito e dipinto e gli altri ciocchi di legno che divampano nel focolare.

Anche l'uomo delle caverne, vestito di pelli, irsuto e armato di clava, seduto sul cadavere esanime del suo nemico, aveva questo sospetto allorché apriva al cadavere la base del cranio e ne succhiava il cervello a scopo rituale. Non gli veniva in mente di fare la stessa operazione agli orsi o ai daini che costituivano il suo cibo piú comune. L'uomo delle caverne, in realtà, aveva già piú che un sospetto, aveva già l'idea che l'uomo deve essere il fine e non un mezzo.

E se l'immagine dell'uomo delle caverne sembrerà troppo barbarica e suggerirà un'idea troppo irrazionale dell'uomo vogliamo osservare che la ragione anche allora stava per l'impiego dell'uomo come mezzo, ossia voleva che l'uomo delle caverne divorasse tranquillamente il suo simile come divorava il daino e l'orso; e che, insomma, l'uomo delle caverne non difettava di ragione, al contrario. Stabilite le debite proporzioni e cioè relativamente alla condizione in cui si trovava, l'uomo delle caverne non era meno razionale dello scienziato di Nuova York. Cosí l'idea del carattere sacro dell'uomo nacque contro la ragione e nonostante la ragione.

L'uomo delle caverne, incidendo la base del cranio del suo nemico e mangiandone il cervello a scopo rituale, sospettava, come abbiamo detto, una differenza tra quel cadavere e gli altri di cui di solito si nutriva. Questa differenza non consisteva in una qualità particolare, in un sapore o odore speciali della carne umana: non c'è nulla che rassomigli a una bistecca quanto un'altra bistecca. Questa differenza, in sostanza, era nient'altro che la consapevolezza dell'uomo delle caverne di essere dopo tutto anche lui un uomo e non un daino o un orso. Ma l'uomo delle caverne non sapeva *che cosa* fosse l'uomo, sapeva soltanto di essere un uomo. Consapevolezza oscura che, come abbiamo detto, equivale ad un sospetto.

Ma c'è mai stato piú che un sospetto che l'uomo sia uomo? Crediamo di no. Non piú che un sospetto all'origine dei miti greci, non piú che un sospetto all'origine dell'idea cristiana dell'uomo fatto a immagine di Dio. È proprio quest'incertezza che conferisce ineffabilità, incommensurabilità e mistero all'uomo. È proprio perché non si può che sospettare il carattere sacro dell'uomo che ogni civiltà umana è cosí fragile e cosí miracolosa; e viene perduta cosí facilmente la nozione di quel carattere e con essa quella della civiltà stessa.

10. *In principio c'era uno stato d'animo*

Che cos'è che distingue uno stato d'animo dalla formulazione definitiva di questo stato d'animo? Che cos'è poniamo che distingueva lo stato d'animo che precedette il cristianesimo dal cristianesimo stesso? Ciò che distingueva lo stato d'animo precedente al cristianesimo dal cristianesimo era il rifiuto del mondo morale religioso e sociale del paganesimo, l'anelito a qualche cosa non tanto di migliore quanto di assolutamente nuovo. In altri termini, lo stato d'animo che precede le grandi rivoluzioni dell'umanità è quasi sempre in gran parte negativo rispetto ad un ordine in quel momento esistente nel quale è convenuto che sia contenuta la positività. Vale a dire che lo stato d'animo si presenta come la consapevolezza piuttosto di un difetto da riparare che di un acquisto da fare, ossia come la consapevolezza di un bisogno. Il giorno che dallo stato d'animo si passerà all'espressione di questo stato d'animo con formulazioni chiare e riconoscibili, allora comincerà il lungo (o breve) periodo della soddisfazione del bisogno. O meglio, il bisogno perderà gradualmente il suo carattere di bisogno cioè di empito oscuro doloroso, misterioso, ineffabile urgente e diventerà un processo visibile e individuabile. Cosí dall'oscura voglia che spinge irresistibilmente l'animale ad accoppiarsi nasce prima l'accoppiamento e, poi, l'animale stesso. Ma nessun animale, neppure l'uomo, in principio sa che vuole accoppiarsi e dar vita ad un altro animale, ad un altro uomo. L'impulso ad amare si esprime piuttosto in una inquietudine dolorosa e invincibile. L'animale sa soltanto che non vuole né dormire, né bere, né mangiare; ma non sa che vuole amare. Cosí la vita nelle sue forme piú precise, piú libere e piú autonome scaturisce in principio da uno stato d'animo urgente e oscuro.

Oggi quando si parla del mondo moderno e delle sue tragiche deficienze, subito viene richiesto il rimedio infallibile, il sistema di idee perfetto, la religione completa, la panacea miracolosa; e ove questa richiesta non sia soddisfatta, si rimane delusi, increduli, scettici. Ma è come se al ragazzo che per la prima volta si arrischia a fare la sua timida corte ad una ragazza, si chiedesse come si chiamerà suo figlio, che mestiere farà, quale sarà il suo destino. Quel ragazzo che, quasi sempre, non ha alcun desiderio di aver figli e non sa forse neppure perché si prodiga in galanterie con la ragazza, resterà stupefatto e urtato. Questa indiscreta impazienza circa i destini del mondo moderno deriva in gran parte soprattutto dalla nostra tanto vantata coscienza storica. Sulla base di analogie con il passato, si vorrebbe sapere con precisione se andiamo incontro ad un nuovo cristianesimo, oppure ad un nuovo paganesimo, oppure alla repubblica di Platone, oppure al mondo senza storia di Marx. Ma anche gli uomini hanno sempre dato vita a dei figli; eppure ciò non ci autorizza a pensare che continueranno a farlo e in particolare non ci autorizza a chiedere appunto a quel tale ragazzo come si chiamerà e cosa farà suo figlio.

Nel mondo moderno esiste uno stato d'animo di rifiuto sempre piú marcato del mondo moderno stesso e un bisogno sempre piú urgente di un mondo migliore e diverso. Ecco tutto. Dedurne il carattere del mondo futuro, sarebbe del tutto arbitrario e fallace. E del resto qui non si tratta di deduzioni e di profezie che in sostanza lasciano il tempo che trovano, bensí di un'azione difficile e concreta, ossia di un graduale arricchimento, di una graduale chiarificazione, di una graduale organizzazione, di una graduale espressione di quello stato d'animo iniziale. Per questo motivo già sarà stato fatto un gran passo avanti quando si sarà definito il carattere specifico di quello stato d'animo. Ma questa definizione stessa, per il fatto di essere applicata ad una materia cosí vasta e cosí irta, sarà una questione di secoli. O meglio saranno formulate infinite definizioni prima che sia trovata quella giusta.

Coloro che vogliono rimedi infallibili, sistemi perfetti, dovrebbero pensare che questi rimedi e sistemi sono proposti ogni giorno senza per questo che i mali da cui è afflitto il mondo stesso vengano anche in minima parte rimossi. Anzi il fatto stesso che ci sia tanta copia di rimedi e di sistemi è un indizio di piú della crisi mortale che travaglia il mondo. Né giova adottare uno di questi rimedi, uno di questi sistemi, cosí alla cieca, dicendosi: meglio che niente. La storia è piena di vicoli ciechi e di direzioni sbagliate.

Il mondo non fu fatto né in un giorno né in sette; e poiché il tempo è una misura convenzionale, i sette giorni della Creazione possono benissimo essere i bilioni di anni luce degli astronomi. D'altra parte, appunto perché i bilioni di anni luce degli astronomi equivalgono ai sette giorni della Creazione, il mondo potrebbe anche essere salvato in un minuto, in un secondo, in quell'attimo in cui, appunto, uno stato d'animo trova espressione definitiva e si converte in creazione.

11. *Il mattone vale il teschio purché si faccia il muro*

Quando si dice che l'uomo ha un carattere sacro, non si vuol dire che questo carattere in avvenire debba per forza rassomigliare a quello che il cristianesimo attribuí già all'uomo venti secoli or sono. Il termine di sacro non deve trarre in inganno. Il cristianesimo attribuí all'uomo un carattere sacro di specie religiosa e rituale, perché l'epoca in cui fiorí il cristianesimo era religiosa e rituale. Il mondo antico era un mondo eminentemente religioso in cui nulla aveva carattere di assolutezza che non avesse avuto il crisma della religione. Ma oggi il mondo non è piú religioso; o per lo meno non lo è piú in quel modo. In tutto il mondo le religioni languono e comunque non sembrano piú capaci di rinnovarsi. Le Chiese oggi sembrano tutte porsi ormai come fine la propria preservazione; ossia il loro fine non è piú l'uomo ma se stesse e cosí anche per loro l'uomo è scaduto a mezzo. Insomma, esse non si sottraggono in alcun modo alla generale perversione e assurdità del mondo moderno.

Il carattere sacro dell'uomo oggi non può dunque trovare appoggio in alcune delle religioni esistenti; ed è molto dubbio che lo trovi in una nuova religione, almeno per ora. Esso dovrà invece scaturire da una nuova definizione dell'uomo secondo le esperienze e i bisogni del mondo moderno. Parrà a questo punto che ci muoviamo in un cerchio vizioso dal momento che abbiamo già affermato che non si produrrà una nuova definizione dell'uomo se non quando sarà a sua volta definito in maniera nuova il carattere sacro dell'uomo. Ma a ben guardare, di questi cerchi viziosi è fatta ogni realtà, finché essa è immobile e apparentemente incapace di sviluppi. Ciò non pregiudica la soluzione del problema, che va cercata al di fuori del cerchio vizioso in cui sembra aggirarsi senza rimedio il problema stesso. Serve soltanto a ribadire una volta di piú il senso angoscioso di labirinto senza uscita che è proprio al mondo moderno.

Il carattere sacro dell'uomo, oggi, non andrà comunque ricercato in quello che l'uomo è oggi realmente, poiché abbiamo veduto che l'uomo oggi non è che un mezzo ossia nulla. Il carattere sacro dell'uomo dovremo invece ricercarlo in tutto ciò che l'uomo oggi non vuole essere e si rifiuta di essere.

Oggi, nel mondo moderno, l'uomo, come abbiamo detto, viene adoperato come mezzo né piú né meno dell'animale, della pianta o del sasso. E invero sarebbe difficile negare, per esempio, che gli animali rassomiglino straordinariamente all'uomo o meglio che l'uomo stesso tenda sempre piú a rassomigliare agli animali a tal punto da lasciare talvolta pensare che l'uomo non sia che un animale tra gli altri e neppure il piú dotato. Ciò infatti che un tempo distingueva l'uomo dagli animali era che solo tra tutti gli animali l'uomo si poneva l'uomo stesso come fine, mentre gli altri animali, incapaci di porsi se stessi come fine, diventavano mezzi all'uomo. La soggezione e inferiorità, poniamo, del cavallo di fronte all'uomo era che il cavallo non si poneva come fine il cavallo e l'uomo invece si poneva come fine l'uomo. E il cavallo, non ponendosi come fine il cavallo, era costretto ad essere mezzo all'uomo. Ma da quando l'uomo non si pone piú come fine l'uomo bensí varie cose disumane come lo Stato, la nazione, il denaro, la società, l'umanità e via dicendo, è commovente e al tempo stesso sconcertante vedere quanto l'uomo si sia avvicinato all'animale e ne subisca gli stessi destini e partecipi delle stesse proprietà. Che differenza c'è tra l'alveare, il formicaio e lo Stato moderno? Cosí nell'alveare e nel formicaio come nello Stato moderno, formiche, api e uomini sono mezzi all'alveare, al formicaio e allo Stato, e il fine è invece l'alveare, il formicaio e lo

Stato. Il cristianesimo era certamente in grado di dimostrare che alveare e formicaio erano mondi chiusi, automatici e assurdi, fini a se stessi e perciò profondamente diversi dal mondo umano che non era fine a se stesso e che aveva l'uomo come fine; ma la ragione moderna questa dimostrazione non può fornirla a nessun patto, essa deve al contrario ammettere che questa differenza non esiste. Non staremo ad insistere su questo punto dal momento che perfino nel linguaggio spicciolo si parla comunemente delle città come di alveari e formicai ed è diffuso anche tra la gente ignorante il sentimento che lo Stato moderno non sia gran che differente dalle organizzazioni sociali di certi insetti. Ma passando ad altri aspetti meno vistosi, vedremo questa rassomiglianza accentuarsi anziché diminuire. Che differenza c'è, per esempio, tra il giovane educato con ogni cura dalla famiglia e dallo Stato e poi mandato in guerra a combattere e morire e la formica soldato, l'ape soldato oppure il gallo da combattimento o il toro da corrida? Che differenza c'è tra l'uomo destinato fin da prima della nascita ad un certo lavoro che assolverà fino alla morte, e il bue che il contadino compera al mercato e destina a trascinare l'aratro fino alla morte? Finché l'uomo si poneva come fine l'uomo, egli poteva indifferentemente morire in guerra o far tutta la vita lo stesso mestiere senza per questo diventare animale tra gli altri animali. Ma dal momento che l'uomo accetta di scadere da fine a mezzo, egli è soldato e contadino e soltanto soldato e contadino, come il gallo da combattimento è soltanto gallo da combattimento e il bue è soltanto bue. E allora, che egli prenda il posto del gallo o del bue e sia adoperato nello stesso modo e per gli stessi fini, sarà soltanto una questione di convenienza, ossia si tratterà di vedere se sia più divertente vedere due galli dilaniarsi tra di loro o due uomini, oppure se sia più costoso un uomo che tiri l'aratro o un bue.

Degradato da fine a mezzo tra gli altri mezzi, la rassomiglianza dell'uomo con gli altri animali si accentua non soltanto dal punto di vista negativo ma anche da quello positivo. Oggi possiamo veramente dire che l'uomo è buono come l'agnello, coraggioso come il leone, veloce come il cavallo, forte come l'elefante, fedele come il cane e cosí via, perché quella bontà, quel coraggio, quella velocità, quella forza, quella fedeltà sono tratti utili che caratterizzano vari modi di adoperare l'uomo come mezzo e perché in date circostanze possiamo capovolgere il paragone e dire che l'agnello, il leone, il cavallo, l'elefante, il cane hanno qualità umane. D'altra parte, ecco, nel mondo moderno, l'uomo amare con la stessa lussuria dei becchi, procreare con la stessa indifferenza e prolificità dei conigli, allevare i figli con la stessa cura dei gatti e difenderli e nutrirli con la stessa passione dei lupi. Dal momento che l'uomo non è piú un fine ma un mezzo, le sue qualità amatorie, procreative e produttive passano in prima linea, si svelano in tutto simili a quelle degli altri animali e come quelle degli altri animali vengono studiate, esaminate, organizzate per servire ai vari fini della società, del denaro, dello Stato, della nazione e cosí via. Ed è per l'uomo una vera fortuna che lo studio delle sue qualità e proprietà abbia portato a scoprire che non esiste specie cosí redditizia, cosí a buon mercato e cosí duttile come la specie umana, altrimenti da gran tempo l'umanità sarebbe scomparsa, come sono scomparsi i bisonti dall'America del nord oppure le tigri dall'Europa. Ma siamo già avviati per questa strada: e dopo i razzisti tedeschi che stabilirono scientificamente che slavi, ebrei e zingari non erano utili e conseguentemente andavano sterminati, vedremo certo altri razzisti di altri paesi dimostrare con altrettanta razionalità che ai fini di una loro determinata società altre razze umane non sono necessarie e agire in conseguenza. Del resto non è questo il modo di procedere dei grandi allevatori di bestiame? Secondo che il tale cavallo o gallina o cane siano richiesti e rispondano a certi requisiti di utilità, essi modificano o addirittura sopprimono le razze. Per esempio, certi cani di moda cinquant'anni or sono, sono oggi praticamente estinti perché la moda ha cambiato. Trasferite la moda dal capriccio delle signore alle infatuazioni politiche, in luogo di un allevatore di fox terrier, mettete uno scienziato in camice bianco che fecondi le donne con l'iniezione di seme maschile prelevato da un selezionato stallone umano, e avrete uno dei piú possibili tra i mondi futuri possibili.

Ma la rassomiglianza del mezzo uomo agli altri mezzi non si ferma agli animali. Non lo diciamo ancora, ma forse diremo un giorno che l'uomo non soltanto è buono come l'agnello, forte come l'elefante, coraggioso come il leone etc. etc. ma anche che l'uomo è tenace come la canapa, detergente come la soda, fertilizzante come gli escrementi, duttile come il cuoio, e cosí via. Questi paragoni non sono ancora entrati nel linguaggio comune, ma i fatti che potrebbero giustificarne l'uso corrente si sono già verificati. Nell'ultima guerra sono state fatte funi con capelli umani, sapone con grasso umano, concime con ceneri umane, paralumi di pergamena con cuoio umano. Si tratta di aspettare un'altra guerra ancora o due. Infatti ogni guerra, ossia ogni stato di necessità, conferma l'utilità dell'uomo come mezzo e lo avvicina sempre piú alle forme piú semplici e perfino piú inorganiche della vita. Che dire di piú? Costruire, anche in tempo di guerra, si può dovunque con pietre, con mattoni, con cemento. Ma venga il giorno che per causa di guerra o altre, questi materiali facciano difetto, e si costruiranno muri con teschi umani, come ai tempi di Tamerlano. Si badi, però: Tamerlano era uomo atroce e queste sue muraglie di teschi erano atrocità non soltanto per coloro che dovevano fornire i teschi ma anche per lui che ne ordinava la costruzione. L'impiego futuro dei teschi per costruzione, se vi sarà, sarà invece razionale, ossia, premessa la mancanza di altri materiali, il fine, ossia la costruzione della muraglia, giustificherà in maniera del tutto razionale il mezzo, ossia l'impiego dei teschi. Vale a dire che il materiale umano prenderà il suo posto, speriamo non troppo umile, tra i tanti di cui si serve l'industria edilizia.

L'uomo dunque è un mezzo; e deve soltanto all'essere un mezzo, ormai, la sua sopravvivenza sulla faccia della terra.

Ma l'uso dell'uomo come mezzo può portare sia allo sterminio di intere famiglie della razza umana, sia all'estinzione totale dell'uomo. La terra intera è sparsa dei ruderi di civiltà che perirono per aver degradato l'uomo da fine a mezzo.

12. *Bruciate pure l'uomo, lascerà sempre un residuo*

Pascal, in una sentenza famosa, definí l'uomo un *roseau pensant*. Ossia stabilí che tutta la differenza tra l'uomo e l'arbusto, differenza in cui consiste la dignità dell'uomo, è che l'arbusto non pensa e l'uomo pensa. Travolti ambedue dalla stessa valanga, l'uomo saprà di essere travolto e l'arbusto no. C'è, in questa definizione di Pascal, qualcosa di illuministico e di razionalista. Il presupposto sul quale è fondata tutta la sentenza, che l'uomo sia dotato di pensiero, è tutt'altro che convincente. In realtà non abbiamo alcuna prova da un lato che l'arbusto non sappia di essere travolto dalla valanga, e dall'altra che l'uomo lo sappia. E anche ammettendo che l'uomo fosse dotato di pensiero, non se ne dovrebbe inferire una superiorità dell'uomo sul *roseau*, il quale, lui, parrebbe a sua volta dotato di altre qualità atte a bilanciare la mancanza del pensiero. In altri termini gli effetti del pensiero nell'uomo o per lo meno in milioni e milioni di uomini sono cosí confusi e modesti e contraddittori da far pensare che il pensiero stesso non sia altro che un istinto proprio all'uomo, un po' come un sottilissimo odorato è proprio al cane e una vista acutissima è propria a certi uccelli da preda. Insomma il pensiero non dimostra nulla, e pensare, ad un esame attento, non sembra, nella maggior parte degli uomini andare al di là di operazioni mentali semplicissime di cui anche gli altri animali, se la natura non li avesse provvisti diversamente, sarebbero certo capaci. Diciamo cosí che il carattere sacro dell'uomo non deriva dal fatto che l'uomo pensa, ma ha altre origini.

Certamente l'uomo non è mai caduto cosí in basso come oggi. E tuttavia noi possiamo esser sicuri che questa caduta non è definitiva. Nonostante molte prove in contrario, il mondo moderno non è avviato a diventare un alveare o un formicaio. In altri termini l'automatismo funesto che deriva al mondo moderno dall'impiego dell'uomo come mezzo per perseguire fini materiali e disumani, non è né sarà mai completo, come osserviamo che è, appunto, in certe comunità di insetti, oppure come è descritto in certi libri utopistici e satirici.

Ciò che impedisce e impedirà il trionfo dell'automatismo e dell'assurdità è che l'impiego dell'uomo come mezzo, al contrario di quanto avviene con tutti gli altri mezzi, dalla pietra all'animale, lascia sempre un residuo; e che questo residuo non pare potere essere utilizzato a sua volta come mezzo. Qualsiasi mezzo, si tratti di un metallo o di una pianta o di un animale, se adoperato in maniera adeguata, non lascia residui. Per esempio, il maiale ingrassato per essere ucciso non lascia residui; ossia non vien fatto di pensare che col maiale si potrebbe fare qualche cosa di diverso dalle salsicce o addirittura non far nulla e lasciarlo vivo. E anche se il maiale, ove per avventura il mondo intero diventasse vegetariano, non fosse piú né ingrassato né macellato esso resterebbe sempre un mezzo e nient'altro che un mezzo, senza residui di sorta. Questo perché, come abbiamo detto, il maiale non si pone né è capace di porsi come fine se stesso, a differenza dell'uomo che, lui, possiede questa capacità. Perciò diciamo che il residuo lasciato dall'uomo, quando viene impiegato come mezzo, è appunto la sua sempre esistente capacità di essere un fine e di porre se stesso come fine. Vedremo adesso in che cosa consista questo residuo, ossia che cosa diventi la capacità dell'uomo a essere fine quando viene ridotta a semplice residuo del suo impiego come mezzo. Comunque, in questo residuo e in nient'altro consiste il carattere sacro dell'uomo, o meglio la possibilità di tale carattere.

Nel mondo moderno si nota da un lato che l'impiego dell'uomo come mezzo è all'origine del senso di assurdità e di incubo che ispira il mondo stesso e dall'altro che questo senso di assurdità si mantiene inalterato, sia che l'uomo venga adoperato come mezzo in maniera del tutto paradossale e inadeguata, come per esempio per farne concime, sia invece in maniera apparentemente giusta e adeguata, come per esempio dirigere una banca o comandare una nave. In ambedue i casi, a ben guardare, si avrà la sensazione di un eguale sciupio, di un margine di residuo eguale, ossia di un'eguale degradazione e ne nascerà un eguale senso di assurdità. In altri termini, proprio perché il mondo moderno è cosí spietatamente utilitario, esso avverte con tanta maggiore acutezza lo spreco che è nell'adoperare l'uomo come mezzo. E avverte altresí che questo spreco non è una questione di idoneità e convenienza e che non c'è alcun fine che possa giustificare *completamente* l'impiego dell'uomo come mezzo, e che, comunque si adoperi l'uomo, si avrà sempre un residuo di spreco. In altri termini l'impiego dell'uomo come mezzo, qualunque sia il fine, non potrà mai essere che irrazionale, appunto perché l'uomo non sarà mai soltanto e completamente un mezzo. Questa irrazionalità incrina l'automatismo razionale del mondo moderno e impedisce che esso diventi un alveare e un formicaio.

A riprova, se l'impiego dell'uomo come mezzo non lasciasse residui di sorta, esso sarebbe perfettamente razionale e conseguentemente il mondo moderno sarebbe allora davvero nient'altro che un formicaio ossia un mondo razionale dal quale sarebbe bandito ogni senso di assurdità e nel quale nessuna formica risentirebbe come assurdo il proprio destino e il formicaio medesimo. E cosí è infatti nella realtà: il formicaio ci appare assurdo soltanto se lo paragoniamo alla società umana di cui facciamo parte o di cui vorremmo far parte. In se stesso, dentro se stesso, non è assurdo, è quello che è.

Per questo, quando diciamo con amarezza e con raccapriccio che il mondo moderno si avvia a diventare un formicaio, parliamo ancora da uomini sia pure degradati a formiche ma non da formiche. Per le formiche il formicaio è il migliore dei mondi possibili e forse non è neppure un formicaio. Esso è e non può che essere il fine al quale le formiche servono e non possono che servire da mezzo. Questo è un mondo veramente razionale, senza incrinature, senza sprechi, nel quale tutto è utile e dal quale tutto quanto è inutile è bandito.

Il mondo moderno non diventerà un formicaio ma certamente tende con ogni suo sforzo a diventarlo. Questa tendenza è uno degli aspetti piú notevoli del mondo moderno. Essendo un mondo razionale, che si propone fini razionali e vuol raggiungerli adoperando l'uomo come mezzo, esso si accanisce a voler ignorare, ridurre, distruggere l'assurdità e irrazionalità onde è minato. Il residuo che lascia l'impiego dell'uomo come mezzo o è taciuto o è perseguitato. Le polizie politiche, il denaro, la propaganda e mille altri modi di coercizione vengono adoperati senza scrupoli contro questo residuo dell'uomo adoperato come mezzo, per distruggerlo, minimizzarlo, soffocarlo, annientarlo. Tutta la società moderna, in tutti i luoghi e sotto tutti i climi, è impegnata in questa lotta contro il residuo umano, ossia contro il carattere sacro dell'uomo. Con ogni mezzo si cerca di dimostrare agli uomini che in determinate situazioni politiche, economiche e sociali essi non possono non essere felici; e che quelli che non sono felici, sono dei pazzi, dei criminali, dei mostri. Con ogni mezzo, insomma, si cerca di trasformare la società umana in un perfetto formicaio.

Ma per una conseguenza molto naturale, quanto piú il mondo moderno si accanisce a voler diventare un formicaio, tanto meno lo diventa. Tanto piú cerca di ridurre il residuo umano e tanto piú questo residuo cresce. Tanto piú cerca di essere razionale e tanto piú diventa assurdo.

Che cosa avviene negli incubi quando raggiungono il colmo e non sono piú tollerabili? L'incubo si spezza e il dormiente si sveglia. Il mondo moderno è un incubo dal quale gli uomini si sveglieranno.

13. L'uomo è uomo perché soffre

Pascal, formulando la differenza tra l'uomo e l'arbusto con la definizione ben nota: l'uomo è un arbusto pensante, veniva in fondo a dire, adoperando i termini di questo saggio, che il residuo dell'uomo, ossia ciò che forma il carattere sacro o, quanto meno, la dignità dell'uomo, è il pensiero. Ora, però, diamo il caso di uno scienziato specializzato in un certo ramo ristrettissimo e del tutto pratico della scienza, di un uomo cioè proprio di pensiero che mette il suo pensiero al servizio dell'efficienza, poniamo, degli apparecchi radio e avremo proprio un arbusto la cui attività mentale non lo rende affatto superiore all'arbusto non pensante. Gli è che il pensiero non è affatto un residuo incombustibile e se l'uomo fosse fatto di solo pensiero, una volta gettato nella fornace dell'utilità, brucerebbe fino in fondo. L'uomo di pensiero riesce a non essere del tutto un mezzo allorquando è adoperato come mezzo, per un fine che non è il pensiero. Il pensiero è un servitore; e in un mondo razionale, di fini e di mezzi razionali, è spesso il servitore piú strisciante e piú abietto. A riprova e tornando alla metafora di Pascal, quanti sono coloro che sospettano la servitú nell'identità del loro pensiero con il pensiero dello Stato? Ossia quanti sono coloro che sanno di essere travolti dalla valanga? I piú preferiscono lasciarsi conglobare nella valanga e illudersi di essere essi stessi la valanga.

In realtà, dopo aver chiamato in vari modi il residuo dell'uomo adoperato come mezzo: assurdità, irrazionalità, carattere sacro ecc. ecc., viene il momento di pronunziare il vero e solo nome di questo residuo: il dolore. Il residuo incombustibile, inalterabile, inservibile che avanza da ogni impiego dell'uomo come mezzo, non è il pensiero come voleva Pascal e dopo di lui tutti gli illuministi, bensí il dolore.

Questo dolore non ha nulla a che fare con il dolore che può provare qualsiasi animale, sia che perda la sua libertà servendo l'uomo, sia che venga impiegato dall'uomo in maniera crudele e spietata. Il dolore dell'animale, quello del cavallo selvaggio nel momento che conosce per la prima volta la sella, quello del mulo paziente che il carrettiere bastona, questo dolore non nasce da un senso di profanazione come vedremo che nasce quello dell'uomo. Infatti il cavallo e il mulo non si pongono come fini se stessi; e per questo non risentono il fatto di essere adoperati come mezzo come una degradazione bensí soltanto come un cambiamento da una condizione migliore ad una peggiore. Il cavallo libero è un mezzo che non sa ancora di essere o di potere essere un mezzo, non un fine che sa di essere o di poter essere fine e non vuole essere adoperato come mezzo. Il mulo bastonato altresí non è che un mezzo che vorrebbe cambiar fine ma non già cessare di essere mezzo.

Il dolore dell'uomo, invece, questo residuo inalterabile e incombustibile che rende assurdo tanto l'impiego dell'uomo come mezzo quanto il mondo in cui quest'impiego è praticato, il dolore dell'uomo, diciamo, nasce precisamente da un senso di profanazione, di sacrilegio, di degradazione che soltanto l'uomo tra tutte le creature sembra in grado di provare. Questo dolore è la riprova che l'uomo non può essere che fine, anzi il solo fine possibile e che, per quanti sforzi si facciano, esso non diventerà mai un mezzo.

Di questo dolore è, per cosí dire, materiato tutto il mondo moderno. Esso trova espressione nella bruttezza delle città, nella stupidità degli svaghi, nella brutalità dell'amore, nella servitú del lavoro, nella ferocia delle guerre, nello scadimento delle varie arti a lenocinio, propaganda e lusinga. Esso è manifesto in tutte le attività umane, è, insomma l'ordito sul quale è intessuta tutta la trama della civiltà moderna.

Il mondo moderno è un mondo eminentemente profanato e profanatorio. Nel mondo moderno, dovunque si volgano gli occhi, non si vedono che cose piegate ad usi indegni: grandi invenzioni come il giornalismo e la radio che non servono che a diffondere la menzogna, la stupidità e la corruzione quando non contribuiscono per la loro parte ad accrescere la somma già ingente della violenza; ritrovati scientifici meravigliosi, dall'aeroplano alla energia atomica, adoperati per la guerra; ricchezze smisurate spese in mille modi per accrescere i mali invece di rimuoverli. La bellezza, la bontà, l'intelligenza, l'entusiasmo, la volontà, il senso di abnegazione e, insomma, tutte le migliori qualità umane sono soggette ad uno stupro continuo e flagrante. *The right thing in the wrong place* è il motto onde si fregia il nero stemma del mondo moderno.

Il mondo moderno rassomiglia a quegli alberi che i giapponesi chiudono in scatole al fine di farli restare nani e contraffatti. Nelle contorsioni dei rami che non poterono crescere liberamente si legge un dolore muto ed eloquente. Il mondo moderno è come quegli alberi: tutti i rami delle sue attività sono storti ed evocano un senso di dolore.

14. *Ma anche l'uomo non è uomo perché è contento di soffrire*

Il residuo lasciato dall'uomo allorquando viene adoperato come mezzo è dunque il dolore. Ma una delle grandi scoperte dell'umanità, da Cristo in poi, è la funzione catartica, trasformatrice, liberatrice, elevatrice del dolore. Il Cristianesimo, anzi, fece del dolore la chiave di volta di tutto il suo sistema morale e religioso. Il Cristo accettando di espiare sulla croce i peccati degli uomini per tutti gli uomini, accettando cioè di soffrire per l'umanità intera, purificò, scaricò e liberò gli uomini dal peccato. Cosí ogni cristiano sapeva di soffrire per tutta l'umanità e il dolore era un mezzo per purificare insieme se stessi e gli altri. Da Cristo su su fino a Dostoevskij, attraverso i secoli, questa funzione energica e propulsiva del dolore ci è stata spiegata, confermata, predicata in mille modi. Come mai, dunque, il dolore nel mondo moderno non ha piú questa sua antica funzione e sebbene esso sia cresciuto smisuratamente, non sembra piú sortire lo stesso effetto liberatore, purificatore, catartico di un tempo?

È fuori dubbio che non si soffrí mai nella storia quanto oggi; e che nel contempo mai tante sofferenze restarono cosí perfettamente inutili. La morte, l'oppressione, la miseria, la servitú di milioni e milioni di uomini non soltanto non hanno portato, attraverso tanto dolore, ad un miglioramento purchessia delle condizioni dell'umanità, ma anche hanno prodotto nuove e maggiori quantità di morti, di oppressione, di miseria e di servitú. Oggi il meccanismo catartico del dolore sembra inceppato. E il dolore non pare produrre che bestialità, barbarie, stupidità, corruzione e servitú. Questo, sia detto di passaggio, è uno degli aspetti principali dello scacco del cristianesimo nei tempi moderni.

E che questo sia vero lo dimostra se non altro la paura del dolore del mondo moderno. Pur soffrendo piú di qualsiasi altro mondo del passato, il mondo moderno rigetta il dolore come qualcosa di inutile e di nocivo e cerca un modo di vivere gioioso. Il dolore è bandito come un intruso ingombrante e fastidioso dalla vita moderna. Grandi paesi rappresentativi del mondo moderno come gli Stati Uniti e la Russia seppure in maniera diversa, pretendono di non soffrire e non vogliono soffrire. Naturalmente, per una contraddizione soltanto apparente essi non riescono in tal modo che a produrre una maggior somma di dolore. Giacché il feticcio della felicità materiale, tra tutti i fini disumani, è il piú disumano ed è quello che piú spietatamente costringe ad adoperare l'uomo come mezzo.

Eppure nulla è cambiato né può cambiare nell'uomo; e il dolore oggi come venti o trenta secoli or sono, è ancora una potente energia purificatrice e trasformatrice. Il mondo moderno invece di rigettare il dolore come una cosa inutile e dannosa dovrebbe guardare a se stesso e domandarsi se per avventura non sia stato lui stesso a rendere il dolore inutile e dannoso. In altri termini il meccanismo del dolore è sempre buono; ma qualcosa lo ha inceppato.

Una delle numerose degenerazioni del cristianesimo è

quella che gira attorno al pentimento, senso di dolore posteriore al peccato e purificatore del peccato. Rasputin, monaco vizioso, aveva inventato di peccare apposta per pentirsi. Rasputin ragionava cosí: il buon cristiano è colui che si pente di aver peccato e tanto piú si pente tanto piú è cristiano. Dunque, il buon cristiano è colui che pecca. Di conseguenza piú si pecca piú si è cristiani. È questo il modo di ragionare e di sentire pervertiti non soltanto di Rasputin ma di molti cristiani di oggi.

Analogamente: s'è detto che nel mondo moderno l'uomo è adoperato universalmente come mezzo. D'altra parte ciò che permette all'uomo di ritenersi uomo e non mezzo è il dolore che egli prova nell'essere adoperato come mezzo, il residuo di dolore che lascia il suo impiego come mezzo. Ora è avvenuto questo: che l'uomo nel mondo moderno è un uomo e non mezzo appunto perché soffre; e d'altra parte non riesce a soffrire, ossia a sentirsi uomo, se non accettando e magari cercando di essere mezzo. In altri termini e con un bisticcio, se non fosse mezzo non sarebbe uomo e se non fosse uomo non sarebbe mezzo. È una specie di rasputinismo applicato al dolore, il quale cosí viene provocato apposta per essere sentito. Naturalmente in questo cerchio vizioso, ogni funzione catartica del dolore scompare e il dolore diventa la base piú solida della servitú umana.

L'uomo nel mondo moderno, avendo riconosciuto la sua dignità d'uomo nel dolore, invece di servirsi di questo dolore per rimuoverne le cause, le coltiva apposta per provare il dolore stesso. Queste cause si riassumono in una sola: l'impiego dell'uomo come mezzo per fini che non lo riguardano. Si tratti del burocrate statale, o degli operai della fabbrica o dei soldati dell'esercito, se esaminate bene il loro stato d'animo vedrete che essi tutti mettono la loro dignità d'uomini nel soffrire di essere burocrati operai o soldati e nello stesso tempo non riescono a raggiungere questa dignità che essendo piú che mai burocrati, operai, soldati. Questo procedimento automatico si chiama nel mondo moderno abnegazione civica, senso del dovere, patriottismo, entusiasmo produttivo, e via dicendo. Ma resta il fatto che il carattere morboso e malsano di questo procedimento viene rivelato al tempo stesso dall'immobilità della condizione umana, ossia dal ferreo permanere dell'impiego dell'uomo come mezzo e dalla disastrosità dei risultati: abbrutimento intellettuale, volgarità, bassezza morale, disperazione e pessimismo latenti, oppressioni, violenze e guerre. E che altro potrebbe avvenire? Non è limitandosi a soffrire di un male che si elimina il male stesso ma cercando il bene.

Il cerchio vizioso in cui si aggira il mondo moderno è simile a quello in cui si aggira il sadico. Esso vorrebbe essere amato ma per amare deve far soffrire. Cosí piú ama e meno è amato. Egli non si rende conto che per essere amato dovrebbe amare. Vale a dire uscire dal rapporto vizioso "sofferenza eguale amore" che costituisce la sua maniera di amare.

Il mondo moderno è caduto nel cerchio vizioso del rasputinismo del dolore si direbbe per insufficienza di vitalità; cioè per uno di quei motivi accidentali e astorici che tuttavia spesso intervengono e modificano la storia. Per mancanza di vitalità non sembra capace di uscire dal cerchio vizioso in cui corre in tondo e di cui soltanto una esplosione di energia vitale potrebbe rompere il movimento circolare. Questa energia vitale in altri tempi si chiamò invasione barbarica; ai nostri giorni essa è rappresentata da quei popoli di storia piú recente e di forza piú intatta che riprendono come nuovi i problemi al punto esatto in cui altri popoli piú antichi e piú stanchi li hanno lasciati. Giacché risolvere un problema non è altro che inventare, creare; e la distanza tra il problema e la soluzione non si varca che con la vita ossia con la creazione e l'invenzione. Anche in un albero esiste un problema, ed è quello di gettar fuori dalla scorza, a primavera, rami e foglie. Ma questo non avverrà se la linfa che scorre per le fibre dell'albero è languida e scarsa. Occorre un eccesso di linfa.

15. L'uomo non dovrebbe soffrire di essere mezzo bensí dovrebbe soffrire di non essere fine

L'immagine piú coerente e piú precisa del mondo moderno ce la fornisce il campo di concentramento e di sterminio. Abbiamo nel campo di concentramento tutti i dati del mondo moderno, spinti alle estreme conseguenze e però, tanto piú significativi e parlanti. Abbiamo infatti nel campo di concentramento un fine perfettamente disumano, lo sterminio, perseguito e raggiunto col solo mezzo dell'uomo e con il massimo di violenza. Cosí i carnefici come le vittime del campo di concentramento sono dei mezzi e in teoria dovrebbero essere proprio mezzi e nient'altro, come tante parti di una macchina perfetta. Al tempo stesso, il campo di concentramento, dentro i limiti del campo di concentramento, è perfettamente razionale, piú di qualsiasi fabbrica, di qualsiasi stato, di qualsiasi nazione. Il celebre ordine dato in risposta ad una richiesta di viveri: "Buchenwald deve bastare a se stesso", conferma e illumina questa razionalità. Non è questo forse il motto di qualsiasi nazione, fabbrica, stato del mondo moderno? Tutto nel mondo moderno, dallo Stato all'individuo, deve bastare a se stesso; e poco importa se ciò voglia dire la morte.

Eppure il campo di concentramento è assurdo nonostante la sua razionalità; ed è assurdo cosí per i carnefici come per le vittime, appunto perché racchiude dentro il suo recinto di filo di ferro spinato un residuo enorme di dolore. Com'è però che il campo di concentramento non esplode, non si disfa, non scompare? Il campo di concentramento non esplode, non si disfa, non scompare perché cosí ai carnefici come alle vittime il dolore non è motivo di ribellione bensí conferma di essere ambedue, nonostante i patimenti orrendi inflitti e ricevuti, degli uomini. In altri termini cosí i carnefici come le vittime soffrono di essere adoperati come mezzi ma al tempo stesso hanno bisogno di soffrire (o di far soffrire, che è lo stesso) per conservare la sensazione di essere tuttavia non dei mezzi ma degli uomini. Cosí il cerchio è chiuso e il campo di concentramento continua a divorare uomini.

Perché il campo di concentramento esploda e scompaia, bisognerebbe che cosí i carnefici come le vittime, con uno sforzo sovrumano, uscissero dal cerchio vizioso in cui girano in tondo. Ma per uscirne essi dovrebbero trasferire il dolore su un altro piano; ossia *non piú soffrire di essere un mezzo bensí soffrire di non essere un fine*.

In altri termini, nel mondo moderno, l'uomo non dovrebbe piú soffrire di essere burocrate, soldato, operaio, bensí dovrebbe soffrire di non essere uomo. Sembra lo stesso ma non è. Soffrire di essere burocrate, soldato, operaio, è una posizione morale passiva; soffrire di non essere uomo una condizione morale attiva.

Ma per spostare questa massa ingente di dolore dal cerchio vizioso in cui si esaurisce la sua energia, in una direzione illimitata, bisogna che l'uomo si ponga come fine una immagine di se stesso alla quale adeguare i propri sforzi e sentire con dolore di esserne al disotto.

Creare quest'immagine è proprio ciò che libererebbe l'uomo finalmente dall'essere un mezzo, e la sua vita dalla servitú del dolore. L'immagine, ossia l'uomo come fine e non piú come mezzo, renderebbe l'uomo alla gioia, ossia renderebbe l'uomo alla sensazione gioiosa di avvicinarsi con i suoi sforzi al migliore se stesso, al se stesso che egli si è posto come fine.

Il mondo moderno è convinto che soffrire sia esistere, che il dolore sia la prima e ultima prova dell'esistenza. Bisogna invece che il dolore sia sentito come impotenza, come non esistenza, come incapacità. Ma questo si otterrà soltanto strappando l'uomo al suo presente impiego di mezzo e restaurando la sua natura di fine.

Bisogna dunque che un nuovo concetto dell'uomo si organizzi intorno la negazione del binomio dolore-esistenza. Il cristianesimo girò la difficoltà scaricando il dolore dell'umanità su Cristo che soffrí sulla croce per tutti gli uomini. Il mondo moderno deve uscire dalla stessa angustia attraverso una nuova consapevolezza del carattere catartico della gioia. Questa gioia sarà la scoperta di potere essere un fine, lo sforzo per essere un fine, la consapevolezza piena e assoluta di essere un fine. L'uomo deve tornare all'orgoglio di essere uomo, ossia il centro e il fine ultimo dell'universo.

Ma il primo passo fuori dal cerchio vizioso in cui l'uomo si dibatte sarà pur sempre la consapevolezza di non essere un mezzo bensí un fine. E per questa consapevolezza egli non può contare che su se stesso, ossia sopra la propria vitalità, inventività e creatività. In altri termini, se l'uomo non si rende conto di essere uomo, chi potrà mai farglielo capire?

16. *Disperare vuol dire agire*

Per giungere alla consapevolezza di essere fine e non mezzo, l'uomo antico ricorse all'ascesi e alla contemplazione. Ossia alla mortificazione e quasi alla soppressione di quella vitalità che sentiva disgregata e dispersa nell'impiego di se stesso come mezzo. Poiché vivere pareva volesse dire essere un mezzo, rifiutò addirittura di vivere; o per lo meno spinse il rifiuto fino al limite compatibile con la sopravvivenza fisica. Nei riguardi della vita politica, sociale e morale del suo tempo, l'uomo antico, insomma, si suicidò. E suicidi infatti apparirono ai pagani i primi cristiani e tra i cristiani soprattutto coloro che per essere pienamente cristiani eleggevano di trascorrere la vita nei deserti o in fondo alle grotte. L'uomo antico, infine, pose chiaramente il dilemma: o essere un fine o non essere affatto.

In realtà l'impiego dell'uomo come mezzo e il proporsi fini materiali e disumani indicano una dispersione e un disgregamento straordinari dell'umanità. Soltanto una umanità in cui si siano verificati questa dispersione e questo disgregamento, può mettere l'uomo al livello dell'animale, della pianta e del sasso, e incapace di porsi se stessa come fine, prefiggersi dei fini convenzionali e provvisori. Giacché l'uomo ha pur bisogno di un fine per vivere e quando questo fine non è piú l'uomo stesso, allora egli elegge a caso come fine qualche cosa che non gli sembri troppo indegna: lo stato, il benessere, la nazione, l'efficienza produttiva e via dicendo.

In altri termini, il ricorso alla sola ragione, l'adottare un fine materiale, limitato e disumano, il voler raggiungere questo fine con tutti i mezzi ossia con il mezzo dell'uomo, è indizio, in ogni civiltà, di disperazione. Soltanto quando gli uomini hanno smarrito ogni idea dell'uomo e disperano di potere mai ritrovarla, soltanto in questo caso gli uomini accettano il principio: il fine giustifica i mezzi.

È un tratto comune a questi stati di disperazione che essi inducono l'umanità a ricorrere sempre piú frequentemente e con sempre maggiore ostinazione proprio a quei modi di vita e di intendere la vita che non possono che accrescere la disperazione stessa. Questi modi di vita e di intendere la vita si possono, poi, riassumere in uno solo: la preminenza dell'azione sulla contemplazione.

C'è un nesso molto stretto tra l'adorazione dell'azione e l'adoperare l'uomo come mezzo per il raggiungimento di fini che non sono l'uomo. Come c'è un nesso molto stretto tra la disperazione e il ricorso alla sola ragione. E infine c'è un nesso molto stretto tra questa disperazione e l'azione e tra la ragione e l'azione.

La preminenza dei valori dell'azione su quelli della contemplazione indica soprattutto che l'uomo ha abbandonato una volta per tutte la ricerca di un'idea soddisfacente dell'uomo e il desiderio di porsi l'uomo come fine. E che nell'impossibilità di agire secondo un fine, ossia di agire per essere uomo, egli accetta di agire comunque, pur di agire.

Il principio, il "fine giustifica i mezzi", è un principio d'azione, anzi è il principio d'azione per eccellenza. Ma di un'azione slegata da ogni reale giustificazione, un'azione, in una parola sola, giustificata dal solo raziocinio. E abbiamo veduto che la sola ragione, nel raggiungimento di un fine non umano, comporta la violenza, ossia l'azione fine a se stessa.

L'uomo d'azione è un disperato che cerca di riempire il vuoto di questa sua disperazione con degli atti legati meccanicamente gli uni agli altri e compresi tra un punto d'inizio e uno di conclusione, ambedue gratuiti e convenzionali. Tra, per esempio, il punto d'inizio della fabbricazione di un'automobile e il punto di conclusione della fabbricazione stessa. L'uomo d'azione sospenderà la sua disperazione finché durerà la fabbricazione del veicolo; e la sospenderà appunto perché sospenderà nel suo animo ogni finalità veramente umana: egli si sentirà mezzo tra gli altri uomini, mezzi come lui. Finita la macchina egli si ritroverà, è vero, piú inerte ed esanime della macchina stessa, ma tapperà subito questo spiraglio di disperazione con un avanzamento di grado, con una medaglia, un raddoppio di paga, oppure semplicemente col dar mano ad una nuova automobile. Insomma si affretterà a rituffarsi nel flusso oblioso dell'azione.

Ne segue cosí che mentre il campo di concentramento è l'immagine piú adatta a rappresentare il meccanismo immobile se pure apparentemente frenetico del mondo moderno: vita eguale dolore e dolore eguale vita; l'esercito moderno è l'immagine piú adatta per dare il senso di questo stesso mondo in movimento. Il soldato è azione e nient'altro che azione. Quest'azione è continua, ininterrotta, non ha neppure quei momenti di tregua che può avere l'operaio tra un'automobile e un'altra. Il soldato è un automa, ossia un mezzo cui si impone di essere mezzo nel ritmo di un'azione meccanicamente concatenata. Il suo fine è il fine per eccellenza disumano, è la morte, la sua o quella del nemico poco importa. Cosí si svela la proprietà dell'azione nel mondo moderno: essa nasce dalla disperazione, si sviluppa concatenando meccanicamente, sul piano della sola e pura violenza, un atto all'altro e trova la sua conclusione nella distruzione e nella morte.

La preminenza dell'azione sulla contemplazione è nata lentamente, per un lento oscuramento dell'idea dell'uomo nell'uomo stesso. Essa fu da principio una specie di surrogato dell'espressione, cioè dell'azione che nasce dall'idea dell'uomo come fine. Poi pian piano crescendo quest'oscuramento, l'uomo d'azione sostituí l'uomo espressivo. Ossia pian piano, venendo sempre piú a mancare un'idea dell'uomo, l'azione si svuotò, perse ogni giustificazione, diventò fine a se stessa.

L'azione fine a se stessa ha un effetto profondamente disgregante sull'animo umano. Essa sostituisce il meccanismo alla natura e rompe ogni reale rapporto tra l'uomo che opera e la materia sulla quale opera. In amore l'azione fine a se stessa porta al vizio, nel lavoro alla tecnica, nella politica al machiavellismo, nella morale alla precettistica, nella letteratura alla propaganda, nell'arte alla decorazione e via dicendo; e in tutte queste attività a un prevalere della pura ragione sulla vita. L'azione per l'azione è il trionfo del tecnico, dello specializzato, dell'uomo-mezzo, insomma. L'uomo d'azione non conosce che il proprio campo d'azione appunto perché un'azione per essere efficiente deve essere ristretta e concentrata. L'uomo d'azione è una macchina umana; e come tale può essere adoperato e si adopera per qualsiasi fine.

L'azione fine a se stessa ha però questa proprietà: di consumare piú che non renda. Essa è un'usura che nessun rendimento compensa. Costringendo gli uomini a essere dei puri mezzi, essa li brucia spietatamente, come ciocchi di legna in una stufa. Ancora una volta l'immagine piú persuasiva della pura azione è la guerra. Su un piano assoluto la guerra è un'azione che non si ferma se non con la scomparsa dell'ultimo soldato. Ossia con il venir meno di tutti i mezzi di cui ci si voleva servire per raggiungere il fine che, appunto a causa della scomparsa dell'ultimo soldato, è a sua volta obliterato e annullato. La pura azione, insomma, finisce nel vuoto.

17. *Il mondo moderno non diventerà una tebaide*

In questa prevalenza dell'azione sulla contemplazione sta la segreta perdita del mondo moderno. Il quale è un po' come un uomo che si nutra di carni rosse e d'uova e non si accorga di avere una ferita aperta dalla quale il sangue scorre abbondantemente. Egli deperisce sempre piú e un giorno morirà.

Il ricorrere sempre piú all'azione come alla sola maniera di agire, oscura sempre piú nel mondo moderno ogni possibile idea dell'uomo, e costringe sempre piú l'uomo a porsi dei fini materiali e a servirsi dell'uomo come mezzo. I nazisti erano degli uomini d'azione, ossia dei soldati, il loro fine era la razza, i loro mezzi gli uomini, e il risultato piú originale e piú schietto fu il campo di concentramento nel quale, a tutto vapore, gli uomini venivano bruciati e convertiti in concime.

Se l'uomo vuole ritrovare un'idea dell'uomo e strapparsi dalla servitú in cui è caduto, deve esser consapevole dell'esser suo di uomo e per raggiungere questa consapevolezza deve abbandonare una volta per tutte l'azione per la contemplazione.

Sappiamo che quest'affermazione sa di ritorno al passato. Gli eremiti erano i contemplativi per eccellenza. Ma gli eremiti appartengono al passato e indietro non si torna né è possibile tornare.

La contemplazione nel mondo moderno non significherà obbligatoriamente ascesi e misticismo. La contemplazione nel mondo moderno significherà invece puramente e semplicemente spostare l'energia umana da un piano all'altro. Intanto si faccia questo spostamento, poi si vedrà. Può darsi che rinascano l'ascesi e il misticismo e può anche darsi che nascano altre cose di cui non sappiamo nulla e alle quali perciò è impossibile dare un nome.

Questi milioni di uomini cosí ammirati davanti al meccanismo di un'automobile o di un aspirapolvere, rimangono del tutto indifferenti davanti alla proposizione morale piú sublime. Avvertono il battito irregolare di un motore che funzioni con un cilindro di meno; ma non si accorgono né dell'ingiustizia, né della corruzione, né della crudeltà che riempiono il mondo moderno. Questi milioni di uomini, pur soffrendo di non essere che dei mezzi, preferiscono trovare una ragione di vita in questa sofferenza piuttosto che ripiegarsi in se stessi e ritrovare una nuova idea dell'uomo, ossia un fine.

Questa povertà morale, mentale e spirituale del mondo moderno, sembrerebbe a prima vista denotare una estrema debolezza e fiacchezza. Ma il mondo moderno non è debole né fiacco. Esso è invece molto forte ed energico; soltanto che questa sua forza ed energia sono state deviate dalla contemplazione all'azione.

Il potere interno dell'uomo si può paragonare a quello di un fiume che, sbarrato da una diga, formi un bacino artificiale dando cosí origine ad una sorgente di energia. Da secoli questa diga ha una falla, il bacino è quasi vuoto, l'energia pressoché nulla e tutti i paesi intorno al buio. Occorre rialzare la diga e permettere al livello delle acque di risalire. In altre parole, per ritrovare un'idea dell'uomo, ossia una fonte di vera energia, bisogna che gli uomini ritrovino il gusto della contemplazione. La contemplazione è la diga che fa salire l'acqua nel bacino. Essa permette agli uomini di accumulare di nuovo l'energia di cui l'azione li ha privati.

Non è possibile dire oggi che specie di contemplazione sarà praticata nel mondo moderno. Ogni contemplazione presuppone un oggetto da contemplare; e oggi quest'oggetto non c'è. Ma coloro che immaginano che il mondo moderno per ritrovare un'idea dell'uomo debba per forza trasformarsi in una tebaide si sbagliano. Il mondo antico, precristiano, per fare un esempio, era sufficientemente contemplativo. Ma la contemplazione era presente e, per cosí dire, mescolata alla vita quotidiana del mondo antico, infinitamente piú semplice e però piú umana della nostra, ecco tutto.

Se è vero che le macchine dovranno permettere un giorno all'uomo di dedicarsi per gran parte della giornata a se stesso e non ai problemi della produzione, se questo paradiso è possibile, noi avremo certamente l'abbandono degli stupidi svaghi che oggi riempiono i margini dei tempi del lavoratore moderno e un ritorno massiccio alla contemplazione, ossia alla ricerca della saggezza. Nessuno può dire tuttavia quando e come il macchinismo ridarà all'uomo la libertà che per ora sembra avergli sottratto e che uso l'uomo farà di questa libertà, ossia quale idea dell'uomo scaturirà dalla contemplazione.

Il mondo moderno è qualche cosa di cosí diverso dal mondo antico che, mentre possiamo e dobbiamo ritrovare nel mondo antico le stesse esigenze del mondo moderno, non possiamo davvero dire in che modo queste esigenze saranno intese e soddisfatte. Nel mondo antico, ad un certo momento, degli uomini si ritirarono nelle grotte per pregare e vivere in comunione con Dio. E la civiltà antica ritrovò il proprio equilibrio proprio perché mentre c'erano dei soldati e dei politici che agivano c'erano degli altri uomini che non agivano affatto, anzi per i quali l'azione era peccato. Ma è difficile dire quale potrebbe essere l'equivalente moderno dei contemplativi antichi. Può anche darsi che la contemplazione non sarà affidata a pochi, per cosí dire, specialisti; ma troverà il suo posto nella giornata di ogni uomo, un po' come avvenne nei tempi migliori del mondo precristiano. Oppure che la funzione assolta dai contemplativi cristiani venga disimpegnata nel mondo moderno dai filosofi e dagli scienziati. Sono ipotesi e nessuna è confermata per ora dalla prova dei fatti. Possiamo soltanto dire con qualche certezza che ad esigenze sempre eguali ogni epoca risponde a modo suo e in maniera diversa.

18. *La prima condizione è un mondo alla misura dell'uomo*

Ciò, però, che è sicuro è che nessuna contemplazione o saggezza e conseguentemente nessun nuovo concetto dell'uomo si formeranno se prima il mondo non sarà ridotto una volta di piú alla misura dell'uomo. Quello infatti che colpisce di piú oggi è la evidente sproporzione tra l'uomo moderno e il mondo nel quale si trova a vivere. Questo mondo non è umano appunto perché è gigantesco; e quest'uomo non è uomo appunto perché il mondo nel quale vive non è fatto alla sua misura. Non c'è nessun rapporto diretto nel mondo moderno tra l'uomo e la nazione, o lo stato o l'organizzazione industriale o la città e via dicendo. Nel mondo moderno l'uomo è in rapporto diretto, in realtà, con organismi e società infinitamente piú ristrette di quelle con cui erano in rapporto diretto l'uomo antico e l'uomo cristiano. L'uomo antico poteva aver rapporti diretti con la città, la nazione o la fabbrica; l'uomo moderno può appena aver rapporti diretti con un quartiere o una via della propria città, con una città o una regione della sua nazione, con un reparto della fabbrica. Ne segue questa contraddizione: che l'uomo moderno è tanto piú piccolo dell'uomo antico in quanto è piú grande l'organismo di cui fa parte. La conseguenza prima di questa piccolezza dell'uomo moderno è la sua impotenza a conoscere in maniera soddisfacente i suoi rapporti con il mondo al quale appartiene e in ultima analisi a conoscere se stesso. D'altra parte la vastità degli organismi ai quali appartiene ribadisce nell'uomo moderno la sensazione della propria natura di mezzo e il senso di impossibilità di porsi come fine.

Ma gli organismi sociali e politici del mondo moderno sono d'altra parte abbastanza giganteschi per sgomentare gli uomini che ne fanno parte ma non abbastanza per perdere la presa su di lui e lasciarlo libero di pensare a se stesso. Lo stato moderno per esempio non è cosí universale da permettere all'uomo di non risentirlo piú come un'oppressione e un limite; pur essendo fatto secondo la misura dei mostri o degli idoli e non secondo la misura dell'uomo, esso perseguita l'uomo fin dentro la propria casa, fin dentro la propria coscienza. Ne segue questo sconfortante risultato: che l'uomo è costretto a far parte di organismi troppo vasti per essere umani ma troppo angusti per essere universali. Sono questi le Nazioni, gli Stati, le società moderne, in lotta tra di loro, altrettanto spietate con coloro che pretendono di difendere come con coloro che vogliono distruggere.

È urgente, per tutti questi motivi, che il mondo torni ad esser fatto alla misura dell'uomo. Soltanto in un mondo fatto secondo la sua misura, l'uomo potrà ritrovare, attraverso la contemplazione, un'idea adeguata di se stesso e riproporsi se stesso come fine e cessare di essere mezzo. Un mondo siffatto presuppone certamente la distruzione e la scomparsa degli Stati e delle Nazioni e conseguentemente delle immense città in cui Stati e Nazioni riuniscono i loro organi direttivi. Un mondo moderno fatto secondo la misura dell'uomo dovrà da un lato esser fatto secondo la misura fisica di quest'uomo ossia secondo la sua fisica capacità di muoversi, di vedere, di abbracciare e di intendere; dall'altro secondo la sua misura intellettuale e morale, ossia la sua capacità di entrare in rapporti con le idee e i valori morali. Abbiamo cosí, in poche parole, descritto un mondo in cui non vi saranno piú grandi metropoli del genere di Mosca, di New York, di Londra, di Parigi; e al tempo stesso non vi saranno piú Stati o Nazioni come la Russia, l'Inghilterra o gli Stati Uniti. Le prime dovranno cedere il luogo a gruppi di case o centri abitati molto piú piccoli; le seconde ad una civiltà vasta come la terra. Nei primi l'uomo vivrà, nella seconda produrrà e penserà.

La misura umana, come si vede, è l'universale e il particolare, non il gigantesco e il minimo.

PASSEGGIATE ROMANE

Le *Promenades dans Rome* di Stendhal portano la data iniziale del 3 agosto 1827. Circa centotrenta anni sono dunque passati dal giorno in cui Stendhal entrò per la sesta volta nella "Ville éternelle". Le *Promenades dans Rome* hanno un titolo molto preciso: sono infatti proprio passeggiate durante le quali Stendhal fornisce una descrizione minuziosa e svagata, esauriente e capricciosa, della capitale degli Stati Pontifici, ad uso degli "happy few" francesi che la visiteranno dopo di lui. Si tratta dunque di una specie di Baedecker scritto con scrupolo veramente stendhaliano, ossia mettendoci dentro non soltanto il completo catalogo delle antichità e dei monumenti papali, ma anche riflessioni e commenti sulla nobiltà e sul popolo, sugli usi e costumi, sulla situazione politica e sociale. Ora a noi, che siamo romani, dopo aver riletto le *Promenades dans Rome*, viene fatto di domandarci quasi irresistibilmente: quanta parte della Roma stendhaliana è sopravvissuta e tuttora esiste? E insomma: Stendhal, se venisse a Roma oggi, quali cose troverebbe cambiate e quali immutate?

Osserviamo, prima di tutto, che Roma è cambiata veramente soprattutto negli ultimi trent'anni. Per esempio, la Roma descritta da D'Annunzio ne *Il piacere* era ancora la Roma di Stendhal, al tempo stesso vasta e angusta, con una società fatta di stranieri e di nobili, una plebe ancora legata alle tradizioni e una borghesia ristretta di mercanti e intermediari, il cosiddetto generone.

La Roma degli anni intorno al 1920 era poi, piú o meno, ancora quella di D'Annunzio, con pochi cambiamenti. Qualcuno mi ha raccontato che, essendo salito sopra una carrozzella verso il 1920 e avendo dato al vetturino l'indirizzo di Via Paisiello, si sentí rispondere in tono indignato: "Ma che, abiti alla foresta nera?" Ora Via Paisiello è vicina a Via Veneto, uno dei centri odierni della città. Ma nel 1920, nei dintorni di Via Paisiello c'erano ancora i campi di grano, gli orti e i cascinali dei contadini. E quanto alla società romana: nel 1920, ai soliti nobili e ai soliti stranieri delle ambasciate e dei consolati, si erano forse aggiunti alcuni imprenditori edili, alcuni proprietari di molini che si vestivano all'inglese e abitavano nei villini floreali intorno a Via Po e a villa Borghese. Ma questo era tutto.

La Roma di Stendhal è, dunque, durata fino quasi ai giorni nostri. Il primo vero colpo glielo diede il fascismo con gli sventramenti e gli isolamenti retorici dei monumenti classici e con la costruzione di interi nuovi quartieri per gli impiegati dello Stato e delle cosiddette borgate per la povera gente. Il secondo colpo glielo sta dando oggi il regime democristiano trasformando Roma da capitale burocratica, religiosa e politica, in metropoli italiana e cosmopolita. Che dunque rimane della Roma di Stendhal? Tralasciando i monumenti, i musei e le chiese che, salvo i suddetti sventramenti e isolamenti, sono rimasti gli stessi, vediamo un po' quanto stendhaliani siano restati la società, il popolo e, insomma, gli abitanti di Roma.

Prendiamo, per esempio, quella società dei nobili che Stendhal descrivè piú e piú volte nelle *Promenades*. Non ci sono piú, è vero, i salotti nei quali si potevano vedere i Cardinali conversare con le belle signore straniere e romane, ma la mentalità che tanto piaceva a Stendhal, cioè la psicologia di questa classe, ha subito ben pochi cambiamenti.

Verso il 1927, cioè un secolo esattamente dopo il soggiorno di Stendhal a Roma, conoscemmo un tipo d'uomo che senza rendersene conto continuava la tradizione di civiltà egoista, salottiera e "artista" che Stendhal descrisse nelle sue pagine. Quest'uomo, che chiameremo M.T., era milionario e borghese. Snob, si strofinava, come si dice, alla nobiltà, riuscendo ad avere libero accesso ai salotti piú aristocratici, e ai circoli piú esclusivi. In buona fede M.T. era convinto che il colmo della intellettualità e della cultura consistesse nell'esaltare Raffaello e Michelangelo, nel far collezioni di porcellane di Sassonia e di bronzi indiani, nell'interessarsi di buddismo e di spiritismo, nel comprare l'ultimo Prix Goncourt e l'ultimo successo semipornografico della letteratura italiana del dopoguerra. La sua vita era perfettamente oziosa, ma le donne innumerevoli con le quali intrecciava i piú complicati adulteri, i pranzi, le colazioni, i concorsi ippici, i listini di borsa e i pettegolezzi mondani gli davano enormemente da fare. La sua conversazione era quella dell'homme d'esprit stendhaliano: un miscuglio di storielle, di mezze frasi, di allusioni, di prudenza e di malizia. Venne il fascismo e M.T., trovando che i fascisti erano veramente troppo cafoni, diventò antifascista: il suo antifascismo consisteva nel girare per i salotti raccontando "l'ultima" ossia l'ultima barzelletta antifascista alle signore della nobiltà e anche a qualche sottosegretario o ministro fascista in veste di mondanità. M.T. sarebbe stato addirittura scandalizzato se qualcuno gli avesse detto che l'antifascismo comportava qualche cosa di piú che il diffondere facezie; per esempio, l'adesione ad idee politiche avanzate che imponessero il sacrificio sia pure della centesima parte del suo ingentissimo patrimonio. Ecco, dunque, l'homme d'esprit stendhaliano ancora vivo e vegeto un secolo dopo il viaggio di Stendhal a Roma. Ma quanto mutato: tutto ciò che a Stendhal era sembrato nel 1827 leggero, divertente e affascinante, nel 1927 non era piú che stantio e rancido come una pietanza servita in ritardo. In realtà M.T. era un fantasma e non se ne accorgeva.

Questa qualità fantomatica e sopravvissuta è propria oggi a tutta la nobiltà romana appunto perché essa è rimasta sensibilmente eguale a quello che era un secolo fa, conservando, insieme coi beni, anche le stesse idee sulla morale, sull'arte, sulla politica e sulla propria importanza sociale. Del resto, tale conservatorismo accanito e decrepito ha tutt'oggi i suoi aspetti pittoreschi. Stendhal annoterebbe come un particolare ghiotto il fatto di quella principessa romana che qualche tempo fa teneva nella sua camera da letto, in terra, voltato contro la parete, il quadro celebre della Derelitta di Botticelli. E le signore della nobiltà romana non sfigurano certamente nel confronto con le loro antenate del 1827: ancora oggi, come ai tempi di Stendhal sono bellissime, elegantissime, ignorantissime, e indaffaratissime con gli amori e i pettegolezzi.

Venendo al popolo di cui Stendhal ammirava l'energia, che possiamo dire? Che questa famosa energia, contrapposta da Stendhal all'artificio della società francese, non è del tutto sfumata. I trasteverini, come annotava Stendhal e come chiunque oggi può vedere, sono ancora adesso dei giovanotti grassi ma bollenti, flemmatici ma iracondi, ai quali, almeno a parole, il sangue fa presto ad andare alla testa. Non ci sono piú, è vero, due omicidi col coltello al giorno come ai tempi di Stendhal; ma ci sono stati gli scoppi di violenza, gli eccessi neorealistici dell'ultimo dopoguerra. Stendhal parla con orrore, mescolato di qualche ammirazione, del linciaggio del povero Basseville ad opera della plebaglia romana. Esagerazioni dell' "energia", pur cosí lodata. Ma il linciaggio del direttore del carcere di Regina Coeli, Carretta, il Gobbo del Quarticciolo, il banditismo delle borgate hanno avuto in tempi recenti lo stesso carattere di "energia" brigantesca e collettiva. Oggi, è vero, non c'è piú un Monti per cantare Basseville in magnifici endecasillabi, senza crederci né commuoversi minimamente; ma le fotografie egualmente indifferenti dei rotocalchi parlano chiaro e meglio degli endecasillabi: "energia", ossia bullismo, violenza, rozzo libertarismo, brigantaggio latente.

E i troppo numerosi miracoli della Chiesa che Stendhal prende dolcemente e leggermente in giro? Basterà andare alle Tre Fontane e visitare la grotta tra gli eucalipti nella quale la Madonna è apparsa al tranviere Cornacchiola con l'apparenza di una bella ragazza che masticava gomma americana (parole di una testimone oculare), per ammettere con Stendhal che l'Italia è ancora oggi piena di "crucifix qui parlent", di "Madones qui se fâchent", di "anges qui chantent les litanies en procession". Come annota Stendhal, e come possiamo ancor oggi vedere noi stessi: "le peuple de la campagne est tellement imbu de catholicisme qu'à ses yeux rien dans la nature se fait sans miracle".

La Roma di Stendhal era il centro propulsore di una Chiesa universale e la capitale di uno Stato di butteri e di pecorari. A partire dal 1870 è anche diventata la capitale del Regno e quindi della Repubblica d'Italia. Ma la Chiesa c'è ancora, più che mai; e i butteri e i pecorari non se ne sono mai andati. Pecorara e buttera è la cucina romana oggi come ai tempi di Stendhal, basata sul greve abbacchio con le patate al forno, sugli spaghetti alla amatriciana con il lardo e il pecorino, sulla coda della vaccinara (ossia alla buttera), sui rigatoni con la pagliata, cioè conditi con l'intestino del vitello appena nato e su altre simili leccornie poco delicate. Pecorara e buttera, d'altra parte, è rimasta la campagna intorno a Roma nonostante le migliaia di automobili che ci si recano di domenica e nei giorni festivi. Non ci sono più, è vero, le Paludi Pontine, la malaria, i bufali dalle grandi corna lunate, il cui passaggio serviva da draga ai canali intasati; non ci sono più neppure i briganti che, al tempo di Stendhal, si davano alla macchia; ma, salvo che nei soliti Castelli (e anche qui con riserva), a Ostia e a Fregene, l'atmosfera è rimasta sensibilmente la stessa: deserto anche a pochi chilometri da Roma, ospitalità incredibilmente rozza e primitiva benché familiare, paesi nerastri e pittoreschi assisi in cima a tufi corottiani coronati di querce, nei quali però non si trova un uovo o una pagnottella imbottita, cascinali papalini affumicati e medievali che sembrano piccole fortezze. Pecorara e buttera infine è rimasta l'idea che i romani si fanno della vita notturna: un pranzo greve e grave, all'osteria, con la luce al neon, la segatura tra i piedi e magari, se è inverno, il cappotto addosso e il cappello in testa, un litro o due di esecrabile vino di Frascati, la partita e poi a nanna. Le pecore e i bufali da fare uscire all'alba non ci sono piú, ma l'idea sottintesa è sempre quella: bisogna andare a letto presto per recarsi presto sui pascoli. Roma, oggi come ai tempi di Stendhal, è la sola capitale europea che non abbia una vita notturna e che dopo mezzanotte sia pressoché deserta. Stendhal naturalmente ci parla anche della politica a Roma, ai suoi tempi. Il suo barbiere trasteverino, "fort gros quoique fort jeune", al solito "bouillant d'énergie", considera il governo "comme un être puissant, heureux et méchant avec lequel il est indispensable d'avoir certains rapports". Ad ogni stortura che riferisce, questo barbiere commenta: "Che volete, o signore, siamo sotto i preti". Crediamo che oggi un barbiere di Trastevere non parlerebbe in maniera molto diversa, tutt'al piú sostituirebbe il linguaggio anticlericale con quello dei partiti di sinistra. I romani del genere del barbiere di Stendhal dicono oggi: "Panza piena non crede a panza vota," oppure: "Ha da vení baffone," ma il tono è sempre quello: una protesta la cui "energia" è temperata di atavico scetticismo. D'altra parte, se Stendhal tornasse oggi a Roma, non crediamo che rimarrebbe gran che sconcertato e sorpreso dalle novità che negli ultimi trenta o quarant'anni si sono sovrapposte alla Roma dei suoi tempi: il mondo del cinema, quello che ruota intorno a Via Veneto e i grandi alberghi, le americanizzanti straducce dei Monti Parioli, le borgate, i grandi partiti politici burocratizzati, gli anonimi quartieri umbertini e novecento della piccola borghesia impiegatizia. Gli è che oggi, come ai tempi di Stendhal, le novità a Roma non riescono a trasformare o intaccare o comunque modificare il duro inalterabile nucleo dell'indifferenza romana. Oggi, come nel 1827, tutto ciò che si fa e avviene a Roma, avviene e si fa senza una vera partecipazione del popolo romano o meglio senza quella partecipazione tutta immediata, contingente e momentanea, che sta all'origine del civismo delle grandi capitali europee. La partecipazione del popolo romano è invece condizionata e limitata da un sentimento di eternità, profondo certo ma, agli effetti pratici, scoraggiante: donde la complessiva irrealtà della vita a Roma, come di una scena magnifica sulla quale si possa indifferentemente recitare la tragedia e la commedia, la farsa e il dramma.

Il commercio secolare con la Chiesa, ossia con un'istituzione fuori del tempo e dello spazio, ha finito per mettere tra i romani e la realtà come un diaframma di incredulità. Un romano abbastanza vecchio per aver potuto assistere bambino alla presa di Porta Pia, potrebbe oggi esclamare: "Lo vedete, avevano ragione coloro che non volevano saperne allora del Regno d'Italia. I Savoia sono venuti e se ne sono andati. È stato tutto un sogno. E noi siamo qui davanti al mezzo litro oggi come un secolo fa." Convinto di stare in una città eterna, in cui tutto è transeunte, il romano è sempre piuttosto spettatore che attore; e la sua partecipazione consisterà pur sempre nel guardare, cercare di capire, poi fischiare o applaudire secondo i casi e, alla fine, tornarsene a casa, in seno alla famiglia, eterna davvero quest'ultima. I vent'anni del fascismo a Roma sono stati l'ultimo di questi spettacoli incominciati coi battimani e finiti coi fischi; ma l'"energia" romana che è in fondo una specie di irritazione e di esasperazione della pigrizia, non si destò se non quando i fascisti e i nazisti ebbero proprio "rotto lj cojoni" un po' a tutti quanti; ossia, se non quando dalla ribalta incominciarono a piovere anche sulla platea le legnate che sino allora gli attori si erano scambiate tra loro.

Sarebbe stato dunque il ventennio nero l'ultima epoca stendhaliana in Italia? In senso negativo, possiamo affermare di sí.

Stendhal liberale ma grande amatore delle assurdità e incongruenze anacronistiche delle tirannidi stagionate e bonarie, descrisse nei suoi libri un'Italia non troppo diversa, almeno sotto certi aspetti, da quella fascista: governi assoluti imbelli e corruttori, polizie segrete senza segreto, pasquinate, ferocie sanfediste, persecuzioni degli intellettuali, opposizioni da salotto e cospirazioni da soffitta, tutti questi elementi che fanno da sfondo alla favola della *Chartreuse de Parme*, Stendhal non avrebbe troppo faticato a ritrovarli tali e quali nella Roma del 1927, accanto, è vero, ad altri piú seri e talvolta terribili che, però, con la sua singolare capacità di illegiadrire anche la tragedia, egli avrebbe saputo se non ignorare per lo meno ridurre a tratti di colore locale. Tutt'al piú avrebbe trovato che i fascisti erano noiosi, delitto imperdonabile ai suoi occhi. E questo non si dice per accusare Stendhal di reazionarismo: reazionaria era l'Italia da lui descritta con tanto gusto, non lui che la descriveva. Si dice perché il carattere principale dello stendhalismo è proprio questo senso di gioco e di disponibilità introdotto anche nelle situazioni piú pesanti e piú rigide. La descrizione di Roma che ci fa Stendhal nelle sue *Promenades* andrebbe integrata con quella che ci ha lasciato il Belli nei *Sonetti*. La Roma di Stendhal e quella del Belli sono le due facce di una stessa medaglia: signorile, libertina, europea, illuminista quella di Stendhal; locale, cattolica, popolaresca e dialettale quella del Belli. Le *Promenades* finiscono con l'elezione di Papa Pio VIII, i *Sonetti* cominciano con questa stessa elezione.

Il Belli, se non altro, serve a farci capire che l'infatuazione di Stendhal per l' "energia" trasteverina non era il prodotto di un esotismo estetizzante: il dialetto dei sonetti, cosí robusto e cosí succinto, cosí veramente energico, sta lí a dimostrare che Stendhal tutto sommato aveva visto giusto. Forse la Roma di Stendhal con tutti quei cataloghi di antichità che fanno da sfondo all' "energia", è piú pinelliana che belliana; ma Stendhal e Belli hanno in comune il realismo che faceva difetto allo stilizzato Pinelli. Si intende che Stendhal, europeo liberale non poteva penetrare le ragioni intime di questa situazione romana cosí reazionaria e cosí energica: gli bastava trovarci materia di divertimento e di invaghimento; ma appunto per questo il Belli ci è utile per misurare tutta l'acutezza delle osservazioni di Stendhal: è la voce stessa di quell' "energia", che Stendhal vedeva dal di fuori e non poteva che ammirare.

Quando Stendhal, per esempio, nelle *Promenades* annota: "Cette nuit il y a eu deux assassinats. Un boucher presque enfant a poignardé son rival, jeune homme de vingt-quatre ans et fort beau, ajoute le fils de mon voisin qui me fait ce recit: 'Mais ils étaient tous deux, ajoute-t-il, du quartier de Monti (des Monts); ce sont des gens terribles...' L'autre assassinat a eu lieu près de Saint Pierre parmi des Transtévérins; c'est aussi un mauvais quartier, dit-on; superbe à mes yeux; il y a de l' 'énergie', c'est à dire la qualité qui manque le plus au dixneuvième siècle"; vien fatto subito di andare a cercare tra i *Sonetti* quello che porta il titolo "L'Aducazzione" per intendere la psicologia che sta all'origine della "energia"; e quello intitolato "Chi cerca trova" per vedere l'energia in azione, dal di dentro. Da quest'ultimo, in particolare, vogliamo qui almeno ricordare l'ultima terzina, di cui Giorgio Vigolo, nel suo commento, nota l'energia addirittura dantesca. Si tratta di un uomo che affronta il suo nemico:

>   M'impostai cor un sercio e nun me mossi
>   je feci fà tre antri passi e ar quarto
>   lo pres'in fronte e je scricchiorno l'ossi.

Se poi dall'energia passiamo al governo del Papa allora addirittura Stendhal e Belli sono indivisibili, si lumeggiano a vicenda, ci danno l'uno l'immagine della grandezza e l'altro quello della miseria del potere papale. Ci basti ricordare a questo proposito l'elezione di Pio VIII con la quale finiscono le *Promenades* e incominciano i *Sonetti*.

Stendhal, da straniero che vede le cose dal di fuori, annota: "François Xavier Castiglioni est né à Cingoli, petite ville de la Marche d'Ancone, le 20 novembre 1761; il fut d'abord évêque de Cesène par Pie VII; ce fut à cette occasion que ce Pape dit: 'Il viendra après.' Bientôt on sentit qu'il fallait un homme instruit pour la place de grand penitencier car la tradition des usages était interrompue et le Cardinal Castiglioni fut nommé uniquement à cause de sa profonde science." Or ecco che dice il Belli di questo stesso papa Castiglioni, uomo di "profonde scienze":

> Che fior de Papa, creeno. Accidenti.
> Co' rispetto de lui pare er cacamme.
> Bella galanteria da tate e mamme
> Pe' fa bobò a li fiji impertinenti.
>
> Ha un erpete pe' tutto, nun tié denti
> È guercio, je strascineno le gamme;
> Spennola da una parte e bugiaramme
> Si arriva a fa la pacchia a li parenti.
>
> Guarda lí che figura da vienicce
> A fa da Crist'in terra cazzo matto
> Imbottito de carne de sarcicce.
>
> Disse bene la serva de l'orefice
> Quando lo vedde in chiesa: uhm. Cianno fatto
> Un gran brutto strucchione de Pontefice.

Questo Sonetto in cui, oltre alla descrizione del nuovo Papa visto con gli occhi di un popolano, pare esserci la descrizione simbolica del decrepito e anacronistico potere temporale, fu scritto il I aprile 1829.

Il 24 dello stesso mese, Stendhal lasciò Roma.

L'Italia dipinta da Stendhal cominciava a dileguare, rosa alle radici dai mali di cui il Belli doveva essere il piú feroce e piú accanito descrittore.

L'Italia, risvegliata dal liberalismo napoleonico e perché no? stendhaliano, stava per nascere.

(1956)

RACCONTO E ROMANZO

Una definizione del racconto come genere letterario ben distinto e autonomo, fornito di regole e leggi sue proprie, è forse impossibile, anche perché, piú ancora del romanzo, il racconto presenta una grande varietà di caratteri: si va dal "récit" di tipo francese o racconto lungo con personaggi e situazioni già quasi da romanzo, fino al poema in prosa, al bozzetto, al documento lirico. Ma il racconto tuttavia esiste come qualche cosa che non è romanzo; in altri termini si può tentare un'approssimativa definizione del racconto non da solo, ma in rapporto con il suo fratello maggiore. Dal confronto col romanzo pensiamo che si riveleranno alcune particolarità costanti che pur senza avere un carattere normativo e potere essere additate come regole, ci spiegano tuttavia come il racconto costituisca alla fine un genere a sé stante il quale non ha niente a che fare con il romanzo o con altra composizione narrativa di eguale lunghezza.

Intanto osserviamo che gli scrittori di racconti avvezzi ad esprimersi dentro i limiti e secondo le pur maldefinite regole del genere, molto difficilmente sono in grado di scrivere un vero, buon romanzo. Prendiamo, per esempio, i due maggiori scrittori di racconti del tardo ottocento, Maupassant e Cechov. Ecco due narratori che ci hanno lasciato due vaste raccolte di racconti le quali costituiscono due panorami incomparabili della vita di Francia e di Russia nella loro epoca. E il mondo di Maupassant, in senso quantitativo, è piú vasto e piú vario di quello del suo contemporaneo Flaubert; quello di Cechov piú di quello del suo immediato predecessore Dostoevskij. Anzi, a ben guardare, si potrebbe dire che mentre Maupassant e Cechov esauriscono per cosí dire la varietà di situazioni e di personaggi della società del loro tempo, Flaubert e Dostoevskij, invece, un po' come certi uccelli solitari che ripetono senza posa, con fedeltà significativa, sempre lo stesso verso, in fondo non hanno mai fatto altro che riscrivere sempre lo stesso romanzo, con le stesse situazioni e gli stessi personaggi.

Alcuni secoli prima, il Boccaccio, il maggiore scrittore di racconti di tutti i tempi e di tutti i luoghi, offre lo stesso esempio di straordinaria varietà e ricchezza nei confronti di Dante. Se non avessimo che la *Divina Commedia*, con le sue immobili figure gotiche scolpite a bassorilievo giro giro il monumento del poema, certo ne sapremmo molto meno sulla vita di Firenze, dell'Italia, e insomma del medioevo. Boccaccio è invece il dipintore insuperabile di questa vita. Nel *Decamerone*, al contrario della *Divina Commedia*, tutto è detto in funzione appunto di un'illustrazione completa di questa vita, senz'altro fine che quello di esaltarne la varietà e la ricchezza.

Ma Maupassant e Cechov, allorché tentarono il romanzo o il "récit", riuscirono molto meno ricchi e convincenti che nel racconto. Certi racconti quasi romanzeschi di Cechov, *Bel Ami* di Maupassant, piuttosto che a veri e propri romanzi, fanno pensare a racconti gonfiati, allungati, annacquati; un po' come certi affreschi di pittori moderni in realtà non sono che quadri da cavalletto ingranditi a dismisura. Nei romanzi e racconti lunghi di Cechov e Maupassant, si sente la mancanza di qualche cosa che fa sí che un romanzo sia un romanzo anche quando è un brutto romanzo. Cechov diluisce in intrecci gratuiti, privi di intima necessità, la concentrazione del suo sentimento lirico; Maupassant ci dà una serie di quadri staccati, a cannocchiale, legati l'uno all'altro dalla sola presenza del protagonista. A questo punto bisogna osservare che proprio quelle qualità, che li resero grandi scrittori di racconti, diventarono difetti allorché affrontarono il romanzo. Qualcuno osserverà che si tratta di tecniche diverse; e che Cechov e Maupassant, semplicemente, non possedevano a fondo la tecnica del romanzo. Ma questo si chiama dare un altro nome al problema, non risolverlo. La tecnica, infatti, non è che la forma dell'ispirazione e insomma della personalità dello scrittore. La tecnica di Cechov e di Maupassant non è adatta al romanzo perché questi due autori non potevano dire quello che volevano dire se non nel racconto e non viceversa. Cosí si torna al punto di partenza. Ma che cos'è dunque ciò che distingue soprattutto il romanzo dal racconto?

La principale differenza e fondamentale, tra il racconto e il romanzo, è quella dell'impianto o struttura della narrazione. Si scrivono e si scriveranno sempre romanzi di tutti i generi, i quali potrebbero confutare, con la varietà, bizzarria e sperimentale rarità della costruzione, la verità di quanto stiamo per dire. Ma i romanzieri classici, coloro che con le loro opere hanno creato il genere, i Flaubert, i Dostoevskij, gli Stendhal, i Tolstoi e piú tardi i Proust, i Joyce, i Mann, stanno lí a dimostrare che alcuni caratteri comuni tuttavia esistono. Il piú importante di tali caratteri è la presenza di quella che chiameremo ideologia, ossia di uno scheletro tematico intorno al quale prende forma la carne della narrazione. Il romanzo insomma ha un'ossatura che lo sostiene dalla testa ai piedi; il racconto invece, per cosí dire, è disossato. Naturalmente l'ideologia nel romanzo non è precisa, precostituita, riducibile a tesi; cosí come nel corpo umano lo scheletro non è stato introdotto a forza ad un'età adulta, ma è cresciuto insieme con tutte le altre parti della persona. Quest'ideologia fa sí che il romanzo non sia un racconto: e per converso la mancanza di ossa fa sí che il racconto non sia romanzo. Dall'ideologia, pur imprecisa e contraddittoria (di tutte le contraddizioni che sono nella vita stessa: il romanziere non è un filosofo, è un testimone) discendono le cose che fanno di un romanzo un romanzo. Prima di tutto quello che, di solito, viene chiamato intreccio; ossia l'avvicendarsi e susseguirsi degli avvenimenti che compongono la storia del romanzo. L'intreccio qualche rara volta può essere fine a se stesso ma questo non avviene mai nei buoni romanzieri; ci basti ricordare che tale sorta di intreccio si nota soprattutto nei libri polizieschi nei quali, appunto, il congegno meccanico ha una parte predominante. Nei buoni romanzieri, nei veri romanzieri, l'intreccio non è altro che l'insieme dei temi ideologici variamente contrastanti e mischiati. Ossia l'intreccio non è fatto soltanto di intuizioni sentimentali (come avviene nella novella) ma anche e soprattutto di idee ben definite benché espresse poeticamente. L'intreccio, tanto per fare un esempio, di *Delitto e castigo*, è costituito dall'incrocio, dal contrasto, dall'urto, dalla rivalità di vari temi ideologici che l'autore ci propone fin dalle prime pagine: il tema di Raskolnikoff, quello di Sonia, quello di Svidrigailoff, quello di Marmeladoff, quello del giudice Porfirio e via dicendo. Questi personaggi sono autonomi e del tutto umani, ma sono anche delle idee e non è difficile estrarre da loro il significato ideologico di cui sono portatori, mentre è del tutto impossibile fare lo stesso con i personaggi di un racconto di Cechov o di Maupassant. Dalla presenza di questi temi incorporati in personaggi nasce l'intreccio di *Delitto e castigo*, ossia l'impianto grandioso di questo romanzo esemplare e insomma la possibilità per Dostoevskij di andare avanti per cinquecento pagine, senza mai dare al lettore l'impressione di allungare o annacquare la vicenda, come avviene invece nei racconti piú lunghi di Cechov o nel romanzo di Maupassant. La tortuosità dell'intreccio del romanzo, le sue sorprese, le sue contraddizioni, i suoi colpi di scena, perfino i suoi deus ex machina, non sono, insomma, mai dovuti ad interventi esterni dell'autore o a quello che chiameremmo le risorse della vita che sono, in effetti, inesauribili, bensí allo sviluppo dialettico e necessario dei temi ideologici. In certo senso nulla di piú falso fu detto allorché si affermò che il romanziere fa la concorrenza allo stato civile. Sarebbe piú esatto dire questo del racconto, che passa infatti in rivista una grande varietà di personaggi i quali hanno soltanto caratteri individuali. In realtà il romanzo piuttosto che allo stato civile molto spesso fa concorrenza al trattato filosofico o al saggio morale. Oltre all'intreccio, ovviamente, anche la qualità dei personaggi discende dalla presenza o meno dell'ideologia. Andreuccio da Perugia, Boule de Suif, il ragazzo della Steppa sono personaggi da racconti, Raskolnikoff, Julien Sorel, Madame Bovary, il principe Andreij, Bloom, il "Je" di Proust, il protagonista del *Doktor Faust* di Mann sono personaggi da romanzo. A chi ha familiarità con i racconti e i romanzi in cui agiscono i personaggi succitati non sfuggirà la differenza che passa tra i primi e i secondi. I primi sono colti in un momento particolare, ben delimitato temporalmente e spazialmente, e agiscono in funzione di un determinato avvenimento che forma l'oggetto del racconto. I secondi hanno invece un lungo, ampio e tortuoso sviluppo che abbina il dato biografico a quello ideologico e si muovono in un tempo e in uno spazio che sono insieme reali ed astratti, immanenti e trascendenti. I personaggi dei racconti sono il prodotto di intuizioni liriche, quelli del romanzo sono dei simboli. È evidente d'altra parte che il personaggio del romanzo non potrebbe in alcun modo essere compreso dentro i limiti angusti del racconto, come appunto quello del racconto non potrebbe, senza snaturarsi, essere disteso nella narrazione romanzesca.

Il racconto dunque si distingue di fronte al romanzo per le seguenti ragioni: personaggi non ideologici, visti di scorcio o di infilata secondo la necessità di un'azione limitata nel tempo e nel luogo; intreccio il piú semplice possibile (fino a scomparire in certi racconti che poi sono dei poemi in prosa) e comunque sempre un intreccio che tragga la sua complessità dalla vita e non dall'orchestrazione di un'ideologia purchessia; psicologia in funzione dei fatti e non delle idee; procedimenti tecnici tutti intesi a dare in sintesi ciò che nel romanzo richiede invece lunghe e distese analisi.

Tutto questo naturalmente non ha molto a che fare con le qualità principali del racconto, vogliamo dire con quell'indefinibile e ineffabile incanto narrativo che avvertono sia lo scrittore che lo compone sia il lettore che lo legge. Quest'incanto è di specie molto complessa: esso viene da un'arte letteraria senza dubbio piú pura, piú essenziale, piú lirica, piú concentrata e piú assoluta di quella del romanzo. In compenso, il romanzo ci dà una rappresentazione della realtà piú complessa, piú dialettica, piú poliedrica, piú profonda e piú metafisica di quella fornita dal racconto.

Cosí, mentre il racconto si avvicina alla lirica, il romanzo, come abbiamo già accennato, sfiora spesso il saggio o il trattato filosofico.

(1958)

ALESSANDRO MANZONI
O L'IPOTESI DI UN REALISMO CATTOLICO

Questa non vuol essere una prefazione ai *Promessi Sposi*, ma soltanto una riflessione su un aspetto particolare del capolavoro manzoniano. All'origine di queste note stanno da una parte l'oscuro disagio che ci ispirano alcuni caratteri de *I Promessi Sposi*, dall'altra l'attualità del romanzo nel presente momento storico italiano. Disagio e attualità sono legate da un nesso evidente: i caratteri che destano in noi il disagio sono gli stessi che rendono attuale il Manzoni. Diciamo attuale in senso pratico; l'attualità eterna della poesia *I Promessi Sposi* l'avranno sempre, quali che siano le situazioni contingenti. E per spiegarci meglio: la critica italiana, dopo il Risorgimento, si trovò nelle condizioni migliori per esaltare la grande arte del Manzoni, giustificando o addirittura passando sotto silenzio l'aspetto che oggi ci rende perplessi. Infatti in Italia, allora, non c'era alcuna probabilità di una restaurazione cattolica, al contrario. Ma oggi le cose non stanno in questo modo; dopo essere stato per quasi cent'anni uno dei grandi libri della nostra letteratura, *I Promessi Sposi* stanno avviandosi a diventare, in maniera che avrebbe meravigliato lo stesso autore, lo specchio dell'Italia contemporanea. Il romanzo del Manzoni riflette, infatti, un'Italia che, con alcune varianti non essenziali, potrebbe essere quella di oggi: la religione de *I Promessi Sposi* rassomiglia, per molti aspetti, a quella dell'Italia moderna; la società che vi è descritta non è tanto diversa dalla nostra; i vizi che vi sono condannati e le virtú che vi sono additate sono gli stessi vizi da cui siamo afflitti, le stesse virtú che si crede di doverci consigliare. Diremo di piú: il fallimento del Risorgimento, travolto insieme con tante altre cose dalla catastrofe del fascismo, ha fatto cadere molte delle differenze che potevano esserci tra l'Italia moderna e quella de *I Promessi Sposi*. Naturale, quindi, che gli italiani non siano inclini a porsi di fronte al Manzoni in posizione distaccata: fu sempre difficile giudicare se stessi.

A tutto questo, si aggiunga inoltre il debito di gratitudine che la nostra letteratura ha verso il Manzoni, il quale, insieme con il Verga, è uno dei fondatori della narrativa moderna in Italia, e si capirà facilmente come la questione dell'arte di propaganda manzoniana non sia mai stata veramente sollevata. Si è parlato, è vero, in passato, a proposito de *I Promessi Sposi*, di arte oratoria; ma sempre in maniera piú o meno conforme alla tradizione, cioè distinguendo oratoria da poesia e intendendo la prima nel vecchio e preciso senso umanistico e didascalico. Che poi si sappia, nessuno ha mai visto che l'arte di propaganda manzoniana non ha niente a che fare, cosí nei mezzi come nei fini, con la vecchia arte oratoria anche intendendo quest'ultima in senso molto generico; e che essa è invece originata da un concetto molto moderno, per dirla in breve: totalitario, il quale non si accontenta dell'oratoria tradizionale, troppo scoperta e limitata per essere efficace, e vuole invece che la propaganda sia fatta proprio con la poesia ossia con la pura rappresentazione e soltanto con questa. In altri termini: l'arte di propaganda del Manzoni anticipa per molti aspetti i modi e i metodi dell'arte di propaganda quale l'intendono i moderni, ossia gli scrittori del realismo socialista. Anche a quest'ultimo l'arte oratoria tradizionale sembrò fin dal primo momento insufficiente; esso non voleva già il cinismo della bella letteratura ma l'autenticità magari rozza ma schietta della poesia, come la sola che potesse garantire cosí la sincerità dello scrittore come l'infallibilità dell'ideologia. Allo stesso modo anche il totalitarismo moderno non sa che farsene della sottomissione formale che bastava per le vecchie tirannidi ed esige invece la fede, ossia l'identificazione delle coscienze con l'ideologia. Naturalmente il Manzoni non mirò a questo risultato; ma ci pervenne lo stesso in quanto si trovò ad affrontare problemi analoghi sia pure in tempi e condizioni diversi. Cosí, un secolo prima del realismo socialista, noi abbiamo ne *I Promessi Sposi* ciò che chiameremo per comodità un tentativo di realismo cattolico. A chi, poi, trovasse troppo ardito l'accostamento, ci basterà ricordare il comune terreno del conservatorismo sociale e politico sul quale crescono cosí il realismo socialista come il realismo cattolico. In realtà, realismo socialista e realismo cattolico sono il prodotto estetico per eccellenza del conservatorismo. E se il realismo cattolico del Manzoni, come si vedrà, fece, per nostra fortuna, molte concessioni al decadentismo, e il realismo socialista, purtroppo, non ne fa alcuna, questo si deve, almeno in parte, al fatto che il conservatorismo di una società di formazione recente come quella sovietica non può non essere molto piú intransigente di quello di una società come quella italiana che dura da secoli. In ambedue i casi, tuttavia, conservatorismo e arte di propaganda si giustificano e si sorreggono a vicenda ai danni della sola forza veramente rivoluzionaria che esista nella letteratura: la poesia.

La prima osservazione che si deve fare a proposito de *I Promessi Sposi* è che esso è il libro piú ambizioso e piú completo che sia stato scritto sulla realtà italiana, dopo la *Divina Commedia*. Piú del Boccaccio al quale non interessava scandagliare il fondo delle cose, piú di Machiavelli che era un poeta della politica, non piú di Dante, forse, ma non meno, il Manzoni volle rappresentare l'intero mondo italiano dal vertice alla base, dagli umili ai potenti, dalla semplicità del buon senso popolano alle sublimità della religione. Quest'ambizione manzoniana, naturalmente, non è un carattere esteriore: cosí per la complessità e difficoltà dei problemi che cerca di risolvere come per la varietà dei fatti che vuole rappresentare, essa appare invece il prodotto in certo modo spontaneo e inevitabile di una mente universale. A questo punto, però, bisogna avvertire che mentre i risultati poetici del poema dantesco ne oltrepassano, per cosí dire, le ambizioni e le annullano, ne *I Promessi Sposi* i risultati, ancorché notevolissimi, rimangono inferiori alle ambizioni e di conseguenza non ci consentono di ignorarle. *I Promessi Sposi*, in confronto alla *Divina Commedia* che sembra tutta ispirata e poetica, anche nelle parti didascaliche, presentano larghe zone nelle quali fa difetto la poesia, senza che per questo si possa dire che quest'ultima sia sostituita dall'oratoria. Parti, cioè, che nell'intenzione del Manzoni avrebbero dovuto essere poetiche non meno delle altre, anzi, forse, anche di piú; e nelle quali invece, suo malgrado e senza rendersene conto, egli anticipò quello che già abbiamo definito come un tentativo di realismo cattolico.

Per distinguere le parti ispirate da quelle della propaganda nel capolavoro manzoniano, bisogna, secondo noi, porsi una volta di piú la domanda non nuova: perché il Manzoni scrisse un romanzo storico? A nostro parere, il motivo profondo per cui il Manzoni scrisse un romanzo su un episodio del diciassettesimo secolo invece che su un episodio dei suoi tempi, si può facilmente indovinare fermando l'attenzione sull'aspetto piú ovvio de *I Promessi Sposi*: l'importanza preponderante, eccessiva, massiccia, quasi ossessiva che ha nel romanzo la religione. Questo aspetto, come abbiamo detto, è ovvio, specie se guardato con occhi italiani, ma lo è molto meno se confrontiamo *I Promessi Sposi* con altri capolavori della narrativa ottocentesca, contemporanei o quasi del romanzo manzoniano: *Madame Bovary, La Chartreuse de Parme, Guerra e Pace, Pickwick Papers, Vanity Fair, Le Père Goriot*, ecc. ecc. Si vedrà allora che, se si potesse misurare il dosaggio dei vari contenuti della narrativa, la religione, non importa se cattolica o altra, non rappresenta piú di un cinque per cento del contenuto complessivo dei romanzi succitati; mentre sale invece a un buon novantacinque per cento ne *I Promessi Sposi*. Eppure gli autori di quei romanzi erano immersi nella stessa realtà politica e sociale del Manzoni, che era poi quella della società europea dopo la Rivoluzione francese. Torniamo a ripetere: l'importanza della religione ne *I Promessi Sposi* è ipertrofica, ossessiva e per niente corrispondente a una condizione reale della società italiana ed europea dell'Ottocento; e proprio in questa importanza eccessiva sta la spiegazione del ricorso al romanzo storico da parte di uno scrittore come il Manzoni il quale non era un piccolo realista romantico come lo Scott, ma un grande realista morale e sociale come lo Stendhal e avrebbe potuto benissimo, di conseguenza, prendere ad argomento del suo romanzo un episodio di vita contemporanea. Infatti, oltre all'ambizione di rappresentare la totalità della realtà italiana, era presente e anche maggiore nel Manzoni quella di costringere questa realtà, senza sforzature né amputazioni, nel quadro ideologico del cattolicesimo. Ossia, come abbiamo già accennato, un secolo e piú prima del realismo socialista, il Manzoni si pose a modo suo il problema di un analogo realismo cattolico, cioè di un'opera narrativa in cui, col solo mezzo della poesia, fosse ottenuta un'identificazione completa della realtà rappresentata con l'ideologia dominante o che si vorrebbe che dominasse.

Adesso supponiamo un momento, per quanto la supposizione possa parere bizzarra, che a un Manzoni sovietico venga in mente di narrare, secondo il metodo del realismo socialista, un episodio che sia avvenuto ai tempi dello zarismo. Necessariamente dovrà ricorrere a tutte le risorse del mestiere letterario per nascondere le difficoltà di una simile operazione consistente nello sforzare la realtà del passato dentro l'ideologia del presente. D'altra parte l'immaginario Manzoni sovietico sa benissimo che non può cavarsela con il solo mestiere letterario, cioè con l'arte oratoria, sa che da lui si aspetta molto di piú, nientemeno che la poesia. In altri termini, egli sa che non deve applicare il realismo socialista dall'esterno, ma deve mostrare di averlo trovato nel cuore stesso delle cose, cioè dei fatti avvenuti decenni o anche secoli prima della rivoluzione. Ma come esamina piú da vicino questi fatti, li trova ribelli, refrattari, estranei all'ideologia del realismo socialista; e dopo alcuni tentativi infelici, abbandona l'impresa e torna al presente cioè ai consueti ambienti e personaggi dei piani quinquennali.

Ora, allo stesso modo che il Manzoni sovietico non può costringere senza evidente sforzatura la realtà del passato negli schemi ideologici del presente, analogamente il Manzoni vero non poteva costringere senza la stessa sforzatura la realtà del presente negli schemi ideologici del passato. Abbiamo già accennato alla differenza, meglio all'abisso che separa *I Promessi Sposi* dalla narrativa dell'Ottocento; un abisso simile separava il Manzoni, cattolico convinto, dal presente in quanto il presente non gli consentiva di scrivere un romanzo che fosse al tempo stesso cattolico e universale. Ma il Manzoni voleva tuttavia scrivere questo romanzo, nel quale cattolicesimo e realtà si identificassero, e le forze avverse al cattolicesimo non potessero aspirare a una positività storica ed estetica, e la propaganda fosse poesia e la poesia propaganda. Bisognava perciò rinunziare al proprio tempo e indietreggiare nel passato, fino a un'epoca storica piú propizia. Quale? Con sicuro istinto, il Manzoni non cercò quest'epoca nel Medioevo a cui pure si era ispirato per l'*Adelchi*, come troppo remoto e diverso dall'età moderna; e scelse il diciassettesimo secolo, durante il quale il cattolicesimo aveva raggiunto per l'ultima volta, con la Controriforma, una sembianza di universalità. Oltre tutto il diciassettesimo secolo non era troppo lontano, almeno in certi ambienti piú conservatori della vecchia Milano, come si può vedere nelle poesie del Porta che, lui, non avendo ambizioni propagandistiche, si limitava a descrivere il proprio tempo; ambientare il romanzo nel diciassettesimo secolo voleva dire, dunque, non tanto inventare di sana pianta, come lo Scott e gli altri romanzieri "storici", personaggi e situazioni quanto risalire da personaggi e situazioni del presente ad altre analoghe, ma meno decrepite e superate, del passato. Dunque, riassumendo: il Manzoni scelse il passato per gli stessi motivi per cui gli scrittori sovietici, oggi, si tengono al presente; e nel passato scelse il diciassettesimo secolo perché allora, per l'ultima volta, il cattolicesimo aveva informato di sé la vita italiana, da capo a fondo, cosí come oggi il comunismo informa la vita sovietica.

A questo punto qualcuno si domanderà perché mai il Manzoni non fu lo scrittore che avrebbe potuto essere soltanto che avesse accettato se stesso e il proprio tempo come erano realmente e non come, secondo la Chiesa, avrebbero dovuto essere. Cioè cattolico, sí, ma non piú cattolico di quanto fosse nella realtà; non piú cattolico, d'altra parte, di un Boccaccio, di un Petrarca, di un Ariosto, persino di un Dante; e comunque cosí sicuro del proprio cattolicesimo da non sentire il bisogno di sbandierarlo. Uno scrittore, insomma, al quale la formulazione del realismo cattolico ossia dell'arte di propaganda non apparisse come una necessità e un dovere e che si limitasse a rappresentare la realtà dei propri tempi com'era e non come avrebbe voluto che fosse. Ma chi si pone questa domanda, dimentica che il realismo cattolico del Manzoni, come del resto, oggi, il realismo socialista dei sovietici, nacque e si affermò in contrapposto ad altri modi di sensibilità e di rappresentazione altrettanto se non piú convincenti. Il Manzoni costruí pezzo per pezzo il suo realismo cattolico in contrapposizione all'illuminismo che era in lui e tutt'intorno a lui. Se non ci fosse stato questo nemico contro il quale difendersi, e il mondo nel quale il Manzoni si era trovato a vivere fosse stato, come quello dell'Alighieri, cattolico da capo a fondo, senza incrinature né eccezioni, il realismo cattolico non sarebbe mai nato. Il Manzoni, come Dante, sarebbe stato uno scrittore del suo tempo, senz'altri attributi. Invece noi diciamo che il Manzoni è scrittore cattolico; mentre non ci verrebbe in mente di dire lo stesso dell'Alighieri. Dunque, nel caso del Manzoni, la parola cattolico indica, appunto, la limitazione artistica e perciò anche storica propria ad ogni arte di propaganda. Il realismo cattolico, come il realismo socialista, nasce da un'ambizione di universalità che la realtà smentisce; da una velleità totalitaria che i fatti non confermano.

S'è detto dell'importanza massiccia, eccessiva, ossessiva della religione nel capolavoro manzoniano. Quest'importanza è rivelata non soltanto dal gran numero di personaggi de *I Promessi Sposi* che appartengono al clero, cioè dal carattere clericale che il Manzoni volle dare alla società lombarda del diciassettesimo secolo, carattere certamente esagerato rispetto all'effettiva realtà; ma anche, all'esame stilistico, dal linguaggio dei personaggi il quale, ogni volta che è possibile e talvolta anche quando non è possibile, è un continuo intercalare di invocazioni pie cosí da far pensare che questi italiani del secolo decimosettimo siano invece degli ebrei dell'età del bronzo. Né questa fittezza di riferimenti religiosi è dovuta a esposizioni sistematiche della dottrina cristiana come avviene in Dante, cioè si presenta come qualche cosa di organico, di necessario, di inseparabile dagli avvenimenti. Al contrario, con l'eccezione delle prediche concettualmente assai modeste del Cardinale Borromeo, di Padre Felice e di Padre Cristoforo, quella fittezza, all'esame stilistico, specie nei dialoghi, si rivela tutta esclamativa, priva affatto di necessità drammatica o anche caratteristica; dovuta, si direbbe, anzi che alla tranquilla fede del cristiano il quale sa di non aver bisogno di sbandierarla, all'ansia del convertito timoroso di non saper convincere se stesso e i propri lettori che niente avviene se non sotto il segno della Provvidenza; quasi che ogni accadimento il quale non sembri in qualche modo collegato con quella, possa parere che la smentisca; il che, in senso psicologico, è propriamente una preoccupazione totalitaria. Insomma, l'importanza della religione ne *I Promessi Sposi* è eccessiva appunto perché malsicura e tradisce piuttosto l'insufficienza che la sovrabbondanza di un'intima persuasione. Non che il Manzoni non fosse uno spirito religioso; lo era, al contrario, come vedremo, in maniera spiccata e autentica; ma probabilmente non era religioso al modo del realismo cattolico, cioè al modo, tanto per fare un esempio noto, di un Papini, ossia al modo che ci voleva per fare dell'arte di propaganda. E questo, crediamo, è il maggiore elogio che possiamo fare della religione del Manzoni.

Sappiamo che questo è un punto delicato e cerchiamo di spiegarci con una metafora. Si potrebbe dunque paragonare il capolavoro manzoniano a una stratificazione geologica. Il primo strato, il piú vistoso ma anche, secondo noi, il piú superficiale, è quello dell'arte di propaganda, alimentata da una strenua volontà conformistica di adesione al modo cattolico di intendere la vita. Su questo strato cresce e lussureggia la vegetazione del realismo cattolico, paragonabile a una pianta dalle fogli enormi e dalle radici esigue. Il secondo strato è quello della sensibilità politica e sociale del Manzoni, addirittura fenomenale questa e sicuramente unica in tutta la storia della letteratura italiana. A questo strato appartengono tutte le scene di genere, sempre felici e sempre percorse da un sottile umorismo, nelle quali il Manzoni illustra la società del tempo: dialoghi come quelli tra il Conte Zio e il Padre provinciale, scene d'insieme come il pranzo in casa di Don Rodrigo, descrizioni di cerimonie come quella del ricevimento in onore di Gertrude o quello in cui Cristoforo si presenta al fratello dell'ucciso. A una profondità, infine, ancora piú remota sta il terzo strato, quello dei sentimenti genuini anche se spesso oscuri, religiosi e non religiosi, del Manzoni reale, del Manzoni poeta, del Manzoni, cioè, che oltre a essere un grande scrittore, era anche quel determinato uomo appartenente a quella determinata società in quel determinato momento storico. Quest'ultimo strato, cosí all'ingrosso e per non andare per le lunghe, lo chiameremo con formula riassuntiva quello del Manzoni decadente, dando a quest'ultima parola il significato di moderno e attribuendo al decadentismo il valore di un atteggiamento psicologico, morale e sociale prima ancora che letterario. Al decadentismo del Manzoni dobbiamo la poesia de *I Promessi Sposi*. Va notato che questo

Manzoni decadente è il contrario giusto del Manzoni del realismo cattolico; o meglio ne è l'altra faccia e ne spiega e giustifica, appunto, lo zelo propagandistico.

Ci troviamo cosí di fronte a un romanzo composito, la cui perfezione formale non riesce a dissimulare la coesistenza di due parti, l'una di propaganda che non è poesia o lo è raramente e l'altra poetica che non è di propaganda o lo è meno di quanto l'autore vorrebbe. Cominciando dalla prima notiamo che la spia alla scarsa ispirazione e al procedimento tutto di testa lo fa proprio la relativa incapacità del Manzoni di assolvere il principale impegno del realismo cattolico che è quello di creare, per fini didascalici e propagandistici, personaggi assolutamente negativi o assolutamente positivi e di descrivere la trasformazione dei primi nei secondi. In altre parole, adoperando la terminologia manzoniana, di creare dei veri "birboni" e dei veri "santi" e di descrivere la trasformazione, tramite la conversione religiosa, dei birboni in santi. Questa incapacità, che ci accingiamo a esaminare nei particolari, è veramente singolare in un autore come il Manzoni cosí ossessionato dalla religione ossia dalla santità, nonché convertito, ossia edotto, per diretta esperienza, dei modi con i quali l'indifferente e il peccatore possono trasformarsi nel loro contrario. La conversione religiosa, infatti, cioè la trasmutazione dei valori, è al centro della vita del Manzoni ed è la molla non troppo segreta dell'intera sua opera. Ora, per una strana contraddizione, proprio la conversione è il punto debole de *I Promessi Sposi*, il luogo cioè in cui l'intimità dell'ispirazione è sostituita dalla praticità del realismo cattolico. Cosí che, se vorremo capire che cosa sia una conversione, in che modo e perché avvenga, andremo piuttosto a rileggerci altri libri, per esempio le *Confessioni* di Sant'Agostino; e cercheremo altrove la poesia manzoniana.

Abbiamo detto che il realismo cattolico, come del resto il realismo socialista, è basato principalmente sul contrasto tra personaggi negativi e personaggi positivi e sulla conversione dei primi nei secondi. I personaggi negativi de *I*

Promessi Sposi sono, in ordine d'importanza: Don Rodrigo, l'Innominato fino alla conversione, Cristoforo anche lui fino alla conversione, Attilio, Egidio, nonché il Griso, il Nibbio e gli altri bravi. Non mettiamo tra i personaggi negativi Gertrude e Don Abbondio perché, come vedremo, essi non fanno parte del realismo cattolico, neppure indirettamente. La prima osservazione che vien fatto di formulare è che i personaggi negativi manzoniani appartengono tutti alla categoria dei potenti, alla classe dirigente, si direbbe oggi; la seconda osservazione, che la loro non è reale malvagità (salvo quella di Egidio di cui parleremo in seguito) bensí sciocchezza o vuota e ingiustificata violenza; e lo è non già perché il Manzoni l'abbia voluta cosí, quanto suo malgrado, ossia per deficienza di rappresentazione. La malvagità dei personaggi negativi del Manzoni ha, insomma, qualche cosa di astratto ossia di detto e non rappresentato, di affermato e non dimostrato che, a ben guardare, deriva direttamente dalle pregiudiziali conservatrici del realismo cattolico. Si riporta, infatti, l'impressione che se il Manzoni invece che del criterio religioso si fosse servito di altro piú moderno criterio basato sulla considerazione del fatto sociale per definire e giudicare i suoi malvagi, questi, come d'incanto, avrebbero trovato una giustificazione non esterna alla loro condotta. Ma il Manzoni non poteva spostare il suo giudizio dal piano religioso a quello sociale, a causa appunto del suo conservatorismo, ossia per appartenere lui stesso proprio a quella classe donde uscivano i "birboni" che poneva sotto accusa. Cosí si contentò di indicare il male ma non l'origine del male. Fece a un dipresso quello che fanno i nostri conservatori di fronte alla mafia siciliana: ne pongono sotto accusa gli esecutori, ma si guardano bene dal denunziarne i mandanti.

Si veda, invece, in un artista nient'affatto rivoluzionario ma molto piú libero del Manzoni, quale il Flaubert, come il malvagio, ossia Homais, che rappresenta il filisteismo piccolo-borghese, sia veramente un malvagio e non uno sciocco come Don Rodrigo. E questo perché nella scala di valori instaurata nel suo libro dal Flaubert, il filisteismo borghese è davvero il male, intimamente e poeticamente sentito come tale dallo scrittore. Del resto non è affatto difficile creare personaggi negativi e positivi: ci riescono perfino gli autori dei libri gialli. Ma per far ciò bisogna essere armati di un criterio morale poeticamente valido, il che non è possibile nell'arte di propaganda la quale, al bene e al male reali, ossia quali lo scrittore li sentirebbe se li lasciasse andare al proprio temperamento, sostituisce il bene e il male esterni e precettistici di una determinata società o credenza. Col risultato abbastanza curioso di additare come positivi personaggi che all'occhio del semplice buon senso appaiono come negativi e viceversa; come, per esempio, avviene nel realismo socialista sovietico i cui personaggi positivi risultano spesso odiosi a furia di essere esemplari e i cui personaggi negativi, invece, appunto perché sembrano sottrarsi al conformismo, destano la nostra simpatia.

Esaminando da vicino i personaggi negativi de *I Promessi Sposi*, si vede, poi, che sono insoddisfacenti soprattutto perché il Manzoni non si cura di dirci come e perché sono diventati malvagi. Don Rodrigo si incapriccia di Lucia, a quanto pare, per quella particolare forma di lussuria, diciamo così, feudale che nasce dall'ozio e dal privilegio; ma di questa passione così caratteristica e così frequente non soltanto nella società italiana del secolo decimosettimo ma anche in quella dell'Ottocento, il Manzoni non ci dice proprio niente. Sentiamo invece parlare per la prima volta di Don Rodrigo da Lucia allorché riferisce la frase "scommettiamo" detta dal prepotente signore al cugino Attilio; ossia allorché il Manzoni ha già sostituito al primo verosimile movente della lussuria quello dello spagnolesco punto d'onore e ne ha fatto il pernio di una gigantesca macchinazione che, in mancanza di una giustificazione più profonda, risulta alla fine sproporzionata allo scopo. Ora non avremmo certo voluto la rappresentazione diretta ed esplicita della passione di Don Rodrigo per Lucia, che, oltre tutto, nell'atmosfera de *I Promessi Sposi*, sarebbe sconveniente; ci sarebbe bastata una allusione del genere di quella che, in poche parole, dipinge l'analoga passione di Gertrude. In mancanza di quest'allusione, Don Rodrigo non risulta un malvagio e neppure un uomo che abbia un senso d'onore sviato, bensí, secondo la definizione affettuosa del Conte Zio, soltanto un ragazzaccio. Il Manzoni certo non condivideva questo giudizio indulgente ma, non avendo voluto o saputo risalire dalla malvagità alle sue cause reali, finisce per sottoscriverlo suo malgrado. Confermando quanto abbiamo già detto circa l'insufficienza del criterio religioso di fronte a personaggi e situazioni del mondo moderno.

Non sapremo mai come e perché Don Rodrigo sia diventato malvagio. Parimenti il Manzoni ci lascia all'oscuro circa il modo e i motivi per cui l'Innominato sia sceso nell'abisso di iniquità in cui lo troviamo allorché Don Rodrigo ricorre a lui per aiuto. È vero che, al contrario della malvagità di Don Rodrigo la quale ci viene presentata come un dato di fatto inoppugnabile, quella dell'Innominato gode di un trattamento piú diffuso; ma basterà paragonare i due capitoli in cui è raccontata la storia di Gertrude con le poche pagine dedicate all'Innominato per rendersi conto che il Manzoni, in realtà, non ha voluto dirci niente sul truce personaggio. In quelle poche pagine non c'è un fatto preciso, non un tratto caratteristico, tanto meno lo sviluppo di un'inclinazione o di una passione; tutto vi è oltremodo generico e vago. Il Manzoni, che in altri luoghi ha spinto l'analisi dell'animo umano a profondità straordinarie, si muove qui in superficie, con una circospezione e un impaccio singolari. Persino la felice invenzione del nome del personaggio: l'Innominato, sembra andare al di là di un tenebroso tratto di colore e alludere quasi all'impossibilità di una definizione. Perché Innominato? Per colpa di Francesco Rivola e di Giuseppe Ripamonti che avevano delle buone ragioni pratiche per non fare quel nome o per colpa del Manzoni che non nomina il personaggio perché non è riuscito a creargli un volto riconoscibile? È comunque sintomatico che le citazioni dei due suddetti cronachisti sono riportate dal Manzoni senza commenti né ironici né seri, come avviene per le gride o per le citazioni sugli untori, proprio come testimonianze che possono tenere il luogo dell'analisi particolareggiata e realistica che, data l'importanza del personaggio, si aveva il diritto di aspettarsi. Si riporta, insomma, l'impressione che il Manzoni ci dica: "Era un malvagio, lo affermano anche i suoi contemporanei, di piú non posso dirvi." Mentre appare evidente che la malvagità dell'Innominato, come quella di Don Rodrigo, è il prodotto diretto e tipico di una determinata società e come tale andava definita. Sbrigatosi, dunque, in maniera frettolosa, degli antefatti dell'Innominato, il Manzoni passa subito alla conversione, cioè al racconto di un evento che avrebbe invece richiesto una preparazione approfondita a causa dell'importanza enorme che esso ha nell'economia del romanzo.

Quanto a Cristoforo, prima della conversione, il Manzoni vorrebbe darcelo per un violento per natura. Purtroppo, però, piú che un violento, Cristoforo ci appare come un impulsivo che è tutt'altra cosa: la violenza è una passione incoercibile dell'animo, l'impulsività appena una sfumatura dell'agire. La vera passione di Cristoforo, quale risulta sulla pagina, è invece di specie sociale, oggi si chiamerebbe complesso di inferiorità. Si rese conto il Manzoni che Cristoforo sembra convertirsi non tanto per un travaglio spirituale quanto per una specie di inversione orgogliosa del complesso di inferiorità il quale, dopo averlo spinto a primeggiare con la violenza, gli suggerisce di fare lo stesso con l'umiltà? Non si direbbe, l'intenzione sembra essere di dipingerci un uomo fondamentalmente buono ma violento e fuorviato. Da questo non risolto rapporto tra l'autore e il personaggio, nasce l'insoddisfazione che ci ispira la figura di Cristoforo prima e dopo la conversione.

Date queste premesse, ossia data la insufficiente motivazione e ricostruzione della malvagità dell'Innominato e della violenza di Cristoforo, non è sorprendente che le conversioni di questi due personaggi ossia la trasformazione dei due "birboni" in "santi" non siano del tutto convincenti. Tra le due conversioni, la piú accettabile, benché scarsamente ispirata da sensi veramente religiosi, ci sembra quella di Cristoforo. Essa ci è descritta dal Manzoni come un fatto piuttosto sociale che spirituale: la sua stessa repentinità appare motivata non tanto da un'illuminazione improvvisa quanto dalla pratica necessità in cui si trova Cristoforo di uscire al piú presto dal vicolo cieco nel quale si è cacciato. Questa conversione di Cristoforo, insomma, pur con il suo carattere controriformistico e barocco appare plausibile se non ammirevole. E la scena della volontaria umiliazione di Cristoforo di fronte ai parenti dell'ucciso è un'assai bella pittura di maniera nello stile di analoghe scene secentiste dell'episodio della Monaca di Monza.

La conversione dell'Innominato, invece, è, a parer nostro, il punto debole di tutto il romanzo, tanto piú debole in quanto, come abbiamo già accennato, avrebbe dovuto essere il punto forte, ossia in quanto la conversione del "birbone" in "santo" non può non essere il massimo cimento e al tempo stesso il centro focale del realismo cattolico. Si pensi un momento: qual è il fine di ogni arte di propaganda? Convertire gli increduli. E in che modo? Mostrando loro perché e come ci si deve convertire. Ora la lettura delle *Confessioni* di Sant'Agostino, per citare un libro nel quale il tema della conversione è trattato con semplicità e chiarezza in modo da renderlo accessibile anche al piú sprovveduto dei lettori, certamente ci comunica un senso quasi contagioso dell'irresistibilità della conversione; ma la lettura dell'episodio dell'Innominato non ci fa né caldo né freddo. L'Innominato, dopo essere rimasto innominato ossia indefinito nella malvagità, lo è anche nella santità. Personaggio senza volto, esso passa da una malvagità generica a una santità didascalica. È veramente strano che ciò che è stata chiamata la notte dell'Innominato sia sembrata a molti critici una delle pagine piú alte del Manzoni; certo, questo giudizio testimonia, se non altro, un'assai scarsa esperienza del fatto religioso. In realtà la crisi dell'Innominato non ubbidisce a una logica intima, propria al personaggio e soltanto a esso, la quale non potrebbe esserci perché, come abbiamo detto, la situazione psicologica preesistente alla crisi non è stata approfondita; la crisi dell'Innominato ubbidisce invece, punto per punto, alle norme del realismo cattolico. Il Manzoni butta deliberatamente a mare la sua preziosa esperienza di convertito che pure avrebbe potuto essergli molto utile per descrivere una situazione per alcuni aspetti analoga; e si tiene con molta logica ma scarsa penetrazione alla rappresentazione dell'ideale conversione di un "birbone" esemplare in un "santo" non meno esemplare. Già la scena tra l'Innominato e Lucia, scena di per sé molto forte, è sorprendentemente fiacca, ossia priva del tutto di quei chiaroscuri e di quei contrasti che stanno a indicare la presenza di due psicologie e di due modi di intendere la vita diversi e opposti. In questa scena il vero debole è l'Innominato nonostante la sua grinta da teatro dei burattini; ma è debole perché non è davvero malvagio, non perché la malvagità è di per sé debolezza; la vera forte è Lucia, ma è forza che cade nel vuoto appunto perché la malvagità dell'Innominato non c'è. Quindi, una volta l'Innominato rimasto solo, la conversione è freddamente e abilmente graduata fino alla tentazione del suicidio che rappresenta il punto piú basso della crisi. Di qui, a partire dal ricordo della frase di Lucia: "Dio perdona tante cose per un'opera di misericordia," frase molto precisa nella quale, insieme con il prezzo, è indicato il guadagno della conversione imminente, l'Innominato comincia a risalire la china su su fino all'incontro con il Cardinale Borromeo. Abbiamo detto che la conversione è graduata freddamente e abilmente; aggiungiamo che è proprio questa accorta e impersonale gradualità a rivelarne il carattere edificante e didascalico. Non è infatti la conversione di un determinato personaggio che, del resto, non potrebbe esservi perché l'Innominato stesso non esiste; è la conversione tipica, la conversione di tutti e di nessuno, la conversione, insomma, del realismo cattolico. Essa è tutta propaganda, tutto mestiere, tutta letteratura, senza un solo momento di autenticità: e sí che era proprio questo il luogo nel quale il Manzoni avrebbe potuto facilmente commuoverci solo che l'avesse voluto. Tuttavia, vogliamo affermarlo una volta di piú, anche qui non si può parlare propriamente di arte oratoria in quanto il Manzoni, come appunto gli scrittori del realismo socialista, non intese fare della propaganda bensí della poesia; cioè intese darci una realtà poetica effettivamente ispirata dal cattolicesimo. Non ci riuscí; dovette ricorrere alle risorse del suo mirabile mestiere letterario; non importa: egli è poeta qui come altrove, anche se altrove è riuscito nel suo intento e qui è fallito.

Non è forse un caso che il personaggio assolutamente positivo de *I Promessi Sposi*, cioè il Cardinale Borromeo, si trovi nel romanzo a ridosso del personaggio assolutamente negativo, cioè l'Innominato. Non è un caso, ripetiamo, perché l'Innominato, come abbiamo detto, è un personaggio del realismo cattolico e per accogliere la sua conversione non ci voleva meno di un santo come il Cardinale, ossia fatto della stessa materia propagandistica. Che dire di questo personaggio? Esso campeggia nel mezzo del romanzo come una statua barocca sotto un baldacchino dorato e marmoreo nel mezzo di una chiesa della Controriforma; oppure come la figura di un pittore manierista, tutta occhi al cielo, mani giunte, aureola ed estasi, ritta su uno sfondo di nuvole temporalesche e di spade di luce. È una grande pittura di maniera, ammirevole nella sua completa, perfetta letterarietà, divertente e interessante se considerata come un puro prodotto dell'ingegno, senza tener conto del significato che vuole attribuirle il Manzoni. Certamente il Cardinale parla molto bene; persino il Manzoni se ne accorge e avverte all'inizio del capitolo XXVI: "...anche noi, dico, sentiamo una certa ripugnanza a proseguire: troviamo un non so che di strano in questo mettere in campo, con cosí poca fatica, tanti bei precetti di fortezza e di carità, di premura operosa per gli altri, di sacrifizio illimitato di sé. Ma pensando che quelle cose erano dette da uno che poi le faceva, tiriamo avanti con coraggio." Ma l'avvertimento, mentre conferma la consapevolezza artistica del Manzoni, non può, e come potrebbe?, modificare il carattere fondamentalmente propagandistico del Cardinale. E anzi, a proposito della celebre ironia manzoniana che traspare anche nel brano succitato, vorremmo notare a questo punto che mentre essa è sempre seducente e profonda nelle parti veramente realistiche del romanzo, appare invece insufficiente quando addirittura non scompare in quelle del realismo cattolico. I personaggi assolutamente negativi come Don Rodrigo e l'Innominato sono visti altrettanto seriosamente che quelli assolutamente positivi come il Cardinale Borromeo e Padre Cristoforo. E questo perché l'ironia del Manzoni sta sempre a indicare un dominio perfetto della materia, è indivisibile dalla poesia. Là dove essa manca o si rivela inadeguata, si indovina che il Manzoni si muove nella piú o meno bella letteratura la quale, infatti, è per sua natura refrattaria all'ironia.

Altro personaggio di specie positiva del realismo cattolico è Cristoforo dopo la conversione: abbiamo dovuto spezzarlo in due figure distinte per comodità della nostra dimostrazione. Esso rassomiglia molto al Cardinale Borromeo tanto è vero che ci viene mostrato in situazioni molto simili a quelle del Cardinale (dialogo tra Padre Cristoforo e Don Rodrigo, dialogo tra il Cardinale Borromeo e Don Abbondio), e che si potrebbero facilmente mettere in bocca al Cardinale le prediche del frate e viceversa; ma gli è inferiore come riuscita artistica proprio perché la sua azione, estendendosi a tutto il libro, ne rivela l'immobilità oratoria, mentre quella del Cardinale è limitata a un breve e circoscritto episodio. Padre Cristoforo è il personaggio nel quale il realismo cattolico del Manzoni fa la sua prova meno felice. Il paragone con il quale incomincia il capitolo VII: "Il padre Cristoforo arrivava nell'attitudine d'un buon capitano che, perduta, senza sua colpa, una battaglia importante, afflitto ma non scoraggiato, sopra pensiero ma non sbalordito, di corsa e non in fuga, si porta dove il bisogno lo chiede, a premunire i luoghi minacciati, a raccoglier le truppe, a dar nuovi ordini," brutto e quasi ridicolo, in maniera rara in un autore come il Manzoni il quale è forse secondo soltanto a Dante per la bellezza, originalità e appropriatezza delle immagini, dà la misura dell'esteriorità agghiacciante nella quale cade il creatore di figure vivissime come Don Abbondio o Gertrude allorché applica le norme del realismo cattolico. Padre Cristoforo sarebbe forse stato diverso, senza il realismo cattolico? No, non sarebbe stato diverso, sarebbe semplicemente scomparso dal romanzo in quanto Padre Cristoforo deve le sua esistenza a una specie di sottrazione operata dal Manzoni, per i motivi del realismo cattolico, ai danni del personaggio di Renzo. In altri termini: Padre Cristoforo o fa delle prediche, cioè non fa niente, oppure fa le cose che dovrebbe fare Renzo se quest'ultimo fosse stato sviluppato fino in fondo: si erge contro Don Rodrigo in luogo di Renzo; muove a Renzo i rimproveri cristiani che Renzo dovrebbe muovere a se stesso; prende sulle sue spalle una parte delle persecuzioni destinate in realtà a Renzo. Esso è un intermediario in saio, superfluo come tutti gli intermediari, il quale permette al Manzoni di non lasciar niente all'iniziativa personale del protagonista e di correggerne la condotta in senso precettistico ogni volta che si renda necessario. È la coscienza di Renzo, confiscata a favore della Chiesa e incarnata in un personaggio della Chiesa. E non neghiamo affatto che nel secolo decimosettimo, in Lombardia, si verificassero situazioni simili, con due innocenti perseguitati che si mettono sotto la protezione di un frate; diciamo che il personaggio di Padre Cristoforo rivela piuttosto la levigatezza della propaganda che la rugosità della realtà.

Abbiamo sinora descritto il realismo cattolico del Manzoni, ossia abbiamo cercato di spiegare come e perché sia fallita la propaganda della religione intesa dal Manzoni in senso tutto moderno ossia non come oratoria ma come poesia, anzi la sola poesia possibile. Abbiamo detto, tra l'altro, che la spia all'astrattezza del realismo cattolico la fanno soprattutto le conversioni di Cristoforo e dell'Innominato, ossia le trasformazioni, tramite la religione, dei personaggi negativi in positivi. Ora diciamo che il Manzoni eccelle invece nella rappresentazione della corruzione e dei personaggi corrotti. Che cos'è la corruzione? È il contrario giusto della conversione: in questa il personaggio va dal male al bene, in quella dal bene al male. È la trasformazione di un personaggio positivo, o che almeno potrebbe esserlo, in personaggio negativo. Che cosa sono i personaggi corrotti? Sono, appunto, i personaggi nei quali avviene questa trasformazione, ossia il passaggio dal bene al male, dall'innocenza alla perversità, dall'integrità alla corruzione. Altresí il Manzoni eccelle nelle rappresentazioni di quella che chiameremo la corruzione pubblica. Che cos'è la corruzione pubblica? È il contrario della rivoluzione, se è vero, come è vero, che quest'ultima sta a indicare l'equivalente pubblico della conversione, ossia del passaggio dal male al bene. È il passaggio, cioè, in una società, da uno stato di normalità a uno di anormalità, da uno stato di ordine a uno di disordine, da uno stato di prosperità a uno di miseria. Anzi, a proposito di rivoluzione, va notato che mentre il Manzoni puntò tutti i suoi sforzi sulla rappresentazione della conversione, ossia sul passaggio dal male al bene nell'ambito individuale, non trattò mai l'equivalente pubblico della conversione, ossia la rivoluzione. O meglio, lo trattò nell'episodio dei tumulti per la carestia, nel quale cosí la folla come Renzo sono animati da sentimenti che si possono senz'altro chiamare rivoluzionari; ma è caratteristico del conservatorismo manzoniano che tutto l'episodio sia interpretato in chiave del suo contrario, ossia come un episodio di corruzione di uno stato antecedente che era positivo soltanto perché era lo *status quo*.

Venendo, dunque, all'eccellenza raggiunta dal Manzoni nella rappresentazione di casi di corruzione privata e pubblica, pensiamo che sia appena necessario sottolineare la compiuta felicità del personaggio di Don Abbondio nonché il suo carattere di uomo lentamente e profondamente corrotto dalla paura. Chi è Don Abbondio? Se è vero che la Provvidenza è la protagonista de *I Promessi Sposi*, Don Abbondio è il contrario della Provvidenza, è colui che non soltanto non fa miracoli ma neppure fa quello che dovrebbe o potrebbe fare, come tutti gli altri uomini. In tal modo, oltre che l'antagonista della Provvidenza, ne è, al pari di tutti coloro che non fanno il loro dovere, la maggiore giustificazione: Don Abbondio rifiuta, per paura, di sposare Renzo e Lucia; la Provvidenza interviene attraverso la pulce che, avendo morso un topo malato di peste, trasmette il morbo a Don Rodrigo. Don Abbondio, del resto, non crede a niente, neppure alla Provvidenza; tanto è vero che non accetta di celebrare il matrimonio se non quando è matematicamente sicuro che la peste, oltre a qualche centinaio di migliaia di milanesi, si è portata via anche Don Rodrigo. Eppure, in maniera significativa, né Renzo, né Lucia lo disapprovano veramente per questa sua tenacissima, quasi mostruosa viltà. Gli è che Don Abbondio non è un malvagio ma un corrotto; e la corruzione, in una società corrotta, è guardata con indulgenza anche da coloro che non vi partecipano. Come i ladri nell'*Erewhon* di Butler, egli è una specie di malato, degno piú di compassione che di odio.

E infatti: Don Abbondio al principio del romanzo ci è presentato come un uomo consapevole di quel che sia il bene, inclinato persino a fare il bene. Nonché integro, tratto importante; ossia Don Abbondio sinora non ha mai fatto soperchierie. Il Manzoni ci presenta questa condizione, diciamo cosí, positiva di Don Abbondio con un forte rilievo; di modo che, piú tardi, tanto piú spicchi l'effetto negativo dell'ingiunzione di Don Rodrigo, ossia la corruzione. La quale è una malattia dell'anima; ma il Manzoni ne sottolinea il carattere morboso con la febbre che assale Don Abbondio subito dopo l'incontro coi bravi; una febbre che dura tutto il romanzo e non cessa se non con la morte di Don Rodrigo. Abbiamo cosí la storia di Don Abbondio mentre non abbiamo la storia di Don Rodrigo. Ma l'abbiamo perché Don Abbondio non è un malvagio, benché faccia il male, ma soltanto un corrotto; ossia perché il Manzoni scarica la colpa di Don Abbondio su Don Rodrigo, pur non spiegandoci affatto, come abbiamo già veduto, perché e come Don Rodrigo sia diventato quel malvagio che è. Cosí la corruzione di Don Abbondio rimane un po' a mezz'aria, proprio come appare a Don Abbondio stesso, come qualche cosa che può essere scusato, attribuito a cause remote, annebbiato da molte e lontane responsabilità. Cioè ci troviamo pur sempre sul terreno ambiguo della corruzione, non su quello chiaro e inequivocabile della malvagità.

Il personaggio di Don Abbondio è stato paragonato a Sancio Panza; in realtà non lo è perché non c'è nel romanzo alcun Don Chisciotte a renderne visibile e perciò comica la poltronaggine; il Cardinale Borromeo non è un Don Chisciotte, al contrario; né il salutare stimolo donchisciottesco si trova nella coscienza di Don Abbondio. È vero che nell'incontro con il Cardinale egli sembra avere un momento di resipiscenza, ma è cosa di breve durata. Allorché, dopo la peste, incontra Renzo, le sue parole sono pur sempre quelle della vecchia prudenza: "Volete rovinarvi voi; e volete rovinar me." Don Abbondio, è giunto il momento di dirlo, è il personaggio perfetto di un particolare genere di corruzione italiana che, in mancanza di un termine piú preciso, chiameremo storica. Accade continuamente, in Italia, di imbattersi in uomini di ogni classe, categoria, professione, condizione, potenti e non potenti, illustri e oscuri, intelligenti e stupidi, vecchi e giovani, ricchi e poveri, i quali tutti mostrano di aver paura di parlare, di dispiacere a qualche autorità, di scoprirsi, di compromettersi, di lasciarsi andare a dire quello che pensano su qualsivoglia problema. Sulle prime vien fatto di attribuire questo contegno a un interesse preciso che potrebbe, se non scusarlo, per lo meno spiegarlo. Ma il piú delle volte questo interesse non c'è; c'è soltanto la paura, senza cause vicine e apparenti; e insieme con la paura, altrettanto forte, l'amore del quieto vivere. Allora, vedendo che non ci sono cause immediate, si è quasi costretti a risalire a quelle lontane, indirette, ataviche, storiche insomma, e si pensa: "Sarà colpa della Controriforma, dei governi stranieri, delle tirannidi nazionali, lo sa il diavolo di chi è la colpa se quest'uomo, nelle vene, invece che sangue ha acqua." Don Abbondio è personaggio cosí vivo e immortale appunto perché è l'incarnazione di questa corruzione nazionale tanto antica da apparire ormai come una seconda natura.

Don Abbondio è corrotto dalla paura che gli fanno i bravi di Don Rodrigo; Gertrude, invece, è corrotta dalla soggezione che le incute il padre e, in genere, la società alla quale appartiene. La storia della Monaca di Monza fu sempre giustamente lodata come una delle parti piú belle de *I Promessi Sposi*; aggiungiamo che, non a caso, è la storia di una lunga e tortuosa corruzione, ossia della trasformazione di un personaggio innocente in malvagio, seguita passo passo, con una mirabile capacità realistica e inventiva che si cercherebbe invano nelle descrizioni delle conversioni ossia delle trasformazioni dei personaggi malvagi in buoni. Dell'infanzia dell'Innominato, tanto per fare un solo esempio, non sappiamo niente; Gertrude invece ci viene presentata quando, addirittura, sta "ancora nascosta nel ventre di sua madre". La progressiva metamorfosi dell'innocente bambina prima in disperata bugiarda, poi in monaca fedifraga, quindi in adultera e infine in criminale, è quanto di piú forte sia stato scritto sull'argomento della corruzione. Si confronti la storia di Gertrude con quella analoga della *Réligieuse* di Diderot e si avrà l'impressione di paragonare un pozzo profondo di acqua nera e immobile a un limpido e veloce ruscello. E questo perché mentre Diderot conosce le cause della corruzione e ce le addita, Manzoni, come nel caso di Don Abbondio, preferisce tacerle. Per Diderot la catarsi è fuori del romanzo, di fatto nella Rivoluzione imminente che lo scrittore pare annunziare in ogni riga; per il Manzoni, conservatore e cattolico, non c'è catarsi se non estetica, la quale infatti è notevolissima; ma le catarsi soltanto estetiche sono proprie al decadentismo. Perfino la corruzione del Regno di Danimarca trova una sua pratica purificazione nello squillo delle trombe che, dopo il sanguinoso convito, annunziano l'arrivo di Fortebraccio. Ma la corruzione di Gertrude è una corruzione "bella"; ossia una corruzione misteriosa, oscura, senza cause e, si direbbe, senza effetti: nata da una fatalità ambiguamente storica e sociale, essa si perde nel silenzio e nell'ombra della Chiesa.

Ad ogni modo, il Manzoni decadente qui è al colmo della sua potenza. La storia di Gertrude non ha mai un momento di astrazione, mai cade nell'affermato e non dimostrato, nel detto e non rappresentato, come avviene per la storia dell'Innominato. È invece un seguito serrato e incalzante di immagini, di cose, di oggetti, di situazioni, di personaggi. E il Manzoni non si limita a fare lo storico imparziale, come quando riassume in poche pagine la criminale carriera dell'Innominato; al contrario stabilisce fin dall'inizio un suo forte e soggettivo rapporto con la figura di Gertrude; rapporto fatto al tempo stesso di accorata pietà e di raffinata crudeltà. Cosí stupisce che il Croce affermi che "il metodo" con il quale sono costruite le figure riuscite de *I Promessi Sposi* è lo stesso di quello con cui sono costruite quelle che noi chiamiamo del realismo cattolico. Qui non si parla di metodo, che non sappiamo che voglia dire in poesia; bensí di maggiore o minore rapporto dell'artista con la materia. Tra Manzoni e Don Abbondio e Gertrude corre un rapporto vivo e complesso; tra il Manzoni e l'Innominato poco o nessun rapporto, a meno che non si voglia chiamare rapporto la relazione strumentale che passa tra lo scrittore di propaganda e la sua materia prefabbricata e didascalica.

Strano a dirsi, quella malvagità totale che il Manzoni non ha saputo rappresentare in Don Rodrigo, piú sciocco che malvagio, o nell'Innominato, malvagio irreale, gli vien fatto di tratteggiarla in poche righe, con compiuta felicità, allorché deve narrare la storia della corruzione di Gertrude. Ecco, infatti, Egidio, un malvagio piú malvagio di Don Rodrigo o dell'Innominato perché, al contrario di questi ultimi, motivato nella sua malvagità e per giunta con i moventi molto moderni del sadismo e della lussuria profanatoria: "Il nostro manoscritto lo nomina Egidio senza parlar del casato. Costui, da una sua finestra che dominava un cortiletto di quel quartiere, avendo veduta Gertrude qualche volta passare o gironzolar lí, per ozio, *allettato anzi che atterrito dai pericoli e dall'empietà dell'impresa*, un giorno osò rivolgerle il discorso. La sventurata rispose." Questa motivazione psicologica, breve ma profonda, dell'agire di Egidio, ci manca affatto per Don Rodrigo del quale, come abbiamo detto, non sapremo mai come e perché si incapricci di Lucia. Gli è che Don Rodrigo è un malvagio senza radici, in funzione del realismo cattolico; mentre Egidio è un malvagio giustificato, in funzione della corruzione che, come abbiamo visto, il Manzoni sentiva in particolar modo. Oltre al male, riesce al Manzoni, nel corso della storia di Gertrude, di dipingere anche il bene. Ecco, per esempio, poche righe che per noi valgono tutta l'eloquenza edificante del Cardinale Borromeo: "Pare che Gertrude avrebbe dovuto sentire una certa propensione per l'altre suore che non avevano avuto parte in quegl'intrighi e che, senza averla desiderata per compagna, l'amavano come tale; e pie, occupate e ilari, le mostravano col loro esempio come anche là dentro si potesse non solo vivere, ma starci bene... forse sarebbe stata meno avversa ad esse, se avesse saputo o indovinato che le poche palle nere, trovate nel bossolo che decise della sua accettazione, c'erano appunto state messe da quelle." Questa è vera bontà, profonda e misteriosa, non quella tutta predicata e di maniera del Cardinale e di Padre Cristoforo. E come per la malvagità di Egidio, anche qui bisogna osservare che essa è in funzione della corruzione, da questa giustificata, a questa contrapposta.

Passando dalla corruzione privata a quella pubblica, il quadro certamente cambia: non piú cupi, angusti destini individuali come nell'episodio della Monaca di Monza o caricature accanite come quella di Don Abbondio, bensí disastri e tragedie collettive sullo sfondo della storia; ma il procedimento, a ben guardare, è lo stesso. Il Manzoni dapprima ci presenta la condizione normale, positiva, integra, destinata ad essere corrotta: il Ducato di Milano prima della guerra, la città di Milano prima della peste; poi annota con crudele precisione il primo sintomo della corruzione, la nuvoletta minima nel cielo sereno dalla quale si svilupperà la tempesta: il puntiglio politico-militare del Re di Spagna che porta al passaggio delle truppe alemanne per la Valtellina, l'ingresso del soldato Lovati in Milano, introduttore della peste; alla fine, con lenta e potente gradualità, passa a descrivere il progresso della corruzione, il suo dilagare conclusivo. Abbiamo detto che è lo stesso procedimento adoperato per la descrizione della corruzione privata; aggiungiamo che tutto ciò che nella corruzione privata è psicologico e morale in quella pubblica diventa fisico, materiale. La degradazione di Gertrude trova il suo riscontro nella diffusione della pestilenza in Milano; e il Manzoni annota con lo stesso compiacimento quasi scientifico cosí le cadute sempre piú profonde della Monaca di Monza come le crescenti stragi del morbo. Ma nel ricordo, è fuori dubbio che l'episodio di Gertrude, nonostante la sua forza, acquista uno spicco minore, ha una minore importanza della parte dedicata alla peste.

La ragione di questo prevalere della peste che, in effetti, insieme con la dolcezza dei paesaggi e di certi sentimenti, fornisce uno dei due caratteri principali del singolare mondo manzoniano, non è difficile a trovarsi: la peste è la corruzione per eccellenza, per antonomasia; con i suoi bubboni, le sue febbri, il suo sfacelo fisico, essa è il simbolo di tutto ciò che non è sano né integro; con il suo diffondersi misterioso e inarrestabile, essa è l'immagine stessa del male morale contro il quale è impossibile difendersi. A sua volta, per aver fatto della peste, unico tra gli scrittori di tutto il mondo e di tutti i tempi, uno degli argomenti principali del suo romanzo, il Manzoni è, per antonomasia, il dipintore dell'epidemia, ossia della corruzione. Ma c'è peste e peste; la celebrità della peste de *I Promessi Sposi*, al contrario delle analoghe descrizioni del Boccaccio e del Defoe, si deve al fatto che essa è realmente sentita dal Manzoni come un fenomeno anzitutto morale; un po' come le sette piaghe d'Egitto nell'Antico Testamento. Cosí, descrivendo la peste, il Manzoni si trova, per cosí dire, nel suo elemento: quello di una corruzione metafisica e universale che non risparmia niente e nessuno. Anche in questa parte della peste, come già in quella della Monaca di Monza, il Manzoni tocca i punti piú alti della sua arte come, per esempio, nel celebre episodio della madre che consegna ai monatti la sua bambina morta o in quello di Don Rodrigo. In realtà la corruzione ispira il decadente Manzoni almeno quanto la conversione lo rende apatico e inespressivo.

La peste, come abbiamo detto, è la corruzione per eccellenza; ma ne *I Promessi Sposi* ci sono altre corruzioni pubbliche, tutte descritte con la stessa potenza, la stessa drammatica gradualità, lo stesso compiacimento: quella della carestia che culmina nei tumulti per il pane, quella della guerra che sbocca nel saccheggio e nella devastazione dei paesi invasi dalle truppe, quella della giustizia che trova la sua espressione nell'arresto di Renzo e prim'ancora, nella scena tra Renzo e Azzeccagarbugli. Un'idea sottintesa si intravede come una filigrana in tutti questi episodi della corruzione pubblica: gli uomini niente possono contro il male; bisogna lasciare sfogare il male fino in fondo; la Provvidenza, poi, si incaricherà, nei suoi imperscrutabili disegni, di salvare quegli individui o quelle società che lo meritano. Ci troviamo, cioè, di fronte a un pessimismo di specie conservatrice che si accorda benissimo con il decadentismo ossia con la dilettosa e inerte contemplazione di quello stesso male che si giudica irrimediabile. Questo spiega perché le descrizioni dei moti sociali, ne *I Promessi Sposi*, rassomiglino molto a quella della peste. Il Manzoni, che è conservatore perché decadente e decadente perché conservatore, non crede nelle palingenesi e sente e interpreta i moti sociali come sussulti sterili e incomposti di organismi malati e incapaci di guarigione.

Adesso facciamo ancora un passo avanti. Corruzione, come abbiamo detto, è parola indicante il processo inverso a quello della conversione. Nella conversione si va dal male al bene; nella corruzione dal bene al male. Però c'è nella corruzione ancora qualche cos'altro; ed è che essa può durare indefinitamente, cioè diventare cronica. Il processo della corruzione, talvolta, è cosí graduale da passare inosservato. Uomini, società, nazioni si corrompono lentissimamente, per trapassi impercettibili, cosí da non rendersene conto. D'altra parte l'uomo corrotto, la società corrotta, la nazione corrotta, non desiderando, per conservatorismo, riformarsi, finiscono per accettare la corruzione. Ora è proprio questa accettazione che si avverte ne *I Promessi Sposi*, nonostante il moralismo del Manzoni. La corruzione descritta in maniera cosí originale, potente e profonda non trova uno sfogo catartico e ristagna nel libro, un po' come ristagna nella vita italiana di ieri e di oggi. Don Abbondio è corrotto dalla paura e tale rimane fino alla fine; Gertrude è corrotta dalla menzogna e non ne esce piú; la società milanese, nonostante "la gran scopa" della peste, rimane corrotta: a un Azzeccagarbugli, a un Don Rodrigo, a un Attilio che la peste si è portata via, si sostituiranno, come sembra di capire, altri prepotenti e disonesti simili. E non è che noi vorremmo vedere questi personaggi cambiare carattere e la società milanese riformarsi davvero; è che la composizione cosí di quei personaggi come di quella società esclude ogni elemento ideale, cioè ogni reale coscienza della corruzione. Per fare un solo esempio: Cícikov, l'eroe delle *Anime Morte* di Gogol non è meno corrotto di Don Abbondio, anzi assai di piú. Tuttavia Cícikov ha quel tanto di coscienza del male da consentirgli di essere un protagonista. Don Abbondio non riesce invece che a essere una enorme caricatura.

Cosí, l'aria chiusa de *I Promessi Sposi* che Giovita Scalvini attribuiva a un "tempio che copre i fedeli e l'altare" non è quella della religione (anche nella *Divina Commedia* ci troviamo in un tempio, eppure vi respiriamo a pieni polmoni), bensí quello del conservatorismo del Manzoni, decadente come tutti i conservatorismi, affascinato dalla corruzione ma impotente a risolverla se non sul piano estetico. *I Promessi Sposi* sono una villa ottocentesca, non un tempio; e l'aria che vi si respira è quella della conservazione sociale non quella del dogma. Da questo conservatorismo decadente, da questo decadentismo conservatore, viene direttamente, come abbiamo già osservato, il realismo cattolico, ossia il tentativo di superare la corruzione con la propaganda.

Ma il Manzoni, come tutti i conservatori disinteressati e in buona fede, custodiva nel cuore il sogno di una vita diversa, incorrotta, pura, semplice, collocata fuori della storia, cioè innocua e in accordo con il suo conservatorismo. In questo sogno, a nostro parere, e non nel realismo cattolico, va ravvisato il contrappeso ideale della corruzione. Questo sogno trovò espressione nelle figure dei due protagonisti e nel mondo che essi rappresentano.

Abbiamo voluto serbarci per ultimi Renzo e Lucia perché, oltre ad essere forse le due figure piú belle e originali de *I Promessi Sposi*, essi sono anche la chiave della concezione manzoniana della vita, della società e della religione. Questi due personaggi non sono ricostruiti storicamente, saggisticamente, come Gertrude; sono presentati attraverso il loro agire come Don Rodrigo e l'Innominato; ma al contrario di Don Rodrigo e dell'Innominato, sono ben vivi e reali. Gli è che la malvagità di Don Rodrigo e dell'Innominato sono di testa; mentre le qualità e i difetti di Renzo e Lucia sono intuiti per simpatia. Quali sono queste qualità e questi difetti? Lucia è soave, dolce, discreta, pudica, riservata; ma anche, talvolta, leziosa, cocciuta, rustica, inclinata a compiacersi e a strafare nel senso di una perfezione di maniera. Renzo è schietto, onesto, coraggioso, pieno di buon senso, energico; ma anche, talvolta, melenso, avventato, violento. Come si può vedere da quest'insieme di qualità e di difetti il Manzoni ha voluto dipingere due figure di contadini che aveva probabilmente avuto il modo di osservare a lungo nella realtà, magari proprio in uno dei paesi del lago di Como, prima di ricrearle nell'arte. La sensibilità sociale del Manzoni, cosí sottile e cosí pronta, va ammirata una volta di piú in questi due personaggi umili nei quali sono visibili tutti i caratteri di una condizione inferiore senza però il distacco e la sufficienza che spesso si accompagnano a questo genere di rappresentazione. In realtà il Manzoni ha saputo vedere Renzo e Lucia con affetto; l'affermazione ben nota, alla fine del capitolo XV: "...quel nome per il quale anche noi sentiamo un po' d'affetto e di riverenza," non è una civetteria letteraria ma la pura verità. Questo affetto è una cosa nuova, originale; ai tempi del Manzoni, come del resto ai nostri, fare di due popolani gli eroi di un romanzo richiedeva infatti un salto qualitativo non indifferente, una capacità di idealizzazione potente. La novità dell'affetto del Manzoni per Renzo e Lucia si può valutare appieno pensando che bisogna arrivare fino al Verga per trovare un altro scrittore italiano che volga al popolo uno sguardo fraterno.

Intorno Renzo e Lucia, come intorno due idoli modesti ma davvero venerati, il Manzoni ha raggruppato tutte le cose che amava in cuor suo e contrapponeva alla società di Gertrude, di Don Rodrigo e del Conte Zio. Cioè alla sua società; e, in genere, alla società quale viene conformata dalla storia. Giacché la storia sembra essere nient'altro che corruzione al Manzoni; e Renzo e Lucia non sono corrotti appunto perché sono fuori della storia. L'identità storia-corruzione, antistoria-purezza si può notare soprattutto nei luoghi in cui il Manzoni mette uno dei due protagonisti, che sono puri perché fuori della storia, di fronte a un personaggio che è corrotto perché dentro la storia: Renzo e Azzeccagarbugli, Renzo e Don Abbondio, Renzo e Ferrer; ma soprattutto Lucia e Gertrude. Ecco veramente, in quest'incontro, il contrasto fondamentale de *I Promessi Sposi*, in tutta la sua forza e il suo significato: da un lato, la contadinella che "diventa rossa e abbassa la testa", dall'altro la giovane badessa lussuriosa e criminale che il Manzoni ci descrive in un ritratto tra i piú belli e forti di tutto il romanzo. Per una volta Gertrude non è posta di fronte a un personaggio secondario bensí al suo contrario. E basta paragonare l'incontro breve ma reale e verace tra Lucia e Gertrude con quello tutto eloquenza e maniera tra Lucia e l'Innominato per vedere che il vero contrasto tra il bene e il male ne *I Promessi Sposi* non è quello tra la santità della religione e l'empietà dei malvagi, come voleva il realismo cattolico, bensí tra la purezza naturale del popolo e la corruzione della storia e delle classi che fanno la storia.

Ad ogni modo Renzo e Lucia assolvono ne *I Promessi Sposi* la funzione di agenti catalizzatori intorno ai quali si raduna con spontaneità tutto ciò che il Manzoni amava e vagheggiava. Il Manzoni ha descritto orrori e terrori altrettanto e piú di Poe e con una sensibilità non troppo diversa; eppure, quando diciamo manzoniano indichiamo qualche cosa di assai differente dal macabro e dal terribile; qualche cosa di molle, di dolce, di idilliaco, di familiare, di affettuoso; qualche cosa che ci ricorda Virgilio e Petrarca; qualche cosa che nel romanzo prende, appunto, il nome di Renzo e Lucia. A Renzo e Lucia dobbiamo il Manzoni piú famoso dell'addio ai monti e della fuga verso l'Adda, il Manzoni dipintore dei paesaggi lombardi, il Manzoni creatore delle piú belle immagini e metafore del libro, il Manzoni poeta dell'intimità familiare, il Manzoni, infine, davvero religioso, non della religione del realismo cattolico ossia dèl Padre Cristoforo e del Cardinale Borromeo, ma della sua religione che è poi quella stessa dei due protagonisti. Il carattere del Manzoni di Renzo e Lucia, insomma, sia perché piú positivo e piú amabile di quello del Manzoni di Gertrude e della peste, sia perché piú rispondente alla sensibilità italiana, ha finito per prevalere su tutti gli altri; cosí da diventare quasi proverbiale e da avvalorare presso il pubblico l'immagine per lo meno incompleta di un Manzoni educativo, specchio fedele e tranquillo delle virtú cristiane e borghesi dell'Ottocento.

Cosí, definire e spiegare chi sono Renzo e Lucia, vuol

dire in fondo definire e spiegare il mondo ideale del Manzoni, con le qualità della sua sensibilità decadente e i limiti piuttosto angusti del suo signorile conservatorismo. Chi sono Renzo e Lucia? Sono due popolani, due operai. La loro vita è semplicissima sia perché sono poveri sia perché vivono in un paesino di campagna di poche case, una frazione diremmo oggi. Dunque, primo ideale: la vita povera, rustica, semplice, quasi sul filo dell'indigenza e dell'elementarità. La vita, cioè, priva di incombenze pubbliche, di responsabilità civili, di ambizioni politiche, di grattacapi finanziari, di pasticci cittadini di qualsiasi genere. La vita ridotta all'osso: il lavoro, la famiglia.

Ma nel paesino, nella frazione in cui vivono Renzo e Lucia c'è anche una chiesa: Renzo e Lucia sono religiosi. Dunque, oltre alla vita semplice, povera, rustica, anche l'ideale di una religione che è l'espressione diretta di questa vita. È stato detto fin troppo che la religione del Manzoni aveva un fondo giansenista; forse lo aveva nella vita, ma ne *I Promessi Sposi* non si nota. Infatti: la religione di Renzo e Lucia, che è poi quella del colto, aristocratico e intellettuale Manzoni, è una religione il piú lontano possibile dalla cultura, molto piú legata alla parrocchia che alla biblioteca. È la religione di due ignoranti che non sanno né leggere né scrivere; la religione, come è stato detto, degli umili; noi aggiungiamo: di due umili come Renzo e Lucia. Una religione del cuore non della testa, del sentimento piuttosto che della ragione. Una religione, del resto, molto moderna; la sola, infatti, che ancor oggi sia sentita e praticata con sincerità e abbandono dalle masse cattoliche di tutto il mondo.

Del resto, per rendersi conto di che cosa sia questa religione de *I Promessi Sposi*, basterà paragonarla, sempre tenendoci ai risultati estetici, a quella dell'Alighieri. Nella *Divina Commedia* la religione penetra dappertutto e non è imposta in nessun luogo. Cultura, politica, morale, società, costume, sono indistinguibili dalla religione. Invece ne *I Promessi Sposi*, parrebbe che la religione sia patrimonio

quasi esclusivo degli umili cioè degli incolti; ogni volta che
il Manzoni descrive le classi dirigenti ossia colte, la religione scompare, si direbbe che non ci sia mai stata. È, insomma, questa religione di Renzo e di Lucia ossia del Manzoni, una religione che ha rotto da molto tempo i rapporti
con la cultura. Cosí riesce facile al Manzoni svalutare con
la sua ironia corrosiva la politica (Guerra dei Trent'anni,
Don Consalvo da Cordoba, Ambrogio Spinola), la cultura
(caricatura di Don Ferrante), e in genere la storia. In tutt'altro autore meno artista, meno riflesso, meno complicato,
meno profondo del Manzoni, caricature come quella di Don
Ferrante, ragionamenti come quelli sulla Guerra dei Trent'anni, suonerebbero come proposizioni puramente reazionarie. E questo non tanto perché la cultura di Don Ferrante
non fosse davvero una farragine di superstizioni e di idee
sbagliate e la politica della Guerra dei Trent'anni non avesse
realmente aspetti assurdi, quanto perché il Manzoni sembra
inferirne che tutte le culture e tutte le politiche siano egualmente fallaci e superflue. Il Manzoni prende in giro Don
Ferrante perché studiava e leggeva libri falsi e aberranti;
e non sembra rendersi conto che Don Ferrante dopotutto
era una persona rispettabile appunto perché leggeva e studiava, sia pure libri falsi e aberranti. Parimenti, allorché il
Manzoni fa dell'ironia sulla Guerra dei Trent'anni, egli non
sembra rendersi conto che quella guerra non era che un riflesso della guerra di idee che in quel tempo dilaniava l'Europa e che doveva alla fine sboccare nell'affermazione dei
paesi della Riforma e nella rovina dell'Impero spagnolo.
Certamente, però, tutte queste cose non possono avere alcuna importanza se viste con gli occhi di due poveri contadinelli; soprattutto se viste attraverso gli occhiali della
loro semplice religione.

Osserviamo a questo punto che l'ideale della vita povera
e semplice, dell'ignoranza e della religione del cuore non
è tuttavia nel Manzoni cosí estremo e perciò rivoluzionario,
come, per esempio, l'evangelismo integrale e intransigente
di un Tolstoj. Il quale, come è noto, volle vivere quest'idea-

le fino in fondo, fino a farsi contadino e a lavorare i campi; mentre il Manzoni, come è altrettanto noto, nonostante la sua sincera simpatia per gli umili, non si fece umile e rimase tutta la vita oculato ed economo amministratore della sua proprietà. In realtà l'ideale del Manzoni, come abbiamo già osservato, ha limiti angusti dettati dal conservatorismo. È l'ideale del buon padrone che guarda con benevolenza, con affetto, con umanità ai semplici che lavorano per lui, ma non dimentica un sol momento che è il padrone. L'ideale, per dirlo con Manzoni stesso, del marchese erede di Don Rodrigo, il quale aveva abbastanza umiltà per mettersi al disotto di Renzo e di Lucia ma non per stare loro in pari. Insomma è un ideale reso del tutto innocuo perché mantenuto con grande fermezza dentro i confini di una determinata società che era poi quella stessa alla quale apparteneva il Manzoni.

Questa limitazione paternalistica e padronale si avverte in più punti ne *I Promessi Sposi* ogni volta che siano in scena Renzo e Lucia, oppure Agnese e altri umili, in una lievissima, quasi impercettibile ma ferma e precisa sfumatura di signorile distacco; specialmente, però, in quei luoghi in cui l'affetto del Manzoni si tempera di indulgente ironia. È caratteristico della sua complicata psicologia che dopo aver preso in giro la cultura in Don Ferrante, il Manzoni si valga di questa stessa cultura per prendere garbatamente in giro anche il povero Renzo che, lui, al contrario di Don Ferrante, di cultura non ne aveva affatto. È questa la sua maniera di limitare e rendere innocuo il proprio ideale; una maniera tipicamente padronale in quanto fondata sulla superiorità di una educazione migliore. Tutta la parte di Renzo per strada e all'osteria dopo i tumulti per la carestia, è giocata magistralmente su quest'ironia indulgente ma fortemente limitativa del buon padrone che vede uno dei suoi contadini alzare il gomito e dire una quantità di corbellerie su cose di cui non s'intende e che sono troppo grosse per lui. Qui e in altri luoghi analoghi, al Manzoni che idealizza gli umili, subentra il Manzoni che li vede come sono, beninteso secondo l'esperienza padronale.

Si viene così a uno dei caratteri, diciamolo francamente, piú sconcertanti del Manzoni. E la nostra perplessità è tanto piú forte in quanto questo carattere è legato proprio a Renzo e Lucia, cioè a quelli che abbiamo definito i due personaggi piú belli e originali del romanzo. Si è scritto sovente che la cosa migliore de *I Promessi Sposi* sono gli umili, ossia la simpatia del Manzoni per gli umili. Abbiamo già detto che concordiamo con questo giudizio; soltanto c'è umiltà e umiltà. C'è l'umiltà cristiana, virtú universale, comune cosí ai poveri come ai ricchi; e c'è invece l'umiltà servile, sociale, inferiore, la quale è propria ai poveri soltanto ed è il prodotto di antiche sopraffazioni e umiliazioni. Ora, non neghiamo affatto che il Manzoni abbia inteso esaltare quella prima umiltà nelle figure di Renzo, di Lucia, di Agnese e in genere di tutti i personaggi plebei; vorremmo soltanto che non la si confondesse con la seconda, la quale, purtroppo, c'è anch'essa e in misura maggiore di quanto non sia richiesto dalla verità poetica.

Continuamente, infatti, accanto alle espressioni dell'umiltà cristiana, troviamo, nei discorsi dei personaggi plebei de *I Promessi Sposi*, frasi che sembrano voler confermare la condizione di inferiorità, di soggezione e di oscurità. È Agnese: "A noi poverelli le matasse paion piú imbrogliate..." (cap. III); è Renzo: "noi altri poveri non sappiamo parlare" (cap. III); ancora Renzo: "da uno che aiuta veramente i poverelli" (cap. III); e poi ancora Agnese: "e noi poverelli non possiamo capir tutto" (cap. VI); e di nuovo Agnese: "ma mi perdonerà se parlo male, perché noi siam gente alla buona" (cap. IX); e Lucia: "noi povere donne" (cap. IX); Renzo: "com'era contento di trovarsi con la povera gente" (cap. XIV); Renzo: "E ordinare a' dottori che stiano a sentire i poveri" (cap. XIV); Renzo: "e dormire da povero figliuolo" (cap. XIV); Renzo: "le parole che dice un povero figliuolo" (cap. XIV); Renzo: "vogliono imbrogliare un povero figliuolo, che non abbia studiato" (cap. XIV); Renzo: "mettere in carta un povero figliuolo" (cap. XIV); Lucia: "Il padrone [cioè l'Innominato che l'ha fatta rapire] me l'ha promesso, ha detto: domattina. Dov'è il padrone?" (cap. XXIV); il sarto: "un signore di quella sorte, come un curato" (cap. XXIV); Agnese: "i poveri ci vuol poco a farli apparire birboni" (cap. XXIX); e tanti altri luoghi. Queste frasi che fecero dire a Gramsci che "il carattere 'aristocratico' del cattolicismo manzoniano appare dal 'compatimento' scherzoso verso le figure di uomini del popolo"; e nelle quali, come abbiamo accennato, si direbbe che il Manzoni si studi, per la loro stessa bocca, di rimettere i personaggi umili, come si dice, al loro posto; sono indicative di un certo contegno costantemente attribuito a tutti quei medesimi personaggi. E qual è questo contegno? È presto detto: è un contegno di soggezione rassegnata, di inferiorità quasi compiaciuta, di sottomissione indiscussa. È il contegno di una plebe assolutamente priva di orgoglio se non di dignità, prosternata letteralmente di fronte ai potenti; ma quali potenti. Perché uno dei tratti piú curiosi e significativi del Manzoni è anche questo: di creare i suoi umili pieni di rispetto verso i potenti, e al tempo stesso di dipingere questi potenti come del tutto indegni di rispetto.

Sempre a proposito di questo atteggiamento del Manzoni verso gli umili, vogliamo ricordare l'episodio della visita del Cardinale Borromeo nella casa del sarto che ospita Agnese e Lucia. È un aneddoto molto grazioso, una pittura di genere di quelle che riuscivano sempre molto bene al Manzoni, perché vi trovava espressione il suo garbato e sottile umorismo. Dunque il Cardinale visita le due donne in casa del sarto; quest'ultimo, che ci è descritto come un brav'uomo un po' infatuato, ha in mente tutto un discorso che vorrebbe fare al Cardinale; ma una volta in presenza del Borromeo, si impappina e non riesce a pronunziare che un insulso "si figuri". Come abbiamo detto, l'aneddoto è assai grazioso e raccontato con molto garbo; tuttavia a un esame piú attento non si può non notare che l'umiltà dell'umile e la potenza del potente vi sono come ribadite e confermate. In altre parole l'aneddoto sottolinea la soggezione del sarto di fronte al Cardinale, attribuendogli, oltre all'inferiorità sociale anche quella morale e intellettuale. Ora noi sappiamo che non è molto illuminante paragonare al Manzoni uno scrittore cosí divertente come il Boccaccio; purtuttavia non resistiamo alla tentazione di ricordare, di contro alla storiella del sarto manzoniano, quella novella del *Decameron* in cui è narrata la storia di Cisti il fornaio che in una situazione analoga fa vergognare un potente con un bel detto; o quella del palafreniere del Re Agilulf che si considera tanto poco inferiore al Re medesimo da riuscire, con un raggiro ingegnoso, a giacere con la Regina. Perché questo confronto? Perché mentre il Manzoni pare quasi compiacersi nel confermare che i poveri sono anche inferiori, il Boccaccio invece non ha paura di mostrarci, sotto la scorza variopinta dell'importanza sociale, il nocciolo grigio dell'eguaglianza umana. Probabilmente l'asservimento della plebe era maggiore al tempo del Boccaccio che cinque secoli piú tardi, al tempo del Manzoni. Ma nella mente del Boccaccio c'era piú democrazia che in quella del Manzoni.

Cosí il realismo cattolico non si contenta di predicarci una religione di maniera ma ci presenta un mondo sociale fatto a sua immagine e somiglianza. Ed è il realismo cattolico, infine, che dètta, per bocca di Renzo, la morale finale de *I Promessi Sposi*: "ho imparato a non mettermi nei tumulti... a non predicare in piazza." Morale certamente non cristiana: Gesú, lui, non aveva imparato a non mettersi nei tumulti, a non predicare in piazza. Si mise, invece, nei tumulti, predicò in piazza; e il resto è noto.

A questo punto qualcuno ci domanderà perché mai siamo andati a cercare proprio il Manzoni per parlare del realismo cattolico o meglio del realismo socialista, ossia dell'arte di propaganda quale è intesa nei tempi moderni. Rispondiamo che siamo andati a cercare il Manzoni appunto perché è un artista di tale grandezza. L'arte di propaganda degli artisti moderni è infatti cosí scadente che c'è sempre il pericolo di sentirsi rispondere che la colpa non è tanto della propaganda quanto della nativa mediocrità degli artisti. Ma ecco il Manzoni, un artista tra i maggiori di tutti i tempi; eppure, nonostante le risorse del suo ingegno, davvero infinite se paragonate a quelle degli scrittori del realismo socialista, l'arte di propaganda, perseguita alla maniera moderna non con i procedimenti dell'eloquenza ma con le rappresentazioni della poesia, produce in lui gli stessissimi effetti.

Si obietterà che non ci sono romanzieri senza ideologia e che, di conseguenza, tutti i romanzieri fanno in certo modo dell'arte di propaganda moderna, ossia poetica. Ma noi distinguiamo i romanzieri la cui ideologia è una creazione originale, priva di rapporti anche indiretti con le situazioni sociali, politiche e religiose, da quelli che, invece, quale che ne sia la causa, accettano l'ideologia preesistente di qualche istituto o partito o società o religione. E l'accettano non tanto perché essa sia nella realtà che descrivono, il che potrebbe in parte spiegarne l'accettazione, quanto perché vorrebbero che ci fosse. L'ideologia eroica di Stendhal, l'ideologia cristiano-decadente di Dostoevskij, tanto per fare due soli esempi, sono creazioni originali di quei due scrittori; sarebbe molto difficile immaginare un mondo reale retto praticamente da quelle due ideologie. Ma l'ideologia del realismo cattolico del Manzoni, quella del realismo socialista degli scrittori sovietici non hanno niente di originale, sono le ideologie ortodosse di una religione come quella cattolica, di un partito politico come quello comunista; ed è purtroppo molto facile immaginare un mondo retto praticamente da esse. La differenza è sostanziale. Stendhal e Dostoevskij ci propongono l'ideologia in maniera disinteressata, come ci proporrebbero un paesaggio; Manzoni e gli scrittori del realismo socialista invece cercano di imporcela. Il disagio oscuro di cui abbiamo parlato all'inizio viene dunque dal sospetto di una sopraffazione.

Cosí queste note non vogliono essere niente di piú che una

difesa della poesia a cominciare da quella del Manzoni. E non ci si venga a dire che la poesia non corre alcun pericolo. Essa corre invece il maggior pericolo che l'abbia insidiata in tutti i tempi. Ai giorni nostri, infatti, il totalitarismo non chiede piú la decente oratoria, chiede la poesia. Il Manzoni, con il suo capolavoro, ci ha invece dimostrato, sia pure involontariamente, che il totalitarismo antistorico non può ottenere che l'arte di propaganda; e che l'arte di propaganda, essendo fuori della storia, non è poesia.

(1960)

EROTISMO IN LETTERATURA

L'erotismo nella letteratura moderna non rassomiglia né all'erotismo della letteratura pagana né a quello delle letterature successive; se mai piú al primo che al secondo, ma con questa differenza, che l'erotismo della letteratura pagana ha tutta l'innocenza, la brutalità e la compattezza di una natura che il senso cristiano del peccato non ha ancora divisa e rivolta contro se stesso; mentre l'erotismo della letteratura moderna non può non tener conto dell'esperienza cristiana.

In altri termini l'erotismo della letteratura moderna nasce non già da una situazione di natura, bensí da un processo di liberazione da preesistenti divieti e tabú. La libertà dei pagani era un fatto inconsapevole, ingenuo; quella dei moderni è invece recuperata, ritrovata, riconquistata. In compenso l'erotismo della letteratura moderna ha o dovrebbe avere il carattere proprio agli argomenti che non fanno scandalo né spicco, che sono, insomma, normali; intendendo con questa parola la trasformazione del fatto sessuale in qualche cosa di scientificamente noto e di poeticamente valido e per questo insignificante dal punto di vista etico.

Da questo deriva o dovrebbe derivare che per la prima volta dopo le letterature pagane, il sesso diventa materia di poesia senza che ci sia bisogno di ricorrere ai puntelli dei simboli, alle mascherature della metafora. Per la prima volta dopo molti secoli oggi si può rappresentare direttamente, esplicitamente, realisticamente e poeticamente in un'opera letteraria il fatto sessuale ogni volta che l'opera stessa lo renda necessario. A questo punto qualcuno domanderà: ma è proprio necessario parlare del fatto sessuale? E quando è necessario? Rispondiamo che non sempre è necessario parlare del fatto sessuale come non è sempre necessario parlare di questioni sociali o di avventure africane; ma che quando è necessario, poiché oggi non sussistono piú i tabú e i divieti che lo impedivano, tacerne, non è piú, come un tempo, una questione morale, bensí una insufficienza espressiva. Per fare un esempio: lo scrittore che oggi non parla del fatto sessuale, quando l'argomento del proprio libro lo rende necessario, si comporta come il cittadino che si astiene dal parlare di politica in tempo di democrazia, dopo che la dittatura che aveva sinora proibito di parlarne è caduta definitivamente. Naturalmente, ripetiamo, non è affatto necessario parlare del fatto sessuale; ma è necessario parlarne, quando, ci si perdoni il bisticcio, è necessario.

Il nostro obiettore allora domanderà perché mai sembra essere cosí spesso necessario parlare del fatto sessuale nella letteratura moderna. A questo rispondiamo con molta semplicità che il sesso, nel mondo moderno, è sinonimo dell'amore; e chi potrebbe negare che l'amore non sia un argomento molto frequente nelle letterature di tutti i tempi e di tutti i luoghi?

Ma come mai, dirà ancora qualcuno, l'amore nella letteratura moderna si è trasformato in sesso, ossia ha perduto il carattere indiretto, metaforico, idealizzato che aveva nel passato e ha finito per identificarsi con l'atto sessuale? Le ragioni di questa identificazione sono molte; la principale, come abbiamo già accennato, è la caduta dei tabú e dei divieti che troppo spesso determinavano, in maniera artificiosa, false idealizzazioni del fatto erotico.

Questi tabú e questi divieti soltanto apparentemente erano di origine cristiana; in realtà il cristianesimo si limitò a consigliare la castità. Probabilmente tabú e divieti erano invece il risultato di una lenta involuzione di specie sociale;

involuzione non tanto diversa da quella che, per esempio, si nota nei rapporti di classe di certe società occidentali.

Comunque la caduta di questi tabú e divieti è stata soprattutto provocata dalle cosiddette psicologie del profondo, ossia dalla psicanalisi e dalle scienze psicologiche affini. Le scoperte delle psicanalisi hanno avuto un duplice importantissimo risultato: da una parte hanno infranto i tabú; dall'altra hanno sollevato il fatto sessuale dall'ignominia nella quale, a causa dei tabú, era precipitato e l'hanno ricollocato tra i pochi modi di espressione e di comunione di cui disponga l'uomo.

Il fatto sessuale nella letteratura moderna è o dovrebbe dunque essere non piú la tentazione diabolica degli asceti medievali né la delizia quasi gastronomica delle borghesie ottocentesche, bensí quale esso si rivela allorché si riesce a separarlo cosí dall'orrore moralistico come dall'edonismo volgare: un'azione di inserimento in un ordine cosmico e sovrumano. Inteso da questo punto di vista il fatto sessuale è effettivamente qualche cosa di piú alto, di piú misterioso e di piú completo dell'amore; specie se s'interpreta l'amore come il semplice rapporto fisico-sentimentale tra l'uomo e la donna.

(1961)

NIENTE E COSÍ SIA

Uno dei caratteri piú significativi della letteratura americana moderna è l'incapacità di molti scrittori d'oltrepassare, arricchire e sviluppare il mondo della loro adolescenza e prima giovinezza. La partenza dello scrittore americano è sovente splendida: candore, coraggio, curiosità, senso dell'avventura, avidità d'esperienza; purtroppo però ad un massimo di carica vitale corrisponde non di rado un minimo di bagaglio culturale. In altri termini la fiducia nella vita s'accompagna con una sfiducia nelle risorse della cultura la quale non potrebbe, secondo lo scrittore americano, non snaturare e appesantire l'immediatezza e autenticità dell'esperienza diretta. Naturalmente quest'atteggiamento è anch'esso un fatto di cultura: sia pure d'una cultura minore, degradata e antiumanistica.

Il risultato di questa sfiducia nella cultura è che lo scrittore americano per lo piú si limita a raccontare la propria giovinezza; la quale per lui è un capitale d'ispirazione da spendere subito, senza pensare ad investimenti fruttuosi che gli assicurino una tranquilla vecchiaia. Fuori di metafora, rare sono negli Stati Uniti carriere letterarie del genere di quelle di un Thomas Mann o di un André Gide che fino agli ultimi giorni della loro vita svilupparono un discorso cominciato cinquant'anni addietro; lo scrittore americano, dopo aver esordito con un paio di libri, si limita per lo piú a riscriverli, sempre piú cadendo nella maniera e nell'imitazione di se stesso. Egli sembra, cioè, incapace di sviluppare i propri temi abbandonandone via via le parti esaurite e caduche e facendo frondeggiare e fiorire quelle vigorose e durevoli. Volendo risalire dallo scrittore alla civiltà alla quale appartiene, si potrebbe quasi dire che lo scrittore americano imita suo malgrado la produzione industriale in serie che è il carattere dominante dell'economia del suo paese: a partire da un prototipo creato in gioventú, egli continua tutta la vita con una produzione in serie ricalcata su quel prototipo originario. Qual è il motivo di questa fatalità? Si deve subito notare che in passato scrittori come Emily Dickinson o Herman Melville continuarono fino alla morte a scrivere in maniera originale sempre nuova e sempre fresca, senza mai cadere nella maniera e nell'imitazione di se stessi. Cosí si riporta l'impressione che lo scrittore in America non riesce oggi a sottrarsi alla generale alienazione della società degli Stati Uniti: dopo una ingannevole freschezza giovanile, egli rispecchia sempre piú, nella meccanizzazione crescente della propria opera, la meccanizzazione piú generale della società per cui scrive.

Ci siamo accorti d'aver tratteggiato senza volerlo, in queste osservazioni, quasi un profilo di Ernest Hemingway. Lo scrittore americano era nostro contemporaneo, e la morte lo ha colto in età ancora giovane; eppure la sua opera, appunto a causa dell'infantile e precoce arresto di sviluppo che abbiamo or ora descritto, è una delle piú scontate e anacronistiche rispetto al nostro tempo e per questo anche una delle piú classiche e indiscutibili.

Donde veniva Hemingway? In origine, veniva dalla "frontiera" ossia dalla maniera di concepire la vita che era stata propria ai gruppi sociali americani spostati verso l'ovest cioè verso i grandi spazi ancora spopolati da conquistare e colonizzare. Strano a dirsi, questa concezione tutto sommato sana, giovanile, coraggiosa e schietta, attraverso Hemingway doveva rivelarsi affine e fraterna a quanto di piú raffinato, stanco e corrotto si stava elaborando in quegli anni nella vecchia Europa, vogliamo dire al decadentismo nella sua accezione piú superficiale e piú esasperata, lo stesso decadentismo che, non bastando la letteratura, doveva sfociare piú tardi nel costume e nella politica attraverso i canali del dannunzianesimo e del nazismo. Quanto dire che Ernest Hemingway, il giovanotto sportivo e spavaldo di Chicago, nella grande famiglia letteraria era parente stretto di due figure cosí diverse come D'Annunzio e Malraux. Piú indietro si poteva risalire facilmente a Teodoro Roosevelt, anche lui gran cacciatore, esploratore e uomo d'azione; e magari a Byron nuotatore nell'Ellesponto, carbonaro in Italia, patriota in Grecia. Invece Hemingway non aveva niente da spartire con un Proust che purtuttavia era suo contemporaneo. Abbiamo citato Proust per situare Hemingway. Il romanziere francese, infatti, sfugge al decadentismo proprio per la sua fiducia nella cultura; la sua opera si tiene lontana dalle tentazioni decadenti cosí superficiali e cosí nuove grazie al suo carattere umanistico, saggistico, moralistico. La memoria è la ragione recuperata, la vita riordinata, la razionalità mai tradita. Proust è l'ultimo dei grandi realisti europei; Hemingway appartiene invece all'ondata irrazionalistica dei Lawrence e dei Malraux.

Forse niente potrà meglio illuminare la figura di Hemingway come il paragone con D'Annunzio e Malraux. Che cosa ha in comune Hemingway con questi due scrittori? Cominciando con D'Annunzio, egli ha in comune con il poeta di Pescara l'ambizione di creare il mito di se stesso, ossia d'edificare non soltanto con la letteratura ma anche e soprattutto con una scelta tendenziosa di modi d'azione (corride, cacce grosse, guerra civile, guerra mondiale, rivoluzione) un piedistallo al proprio monumento mitologico. Questo mito di se stesso sopravvive alla creatività letteraria; lo scrittore è già morto e imbalsamato cosí a Gardone come a Cuba; ma l'uomo d'azione continua a sparare cannonate o a cacciare i leoni, a fare della politica o a partecipare alla guerra. Naturalmente il mito è molto esigente: D'Annunzio deve viverlo fino alla fine cioè fino alla ridicolaggine e all'imbecillità; Hemingway piú moderno e meno retorico, fino al suicidio in bellezza, con una pallottola per la caccia grossa nella tempia. Che cosa rimane di questi miti nonostante la sincerità indubbia cosí di D'Annunzio come di Hemingway? Niente, meno di niente; essi sono fatti per le masse e le masse li dimenticano appena ne sorgano degli altri piú moderni e piú seducenti.

Il paragone con Malraux implica invece un esame della tematica di Hemingway. Malraux nella vita non è un istrione come D'Annunzio, bensí un intellettuale europeo terribilmente serio, una specie di Raskolnikov parigino. Con Malraux, Hemingway, dunque, ha in comune l'ambizione d'interpretare e vivere i grandi movimenti rivoluzionari moderni in chiave individualistica, superomistica, niciana. Malraux esordisce con l'avventura d'un furto di statue preziose in fondo alla foresta dell'Indocina, passa attraverso il comunismo staliniano, finisce come ministro di de Gaulle: in lui la parabola dal decadentismo al nazionalismo di tipo fascista è completa. Hemingway meno coerente e meno razionale, piú artista e piú volubile, si ferma a metà: tenta d'inserire il suo individualismo da cow-boy innamorato del coraggio e della morte nella rivoluzione spagnola, fallisce e si ritira in tempo a vita privata. Ora perché il fallimento cosí di Malraux come di Hemingway? Perché l'idea che la rivoluzione fosse un'avventura come tante altre era fondamentalmente sbagliata. La rivoluzione non era un'avventura benché tra le sue file ci fossero degli avventurieri ed essa fosse spesso avventurosa; era invece la lotta per un ordine spietato e senza fantasia, come si vide benissimo negli sviluppi dello stalinismo. Naturale perciò che il marxismo di Hemingway, non piú che una spolveratura da manuale popolare, evaporasse al piú presto dopo il tentativo infelice di *To have and have not* (*Avere e non avere*). Hemingway scrisse tuttavia *Per chi suona la campana*, la sua opera piú ambiziosa e piú diligente, nella quale il decadentismo e la mancanza d'idee si rivelavano in episodi crudeli e in personaggi convenzionali; quindi se ne tornò al di là dell'Atlantico. L'Africa (*The green hills of Africa*, *Verdi colline d'Africa*); non fu che un intermezzo, il ritorno in Italia dopo la seconda guerra mondiale (*Across the river and into the trees*), un fiasco. Finalmente in un brutto libro che ebbe un immenso successo: *The old man and the sea*, (*Il vecchio e il mare*), Hemingway sembrò riattingere ai motivi originari della letteratura americana e suoi. Hemingway con *Il vecchio e il mare* aveva voluto scrivere il suo *Moby Dick*. In realtà aveva imitato se stesso diligentemente, pedissequamente, manieratamente.

I suoi libri migliori, lontanissimi da noi eppure belli, i soli che ci piacciano e che rileggiamo volentieri, nei quali traluce una realtà non falsificata e che hanno conservato intatto il fascino della sua prosa infantilmente unidimensionale e spavalda, all'apparenza semplice e ordinata, in realtà piena di poetica ambiguità (non c'è ombra di razionalità nella prosa di Hemingway, chiunque abbia provato a tradurla, sa che va in pezzi e che occorre rifarla tutta da capo), luminosa e sempre un tantino convenzionale, i suoi libri che sopravvivranno come esempi dell'ideale letterario di tutta un'epoca, Hemingway li scrisse tra il 1920 e il 1930 e sono in tutto due romanzi *The sun also rises* (*Fiesta*), *A farewell to arms* (*Addio alle armi*) e il volume di racconti *The first 49 stories* (*I quarantanove racconti*). La semplicità o meglio la mancanza di idee di Hemingway ne fanno uno scrittore di racconti piuttosto che di romanzi. Hemingway è stato il creatore di quella particolare maniera di narrare al tempo stesso lirica e autobiografica che, in Italia, poi, attraverso succe modificazioni, si chiamò neorealismo.

In *A farewell to arms* l'inclinazione di Hemingway alla creazione del mito di se stesso si fonde naturalmente con il rifiuto del romanzo tradizionale dotato d'intreccio, personaggi, psicologia, conflitti. In questo romanzo che racconta la sua esperienza in Italia, come in *The sun also rises* il quale descrive il soggiorno di un gruppo di americani in Spagna, e in *Men without women* che è una raccolta di novelle sullo sport e sui campioni sportivi, Hemingway disegnò una sua morale e un suo eroe che poi ripeterà in tutti i libri successivi: la morale del coraggio fisico ossia della capacità o incapacità di fronteggiare con intrepidezza l'avversario che è via via il pugilista, il leone, il toro, il soldato nemico, la morte; e l'eroe del nomadismo intellettuale americano ossia il corrispondente di guerra, il cacciatore, il giornalista, il viaggiatore. Il coraggio fisico non è che la sublimazione infantile e puritana dell'energia sessuale ed è forse per questo che le figure di donne, nell'opera di Hemingway, sono tutte cosí convenzionali, un po' come quelle di Kipling, altro scrittore del coraggio fisico, col quale egli presenta alcune affinità. Quanto all'eroe, sembrò per un momento che fosse un personaggio stendhaliano strenuo e avventuroso; in realtà è un uomo dai nervi deboli, sempre alla caccia di sensazioni e distrazioni nuove, il quale agisce come beve e beve come agisce, per nascondersi il nulla che è in lui e intorno a lui. I famosi dialoghi di Hemingway ancor prima che un'invenzione letteraria sono l'espressione diretta di questa desolazione dell'azione separata da qualsiasi significato e da qualsiasi giustificazione, la loro eleganza non è un fatto stilistico, come hanno creduto tanti imitatori, bensí etico. Cosí se è vero, come sembra esser vero, che Hemingway s'è ucciso, varrà forse la pena di ricordare il suo racconto: *A clean, well-lighted place*, (*Un posto pulito, illuminato bene*) nel quale due baristi parlano appunto d'un vecchio cliente che ha tentato giorni addietro d'uccidersi:

"La settimana scorsa ha tentato di uccidersi," disse uno dei baristi.
"Perché?"
"Perché era disperato."
"Disperato per quale motivo?"
"Per nessun motivo."
"Come fai a sapere che era per nessun motivo?"
"È pieno di soldi."

Piú tardi il vecchio se ne va, uno dei baristi va a dormire e l'altro, rimasto solo, recita a se stesso la preghiera per la notte: "Nostro niente che sei nel niente, niente sia il tuo nome e il tuo regno, niente la tua volontà in niente come è in niente..." e cosí sia. Hemingway aveva scritto il racconto nella sua fiduciosa gioventú. Ma secondo la tradizione della letteratura americana moderna, egli non seppe né arricchire né sviluppare quel suo primo ingenuo nichilismo. Cosí, davvero, si può dire di lui che è morto com'era vissuto.

(1961)

"*Ricordo de* Gli Indifferenti" *è stato pubblicato su* Nuova Europa *nel 1945;* "*Machiavelli*" *nel* III Quaderno dell'Associazione culturale italiana *(1950);* "*Boccaccio*" *nel volume* Il trecento, *Firenze, 1953. Su* Nuovi Argomenti *sono apparsi* "*L'uomo come fine*" *(1954),* "*Erotismo in letteratura*" *(1961).* "*Pavese decadente*" *è apparso sul* Corriere della Sera *nel 1954;* "*Niente e così sia*" *sull'*Espresso *nel 1961.* "*Monaldo Leopardi*", "*Passeggiate romane*", "*Alessandro Manzoni o l'ipotesi di un realismo cattolico*" *sono apparsi rispettivamente come prefazioni dei seguenti volumi:* M. Leopardi, Viaggio di Pulcinella, *Roma, 1944;* Stendhal, Passeggiate romane, *Firenze, 1956; A.* Manzoni, I promessi sposi, *Torino, 1960.*

CRONOLOGIA

1907

Alberto Pincherle nasce a Roma il 28 novembre in via Sgambati. Il padre Carlo Pincherle Moravia, architetto e pittore, era di famiglia veneziana. La madre, Gina de Marsanich, di Ancona. La famiglia aveva già due figlie, Adriana e Elena. Nel 1914 nascerà un altro figlio, Gastone, il quale morirà a Tobruk nel 1941. Alberto Pincherle "ebbe una prima infanzia normale benché solitaria".

1916-1925

All'età di nove anni si ammala di tubercolosi ossea, malattia che gli dura, con alternative di illusorie guarigioni e ricadute, fino a sedici anni.

Moravia parlando di questa malattia disse "che è stato il fatto più importante della mia vita". Passa cinque anni a letto: i primi tre a casa (1921-1923), gli ultimi due (1924-1925) nel sanatorio Codivilla di Cortina d'Ampezzo. Durante questo periodo i suoi studi sono irregolari, quasi sempre a casa. Frequenta, un anno soltanto, a Roma, il ginnasio "Tasso", più tardi vi ottiene "a mala pena" la licenza ginnasiale, "solo mio titolo di studio". Per compensare l'irregolarità degli studi, legge molto. Al sanatorio Codivilla si abbona al Gabinetto Vieusseux di Firenze. "Ricevevo un pacco di libri ogni settimana e leggevo in media un libro ogni due giorni." In quel periodo scrive versi, in francese e in italiano, che definirà bruttissimi, e studia con ostinazione il tedesco. L'inglese lo sapeva già.

1925-1929

Nel 1925, definitivamente guarito, lascia il sanatorio Codivilla e si trasferisce a Bressanone, in provincia di Bolzano, in convalescenza. A causa di un apparecchio ortopedico che porta per alcuni anni cammina con le grucce. Legge molto: prima del sanatorio aveva già letto Dostoevskij,

Delitto e castigo e *L'idiota* (che gli erano stati regalati da Andrea Caffi), Goldoni, Manzoni Shakespeare, Molière, Ariosto, Dante. Dopo il soggiorno in sanatorio, legge *Una stagione all'inferno* di Rimbaud, Kafka, Proust, i surrealisti francesi, Freud e l'*Ulisse* di Joyce, in inglese.

Nell'autunno del 1925 cessa del tutto di comporre versi e inizia la stesura de *Gli indifferenti*. Si dedica al futuro romanzo per tre anni, dal 1925 al 1928, essendo "ormai troppo indietro per continuare gli studi".

La salute ancora fragile lo porta a vivere in montagna passando da un luogo all'altro, sempre in albergo.

Nel 1926 incontra Corrado Alvaro che lo presenta a Bontempelli. Nel 1927 pubblica la sua prima novella, *Cortigiana stanca*, nella rivista "900" che Bontempelli aveva fondato un anno prima. La novella uscì in francese con il titolo *Lassitude de courtisane*, perché la rivista veniva allora stampata in edizione bilingue italiana e francese.

1929

Gli indifferenti dovevano uscire presso l'editore della rivista "900": "I novecentisti (Marcello Gallian, Aldo Bizzarri, Pietro Solari, Paola Masino, Margherita Sarfatti) si erano impegnati con Bontempelli a scrivere ciascuno un romanzo. Ma il solo che scrisse un romanzo fui io. Però l'editore di '900' che avrebbe dovuto pubblicare i nostri romanzi rifiutò il mio, dopo averlo letto, con la motivazione poco lusinghiera che era una 'nebbia di parole'".

Moravia parte per Milano per portare il romanzo a Cesare Giardini, allora direttore della casa editrice Alpes (il cui presidente era Arnaldo Mussolini). Pensando a una risposta in breve tempo, soggiorna a Stresa sul Lago Maggiore per un mese. Poi non avendo ricevuto risposta torna a Roma. Lì dopo sei mesi riceve una lettera "entusiasta" di Giardini, seguita poco dopo da una richiesta di pagare le spese dell'edizione: "non è possibile – scriveva Giardini – presentare in consiglio d'amministrazione un autore completamente ignoto". Moravia si fa prestare 5000 lire dal padre e fa uscire il romanzo nel luglio del 1929.

Il libro ebbe molto successo: la prima edizione di 1300 copie fu esaurita in poche settimane e fu seguita da altre quattro fra il 1929 e il 1933. Il libro poi venne ripreso dalla casa editrice Corbaccio dell'editore Dall'Oglio che ne pubblicò 5000 copie.

La critica reagì in modi diversi: Borgese, Pancrazi, Solmi furono molto favorevoli; Margherita Sarfatti sul "Popolo d'Italia" recensì il libro con grande simpatia, pur avanzando riserve d'ordine morale che accomunarono tutti coloro che si occuparono del libro. Sempre nel 1929 s'intensificarono le sue collaborazioni su riviste: Libero De Libero gli chiede di scrivere per "Interplanetario". Moravia vi pubblicherà alcuni racconti tra cui *Villa Mercedes* e un brano de *Gli indifferenti* che era stato omesso al momento della pubblicazione del volume e che s'intitola *Cinque sogni*.

1930-1935

Continua a scrivere novelle: *Inverno di malato* è pubblicata nel 1930 su "Pegaso", rivista diretta da Ojetti.

Incomincia a viaggiare e a scrivere articoli di viaggio su vari giornali: per "La Stampa", allora diretta da Curzio Malaparte, va in Inghilterra dove incontra Lytton Strachey, E.M. Forster, H.G. Wells, Yeats. Fra il 1930 e il 1935 soggiorna a Parigi e a Londra. "Frequentavo sporadicamente a Versailles il salotto letterario della principessa di Bassiano, cugina di T.S. Eliot, allora editrice della rivista 'Commerce', più tardi, a Roma, di 'Botteghe oscure'. Mi era stata presentata dal mio amico Andrea Caffi. Nel salotto incontravo Fargue, Giono, Valéry e tutto il gruppo destinato a chiamarsi 'Art 1926'."

I suoi rapporti con il fascismo peggiorano.

Nel 1933 Moravia fonda con Pannunzio la rivista "Caratteri" (ne usciranno quattro numeri). "Feci collaborare molti scrittori poi divenuti noti tra i quali Landolfi e Delfini." Nello stesso anno insieme con Pannunzio fonda la rivista "Oggi", destinata attraverso vari passaggi a divenire l'attuale testata omonima.

Nel 1935 escono *Le ambizioni sbagliate*, un libro al quale lavorava da ben sette anni: "in questo romanzo c'erano senz'altro cose sentite e autentiche ma in complesso vi mancava il carattere spontaneo e necessario che avevano avuto *Gli indifferenti*". E infatti il libro, oltre a non avere successo, venne ignorato dalla critica per ordine del Ministero della Cultura Popolare.

Moravia passa da "La Stampa" alla "Gazzetta del Popolo".

1935-1939

Per allontanarsi da un paese che incomincia a rendergli la vita difficile, Moravia parte per gli Stati Uniti. È invitato da Giuseppe Prezzolini alla Casa Italiana della Cultura della Columbia University di New York. Vi rimane otto mesi, tenendovi tre conferenze sul romanzo italiano, discutendo di Nievo, Manzoni, Verga, Fogazzaro e D'Annunzio. Parentesi di un mese in Messico. Breve ritorno in Italia dove scrive in poco tempo un libro di racconti lunghi intitolato *L'imbroglio*. Il libro fu proposto alla Mondadori che lo rifiutò. Moravia allora incontrò Bompiani e glielo propose. L'editore si consultò con Paola Masino che fu favorevole alla pubblicazione. Iniziò così una collaborazione praticamente ininterrotta con la casa editrice milanese.

Nel 1936 parte in nave per la Cina (vi rimarrà due mesi). Compra a Pechino *The Waste Land* di T.S. Eliot. Cerca di avere un visto per la Siberia e Mosca ma non l'ottiene.

Nel 1937 vengono assassinati in Francia Nello e Carlo Rosselli, cugini di Moravia.

Nel 1938 parte per la Grecia dove rimarrà sei mesi. Incontra saltuariamente Indro Montanelli.

1939-1944

Torna in Italia e vive ad Anacapri con Elsa Morante che ha incontrato a Roma nel 1936 e che sposa nel 1941. Il matrimonio venne celebrato da padre Tacchi-Venturi, testimoni Longanesi, Pannunzio, Capogrossi e Morra.

Nel 1940 pubblica una raccolta di scritti satirici e surrealisti intitolata *I sogni del pigro*.

Nel 1941 pubblica un romanzo satirico, *La mascherata*; "basato da una parte su un mio viaggio al Messico e dall'altra sulla mia esperienza del fascismo", il romanzo mette in scena "un dittatore coinvolto in una cospirazione provocatoria organizzata dal suo stesso capo della polizia". Il libro, che aveva ottenuto il nulla osta di Mussolini, fu sequestrato alla seconda edizione. Moravia cerca di far intervenire, a favore del libro, Galeazzo Ciano, allora Ministro degli Esteri. "Questi prese il libro dicendo che lo avrebbe letto durante un viaggio che stava per intraprendere. Andava a Berlino, da Hitler. Non se ne seppe più niente." In seguito alla censura de *La mascherata* non poté più scrivere sui giornali se non con uno pseudonimo. Scelse quello di Pseudo e sotto questo nome collaborò frequentemente alla rivista "Prospettive" diretta da Curzio Malaparte.

Nel 1942 scrive *Agostino* che verrà pubblicato nel 1943 a Roma presso la casa editrice Documento, da un suo amico, Federico Valli, in un'edizione di 500 copie con due illustrazioni di Renato Guttuso; l'edizione era limitata perché l'autorizzazione alla pubblicazione era stata negata. Poco dopo, "fu diramata una 'velina' con l'ingiunzione di non farmi scrivere più affatto". E contemporaneamente gli si impedisce di lavorare per il cinema, sua unica fonte di guadagno: infatti due sceneggiature, entrambe scritte per Castellani, *Un colpo di pistola* e *Zazà*, non portano la sua firma. Durante i 45 giorni, collabora al "Popolo di Roma" di Corrado Alvaro. "Poi il fascismo tornò con i tedeschi e io dovetti scappare perché fui informato (da Malaparte) che ero sulle liste della gente che doveva essere arrestata." Fugge con Elsa Morante verso Napoli ma non riesce a varcare il fronte e deve passare nove mesi in una capanna, presso Fondi, tra sfollati e contadini. "Fu questa la seconda esperienza importante della mia vita, dopo quella della malattia, e fu un'esperienza che dovetti fare per forza, mio malgrado."

Il 24 maggio 1944, nell'imminenza della liberazione di Roma, la casa editrice Documento stampa *La Speranza, ovvero Cristianesimo e Comunismo*, un saggio che testimonia un primo approccio alle tematiche marxiste.

Con l'avanzata dell'esercito americano, Moravia torna a Roma dopo aver trascorso un breve periodo a Napoli.

1945

"Subito dopo la guerra, vivacchiavamo appena." Al mattino scrive romanzi, come al solito. Al pomeriggio scrive sceneggiature per guadagnare. Scrive due sceneggiature: *Il cielo sulla palude*, per un film di Augusto Genina su Maria Goretti; e, più tardi, lavorerà alla sceneggiatura de *La romana* che sarà diretta da Luigi Zampa. Esce presso l'Acquario il volumetto illustrato da Maccari intitolato *Due cortigiane e Serata di don Giovanni*.

Nello stesso anno Valentino Bompiani, tornato a Milano, gli propone di ripubblicare *Agostino*, riprendendo così i legami interrotti dalla guerra. Il romanzo vince il Corriere Lombardo, primo premio letterario del dopoguerra. Ricomincia la collaborazione con diversi giornali fra cui "Il Mondo", "Il Corriere della Sera", "L'Europeo".

1946

Iniziano le traduzioni dei suoi romanzi all'estero. Ben presto sarà praticamente tradotto in tutti i paesi del mondo. Nello stesso anno inizia la fortuna cinematografica di Moravia: da romanzi e racconti vengono tratti film. Alcuni esempi: *La provinciale* con la regia di Mario Soldati, *La romana* di Luigi Zampa, *La ciociara* di Vittorio de Sica, *Gli indifferenti* di Francesco Maselli, *Il disprezzo* di Jean-Luc Godard, *Il conformista* di Giuseppe Bertolucci e via via fino alla *Vita interiore* di Gianni Barcelloni.

1947

Moravia pubblica *La romana*. Il romanzo riscuote, vent'anni dopo, lo stesso successo de *Gli indifferenti*. Inizia una ininterrotta fortuna letteraria.

1948-1951

Nel 1948 esce *La disubbidienza*; nel 1949 *L'amore coniugale e altri racconti*; nel 1951 *Il conformista*.

1952

Tutte le opere di Moravia sono messe all'indice dal Sant'Uffizio in aprile (nello stesso anno vengono messe all'indice le opere di André

Gide). In luglio Moravia riceve il Premio Strega per *I racconti* appena pubblicati.

1953

S'intensificano le collaborazioni per il "Corriere della Sera" sotto forma di racconti e di reportage.

Nello stesso anno Moravia fonda a Roma con Alberto Carocci la rivista "Nuovi Argomenti". Vi scriveranno Jean-Paul Sartre, Elio Vittorini, Italo Calvino, Eugenio Montale, Franco Fortini, Palmiro Togliatti. Nel 1966 inizierà una nuova serie diretta da Moravia, Carocci e Pasolini (che aveva già pubblicato le *Ceneri di Gramsci* nella rivista), a cui si aggiungeranno Attilio Bertolucci e Enzo Siciliano. Ci sarà nel 1982 una terza serie, a Milano, i cui direttori sono Moravia, Siciliano e Sciascia.

1954-1956

I *Racconti romani* vincono il Premio Marzotto. Esce *Il disprezzo*. Su "Nuovi Argomenti" appare il saggio *L'uomo come fine* che Moravia aveva scritto fin dal 1946.

Moravia scrive una serie di prefazioni: nel 1955, al volume del Belli, *Cento sonetti*; nel 1956, a *Paolo il caldo* di Vitaliano Brancati e a *Passeggiate romane* di Stendhal.

1957

Moravia inizia a collaborare all'"Espresso" fondato da Arrigo Benedetti nel 1955: vi curerà una rubrica cinematografica. Nel 1975 raccoglierà in volume alcune di queste sue recensioni: *Al cinema*. Esce *La ciociara*.

1958

Scrive per il teatro: *La mascherata* e *Beatrice Cenci*. La prima fu rappresentata al Piccolo di Milano, con la regia di Strehler. La seconda, con la regia di Enriquez, in America Latina.

Esce *Un mese in URSS*, frutto di un primo viaggio nell'Unione Sovietica.

1959

Escono i *Nuovi racconti romani*, "ispirati, in fondo, dai sonetti del Belli".

1960

L'uscita de *La noia* segna un successo simile a quello de *Gli indifferenti* e de *La romana*.

1961

Vince il Premio Viareggio con *La noia*. Va in India con Elsa Morante e Pier Paolo Pasolini.

1962

Esce *Un'idea dell'India*. In aprile Moravia si separa da Elsa Morante; lascia l'appartamento romano di via dell'Oca e va a vivere in Lungotevere della Vittoria con Dacia Maraini.
Pubblica un'intervista a Claudia Cardinale che gli era stata chiesta dalla rivista americana "Fortune". "Applicai la tecnica della fenomenologia chiedendo a Claudia di descriversi come se fosse un oggetto... So che l'intervista fu imitata."
Esce un libro di Oreste del Buono su Moravia per la Feltrinelli.
Moravia pubblica una raccolta di racconti: *L'automa*.

1963

Raccoglie in un volume intitolato *L'uomo come fine e altri saggi* alcuni scritti a partire dal 1941.
Compie il viaggio in Africa che dà il via ai suoi reportage dal Continente nero.

1965

Moravia pubblica *L'attenzione*, tentativo di romanzo nel romanzo.

1966

Viene rappresentato *Il mondo è quello che è* in occasione del festival del Teatro contemporaneo, con la regia di Gianfranco De Bosio.

Nello stesso anno Moravia si occupa sempre più di teatro. Con Enzo Siciliano e Dacia Maraini fonda la compagnia teatrale "del Porcospino" che ha come sede il teatro di via Belsiana a Roma. Le prime rappresentazioni saranno *L'intervista* di Alberto Moravia, *La famiglia normale* di Dacia Maraini e *Tazza* di Enzo Siciliano. Seguiranno opere di C.E. Gadda, Wilcock, Strindberg, Parise e Kyd. L'esperimento, all'inizio mal visto dalla critica, viene interrotto nel 1968 per mancanza di fondi.

1967

Moravia pubblica su "Nuovi Argomenti" *La chiacchiera a teatro* in cui spiega le sue idee sul teatro moderno. Nello stesso anno si reca in Giappone, Corea e Cina insieme con Dacia Maraini. Quell'estate è presidente della XXVIII mostra del cinema a Venezia: vince *Belle de jour* diretto da Luis Buñel.

Esce *Una cosa è una cosa*.

1968

"I giovani del Sessantotto, e quelli che sono venuti dopo, pensano che il mondo vada cambiato, cambiato con la violenza, ma non vogliono sapere perché, e come cambiarlo. Non vogliono conoscerlo, e dunque non vogliono conoscere se stessi." Moravia è contestato in varie occasioni, all'Università di Roma, a Bari, alla sede dell'"Espresso" e al teatro Niccolini di Firenze dagli studenti del '68. Esce *La rivoluzione culturale in Cina*.

1969

Moravia pubblica *La vita è gioco*, rappresentato al teatro Valle di Roma nell'autunno del 1970, con la regia di Dacia Maraini.

Moravia commenta l'attentato della Banca Nazionale dell'Agricoltura di Milano con un intervento su *L'informazione deformata*.

1970

Esce *Il paradiso*, prima raccolta di racconti su donne che parlano in prima persona. Seguiranno *Un'altra vita* e *Boh*.

1971

Esce *Io e lui*.
Enzo Siciliano pubblica presso Longanesi un libro-intervista a Moravia.

1972

Dopo numerosi viaggi in Africa, Moravia scrive tre libri: il primo è *A quale tribù appartieni?*, al quale seguiranno *Lettere dal Sahara* e *Passeggiate africane*. Enzo Siciliano suggerisce che Moravia "è affascinato dall'Africa da un duplice aspetto: la sua arcaicità, il suo primitivismo, e per il modo in cui essa fa sperimentare la degradazione della modernità, quella civile modernità nella quale siamo immersi".

1973-1975

Escono *Un'altra vita* e una ristampa di racconti con il titolo *Cortigiana stanca*.
Il 2 novembre 1975 muore Pier Paolo Pasolini. Moravia pubblica sul "Corriere della Sera" un articolo nel quale Pasolini è confrontato ad Arthur Rimbaud.

1976-1980

Pubblica una raccolta di racconti, *Boh* (1976); una raccolta di testi teatrali; un romanzo, *La vita interiore* (1978), a cui ha lavorato per ben sette anni, la sua maggiore fatica narrativa dopo *Le ambizioni sbagliate*; e, nel 1980, una raccolta di saggi, *Impegno controvoglia*, scritti tra il 1943 e il 1978.
Dal 1979 al 1982 è membro della Commissione di Selezione alla mostra del cinema di Venezia. La commissione era stata creata da Carlo Lizzani.
Dal 1975 al 1981 Moravia è "inviato speciale" del "Corriere della Sera" in Africa. Nel 1981 raccoglie in volume i suoi articoli: *Lettere dal Sahara*. "Finora non mi era mai accaduto di fare un viaggio fuori del tempo, cioè fuori della storia, in una dimensione come dire? astorica, religiosa. Il viaggio nel Sahara ha colmato, come si dice, questa lacuna."

1982

Escono il romanzo *1934* e la raccolta di fiabe, tutte su animali parlanti, *Storie della Preistoria*.

Fa un viaggio in Giappone e si ferma a Hiroshima. "In quel preciso momento, il monumento eretto in memoria del giorno più infausto di tutta la storia dell'umanità, ha 'agito' dentro di me. Ad un tratto, ho capito che il monumento esigeva da me che mi riconoscessi non più cittadino di una determinata nazione, appartenente ad una determinata cultura bensì, in qualche modo zoologicamente ma anche religiosamente, membro, come ho detto, della specie."

Moravia farà tre inchieste sull'"Espresso" sul problema della bomba atomica. La prima in Giappone, la seconda in Germania, la terza in URSS.

1983

Vince il Premio Mondello per *1934*. Esce *La cosa*, dedicato a Carmen Llera.

Il 26 giugno rifiuta la candidatura al Senato italiano: "Ho sempre pensato che non bisogna mischiare la letteratura con la politica; lo scrittore mira all'assoluto, il politico al relativo; soltanto i dittatori mirano insieme al relativo e all'assoluto".

1984

L'8 maggio accetta la candidatura per le elezioni europee come indipendente nelle liste del PCI. "Non c'è contraddizione", scrive in un'autointervista, "tra il rifiuto d'allora e la tua accettazione d'adesso? Ho detto che l'artista cerca l'assoluto. Ora il motivo per il quale pongo la mia candidatura al Parlamento europeo non ha niente a che fare, almeno direttamente, con la politica e, appunto, comporta la ricerca dell'assoluto. È stato un particolare aspetto, purtroppo, di questa ricerca a determinare la mia candidatura."

Diventa deputato al Parlamento europeo con 260.000 voti.

Inizia sul "Corriere della Sera", con una corrispondenza da Strasburgo, il *Diario europeo*.

1985

Esce *L'uomo che guarda*.

Vengono rappresentate, tra le ultime commedie di Moravia, *L'angelo dell'informazione* e *La cintura*.

1986

Esce in volume *L'angelo dell'informazione e altri scritti teatrali*.
Il 27 gennaio si sposa con Carmen Llera.
Escono *L'inverno nucleare*, a cura di Renzo Paris, e il primo volume delle *Opere (1927-1947)*, a cura di Geno Pampaloni.

1987-1990

Escono in questi anni: *Passeggiate africane* (1987), *Il viaggio a Roma* (1988), *La villa del venerdì* (1990) e *Vita di Moravia* (1990), scritto assieme a Alain Elkann.
Nel 1989 esce il secondo volume delle *Opere (1948-1968)*, a cura di Enzo Siciliano.

1990

Il giorno 26 settembre muore nella sua casa romana, alle 9 del mattino.
Escono postumi: *La donna leopardo* (1991), *Diario Europeo* e *Romildo* (1993), *Viaggi. Articoli 1930-1990* (1994) e *Romanzi e racconti 1929-1937* (1998).

(*a cura di Eileen Romano*)

INDICE

Prefazione 5
Ricordo de *Gli Indifferenti* 9
Monaldo Leopardi 17
Prefazione a *Boule de Suif* 39
Machiavelli 45
Boccaccio 65
Pavese decadente 89
L'uomo come fine 95
Passeggiate romane 151
Racconto e romanzo 161
Alessandro Manzoni o l'ipotesi di un realismo cattolico ... 167
Erotismo in letteratura 207
Niente e cosí sia 211
Cronologia di Eileen Romano 219

ANNOTAZIONI

ANNOTAZIONI

ANNOTAZIONI

ANNOTAZIONI

ANNOTAZIONI

ANNOTAZIONI

I GRANDI Tascabili Bompiani
Periodico quindicinale anno XIV numero 371
Registr. Tribunale di Milano n.269 del 10/7/1981
Direttore responsabile: Francesco Grassi
Finito di stampare nel novembre 2000 presso
Tip.le.co., Via S. Salotti 37
S. Bonico - Piacenza
Printed in Italy

ISBN 88-452-4581-0